A FILHA GREGA

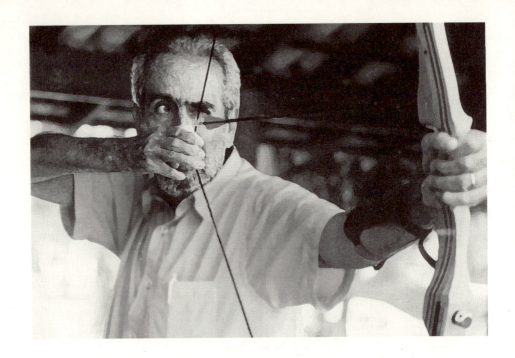

O Arqueiro

GERALDO JORDÃO PEREIRA (1938-2008) começou sua carreira aos 17 anos, quando foi trabalhar com seu pai, o célebre editor José Olympio, publicando obras marcantes como O menino do dedo verde, de Maurice Druon, e Minha vida, de Charles Chaplin.

Em 1976, fundou a Editora Salamandra com o propósito de formar uma nova geração de leitores e acabou criando um dos catálogos infantis mais premiados do Brasil. Em 1992, fugindo de sua linha editorial, lançou Muitas vidas, muitos mestres, de Brian Weiss, livro que deu origem à Editora Sextante.

Fã de histórias de suspense, Geraldo descobriu O Código Da Vinci antes mesmo de ele ser lançado nos Estados Unidos. A aposta em ficção, que não era o foco da Sextante, foi certeira: o título se transformou em um dos maiores fenômenos editoriais de todos os tempos.

Mas não foi só aos livros que se dedicou. Com seu desejo de ajudar o próximo, Geraldo desenvolveu diversos projetos sociais que se tornaram sua grande paixão.

Com a missão de publicar histórias empolgantes, tornar os livros cada vez mais acessíveis e despertar o amor pela leitura, a Editora Arqueiro é uma homenagem a esta figura extraordinária, capaz de enxergar mais além, mirar nas coisas verdadeiramente importantes e não perder o idealismo e a esperança diante dos desafios e contratempos da vida.

✽ AS FILHAS PERDIDAS 3 ✽

SORAYA LANE

A FILHA GREGA

Traduzido por Nina Schipper

Título original: *The Royal Daughter*

Copyright © 2023 por Soraya Lane
Copyright da tradução © 2025 por Editora Arqueiro Ltda.

Publicado originalmente na Grã-Bretanha em 2023 pela Bookouture, um selo da Storyfire Stol.

Todos os direitos reservados. Nenhuma parte deste livro pode ser utilizada ou reproduzida sob quaisquer meios existentes sem autorização por escrito dos editores.

coordenação editorial: Gabriel Machado
produção editorial: Guilherme Bernardo
preparo de originais: Sara Orofino
revisão: Midori Hatai e Pedro Staite
diagramação: Guilherme Lima e Natali Nabekura
capa: bij Barbara
imagem de capa: Tuul & Bruno Morandi | AGB Photo Library
adaptação de capa: Natali Nabekura
impressão e acabamento: Bartira Gráfica

CIP-BRASIL. CATALOGAÇÃO NA PUBLICAÇÃO
SINDICATO NACIONAL DOS EDITORES DE LIVROS, RJ

L257f

Lane, Soraya, 1983-
  A filha grega / Soraya Lane ; tradução Nina Schipper. - 1. ed. - São Paulo : Arqueiro, 2025.
    256 p. ; 23 cm.   (As Filhas Perdidas ; 3)

  Tradução de: The royal daughter
  Sequência de: A filha cubana
  ISBN 978-65-5565-731-9

  1. Romance neozelandês (Inglês). I. Schipper, Nina. II. Título. III. Série.

24-94472
                    CDD: 828.9933
                    CDU: 82-3(931)

Meri Gleice Rodrigues de Souza - Bibliotecária - CRB-7/6439

Todos os direitos reservados, no Brasil, por
Editora Arqueiro Ltda.
Rua Artur de Azevedo, 1.767 – Conj. 177 – Pinheiros
05404-014 – São Paulo – SP
Tel.: (11) 2894-4987
E-mail: atendimento@editoraarqueiro.com.br
www.editoraarqueiro.com.br

*Para todos os meus leitores maravilhosos ao redor do mundo.
Obrigada por me acompanharem nesta jornada!*

PRÓLOGO

LONDRES, 1973

Alexandra fechou os olhos e, ofegante, tensionou os dedos em volta do violino. Preparando-se para o que estava por vir, ergueu o queixo e ensaiou mentalmente. Tentou não escutar a apresentação impecável do violinista antes dela para não se comparar com ele.

Não vou conseguir.

O medo cresceu dentro dela, uma linha de suor se formou sobre o lábio superior e seu coração começou a martelar. Por um breve instante, pensou em simplesmente juntar suas coisas e sair correndo dali, para evitar a aflição pela qual estava prestes a passar. Pensou que, para início de conversa, ela nem deveria estar ali.

– Alex.

Uma mão pressionou seu ombro de modo delicado e reconfortante. Ela abriu os olhos e se virou, deparando-se com Bernard. Sua espessa cabeleira preta caía sobre a testa e seus afáveis olhos castanhos a tranquilizavam – ali estava o homem que possibilitara tudo aquilo.

– Chegou a hora de mostrar ao mundo quem você é de verdade – sussurrou ele, pressionando as mãos suavemente nas costas dela para aproximá-la de si.

Alex encostou o violino no peito e o encarou.

– Você *merece* estar aqui, Alex. Merece tudo que a fez chegar até este momento.

Os lábios dele roçaram os dela. Quando ele se afastou, encostou suavemente a testa na dela, acariciando com cuidado os cabelos de Alex. A respiração de Bernard estava quente contra a sua pele. A sensação de tê-lo assim tão próximo a fez se lembrar do longo caminho que percorrera, da oportunidade que lhe fora concedida, do presente que ele lhe dera.

– Depois de hoje, nada será como antes – sussurrou ele. – Hoje é o seu dia, minha querida.

Alex ergueu o olhar quando ele deu um passo para trás. Bernard tomou-lhe a mão que segurava o arco e ergueu-a com delicadeza, beijando sua pele enquanto ela fitava os olhos dele – olhos que diziam acreditar nela.

– Obrigada – sussurrou Alex, engolindo o medo e preferindo acreditar nas palavras do homem que a amava.

Em seguida, ela foi chamada e Bernard se esgueirou para as coxias. Alexandra se levantou e deu o primeiro passo em direção ao palco, os saltos estalando no chão enquanto tudo ao redor silenciava.

Bernard estava certo. Chegara a hora de mostrar ao mundo quem ela era de verdade.

1

LONDRES, DIAS ATUAIS

Ella revirou a caixinha nas mãos, tocou o cartão com a ponta dos dedos e fitou o nome da avó. Refletira sobre aquilo o dia inteiro, esperando um momento tranquilo para abri-la e descobrir o que continha, mas já escurecera e ela ainda não fazia a menor ideia do que havia dentro. Hesitou antes de puxar o barbante e calculou quantos anos a caixinha estava fechada. Morria de curiosidade de saber o que estava prestes a descobrir.

Uma parte dela se perguntava se deveria ter esperado até estar na presença da mãe ou da tia, mas outra parte sabia que não conseguiria aguardar nem um segundo a mais. Já passara o dia todo carregando aquela caixa.

Ella puxou o barbante e as fibras esvoaçaram quando o nó cedeu. Com cuidado, pôs o cartão de identificação sobre a mesa, respirou fundo e abriu a caixinha de madeira. Não tinha certeza do que esperava encontrar. Ali dentro havia um pedaço de papel dobrado na forma de um quadradinho. Ella o retirou com toda a delicadeza, como se manejasse uma obra de arte de valor inestimável, e o desdobrou com cuidado, rapidamente passando os olhos pelo conteúdo da página.

Era uma partitura, com um bilhete manuscrito no canto inferior direito: *Sei que você pode torná-la sua. B.*

"B."? Ella o releu diversas vezes e, embora o bilhete não fizesse nenhum sentido – tampouco as notas musicais –, continuou curiosa, querendo saber do que tudo aquilo se tratava. Voltou a olhar para a caixa e notou que havia algo mais ali: estava dobrado ao meio, e ela usou as unhas para soltá-lo do fundo, pois uma parte havia grudado. *Uma foto.* Em preto e branco. Apesar disso, a imagem parecia vívida. Chegou a pensar em uma ilha grega, pois a foto mostrava um trecho do mar que se perdia no horizonte, com uma casa de estuque de um lado. Nela, uma mulher e uma menina encaravam quem quer que estivesse segurando a câmera. Ella estreitou os olhos, aproximando-os da imagem, e analisou os rostos e a textura granulada da foto. Desejou reconhecer aquelas duas pessoas ou pelo menos detectar algum traço na aparência delas que lhe fosse familiar. A mulher sorria, talvez um meio sorriso, e a menina se inclinava na direção dela, a cabeça deitada no seu ombro. Estavam de mãos dadas. Será que eram mãe e filha?

Ela desviou o olhar das duas por um momento e analisou a paisagem. Finalmente, deixou a foto na mesa e logou no computador para pesquisar imagens da Grécia. Ainda que não tivesse reconhecido as pessoas, tinha certeza de que acertara o local.

Na mesma hora, foi inundada por mares azuis, que se perdiam de vista, e casas pitorescas. Quando se recostou na cadeira e voltou a pegar a foto, imaginando-a em cores, não teve a menor dúvida de que era uma ilha grega. Certa vez, viajara para lá nas férias de verão, antes de entrar para a faculdade. Fora o último verão que passara com o irmão.

Ella deixou a foto cair sobre a mesa e se levantou, alongando-se enquanto se dirigia até o frigobar atrás do balcão, nos fundos da galeria. Não fazia nem uma hora que abrira uma garrafa de champanhe para celebrar com um cliente a nova aquisição deles, e, embora tivesse apenas dado um gole, agora estava pronta para tomar uma taça. Havia sido um longo dia, principalmente porque ela precisou paparicar um artista temperamental naquela manhã. Sem contar que ela tivera que massagear o ego de um cliente que insistia em causar um rebuliço toda vez que pisava na galeria. A caixinha com as pistas cumpria muito bem o papel de distraí-la daquele dia estressante. Depois que serviu sua taça, Ella se reclinou na cadeira da escrivaninha e voltou a olhar fixamente para a partitura e a foto.

Ela não sabia bem o que esperara encontrar, mas com certeza essas pistas não lhe informavam absolutamente nada. Se fosse uma carta, até mesmo uma relíquia, uma certidão de nascimento ou alguma coisa explicando o que ou quem ela deveria procurar a fim de saber mais sobre o passado da avó, Ella teria entendido melhor o propósito daquela caixa. Mas as pistas não significavam nada para ela, e duvidou que teriam algum significado para o restante da família.

A não ser para Harrison. Seu irmão talvez tivesse entendido a partitura. Até onde sabia, ele era o único na família capaz de ler uma composição. Para ela, aquilo poderia estar escrito em outro idioma, porque só lhe parecia um arranjo meticuloso de marcações distribuídas numa página.

Ella terminou a bebida, entretendo-se com as bolhas que lhe faziam cócegas na garganta. Depois, guardou as pistas com cuidado na caixa e a colocou na bolsa. Deixou a taça sobre a mesa e se levantou, apagando as luzes ao caminhar, os saltos estalando sobre o elegante chão de concreto da galeria. Ela adorava aquela hora da noite. Adorava ficar ali sozinha, com as obras de arte iluminadas pelas próprias lâmpadas posicionadas de forma cuidadosa, no prédio que estava praticamente silencioso, onde só ressoavam seus passos. A sensação a fazia se lembrar de sua adolescência, quando era a primeira pessoa a chegar para a natação, daquele momento antes de alguém pular na piscina. O silêncio da água inerte até que fosse maculada pelas ondulações.

Naquela noite, no entanto, a pintura mais próxima da porta a fez parar. Ela ergueu a mão e, com delicadeza, tocou o canto da tela, os olhos perpassando o adesivo de "Vendido" preso a um dos lados, enquanto admirava as pinceladas audaciosas e as cores exuberantes. A artista era nova na galeria, e a própria Ella a descobrira e a acolhera havia apenas algumas semanas. E agora, tendo vendido sua primeira obra em apenas poucos dias, Ella havia, sozinha, assegurado a carreira da jovem mulher, que assinara modestamente no canto inferior da tela.

Aquilo a fazia se lembrar das palavras rabiscadas que lera momentos antes. Quando apagou a última luz e trancou a porta, Ella se perguntou se algum dia descobriria quem era o tal *B*., e o que acontecera para que o bilhete tivesse sido deixado numa caixinha identificada com o nome da avó. Seria a inicial de uma das pessoas na foto ou fora escrita *para* uma delas e assinada por um amigo ou um familiar? E como ela poderia compreender aquelas pistas sem a ajuda de alguém que conhecesse melhor a situação? O que a foto e a partitura poderiam ter em comum?

Ela suspirou, apalpando a bolsa a caminho da porta, e sentiu o formato da caixinha. Depois, ativou os alarmes de segurança. Talvez sua tia soubesse. Elas se encontrariam para jantar em menos de uma hora, e podia imaginar como os olhos da tia brilhariam assim que Ella mencionasse o passado potencialmente escandaloso da avó.

Ella riu. Uma coisa era certa: a tia teria uma reação oposta à de sua mãe, e era por isso que lhe contaria primeiro.

2

Ao entrar no restaurante Barrafina, no Soho, Ella logo percebeu que a tia já estava lá. Sentada em um banco alto do bar, ela conversava animadamente com um dos chefs enquanto os via cozinhar.

– Kate – disse Ella, e sua tia se levantou para abraçá-la.

Kate costumava dar abraços de verdade – do tipo que mostrava que a pessoa realmente se importava, bem diferente dos beijinhos lançados no ar e dos tapinhas nas costas que Ella estava habituada a receber de todo mundo em sua vida. Por isso adorava ainda mais a tia.

– Ella, você está linda. Como sempre – elogiou Kate quando se sentaram.

Os olhos dela percorreram os traços de sua fisionomia, como se ela precisasse mapear o rosto da sobrinha depois de terem ficado tanto tempo afastadas. Na realidade, foram apenas algumas semanas.

– Como vão as coisas? Anda muito ocupada na galeria?

– A galeria está incrível – respondeu Ella, suspirando. – Incrível e exaustiva. Sinto como se um dia emendasse no outro, mas não posso reclamar.

– Você tem pintado?

As sobrancelhas de Kate se juntaram de um jeito quase cômico, muito séria em seu interrogatório.

Ella riu.

– Você faz essa pergunta toda vez que me vê e minha resposta é sempre a mesma.

O rosto da tia não se alterou.

– Continuo perguntando porque espero que um dia você me surpreenda.

Ella ficou agradecida quando o garçom apareceu para saber o que gostariam de beber. As duas pediram vinho, mas, como as sobrancelhas de Kate estavam arqueadas, percebeu que ela ainda esperava uma resposta.

– Já não basta que eu esteja sempre cercada de arte? – perguntou Ella.

– Será? – Kate suspirou. – Para mim, parece que você está tentando se convencer disso.

– Eu tenho uma vida ótima – disse Ella, remexendo na bolsa, que ainda estava em seu colo. – Amo meu trabalho, amo minha *vida*, eu só...

As bebidas chegaram e Kate segurou sua taça, esperando que Ella aproximasse a dela para brindarem.

– Acho ótimo que você ame sua vida, querida.

As duas tomaram um gole antes de apoiarem as taças na mesa.

– Mas...? – indagou Ella, com uma risada. – Consigo escutar o silencioso *mas*! Vamos lá, pode falar.

Kate abriu um sorriso e, mais uma vez, ergueu as sobrancelhas perfeitas, dando de ombros como se tivesse sido flagrada.

– *Mas* não consigo me esquecer da jovem e talentosa artista que tinha toda a intenção de desafiar as aspirações dos pais e abrir o próprio caminho no mundo.

Ella deu mais um gole no vinho.

– Isso foi antes.

Elas ficaram sentadas em silêncio por um bom tempo, a mão de Kate sobre a dela.

– Eu sei, Ella. Eu sei.

A tia pigarreou e a atmosfera pesou, como em todas as vezes que alguém falava sobre o irmão dela ou sobre como tudo mudara desde a morte dele.

– De toda forma, me conte o que aconteceu hoje no escritório do advogado. Cheguei meia hora mais cedo porque já não aguentava mais de tanta curiosidade!

Ella abriu a bolsa e sorriu para a tia.

– Você sabe que a mamãe me aconselhou a não ir, não é? Que seria uma perda de tempo?

– Quase posso ouvir sua mãe falando – disse Kate num tom zombeteiro. – É claro que ela falou isso. Mas, *graças a Deus*, você não lhe deu ouvidos.

Ella tirou a caixa da bolsa e a passou para Kate.

– Recebi isso.

– Uma caixa? O que tem dentro?

Ella apontou para a caixinha de madeira.

– Abra.

Kate olhou novamente para ela antes de tentar levantar a tampa, como se esperasse encontrar algo terrível. Ella observou a tia remover a partitura com delicadeza, demorando-se ao examiná-la. Depois, deixou-a sobre a mesa e pegou a fotografia. A tia parecia perplexa.

– Do que se trata tudo isso? Por que te entregaram a caixinha? Não sei se entendi direito.

– Parece que são pistas, deixadas para minha avó, sua mãe, eu acho. Se é que podemos acreditar nessa história, é claro.

– Pistas? Achei que tivessem deixado algo para o espólio da minha mãe. Mas isso? – Kate balançou a cabeça. – Bem, de fato é uma reviravolta surpreendente.

O garçom chegou para anotar os pedidos. Ella passou os olhos pelo cardápio e pediu um prato para elas dividirem, então voltou sua atenção para a tia. Dava para notar que Kate estava fascinada com a caixa e continuava a revirá-la nas mãos, sem conseguir desviar os olhos dela. Quando as duas saíam, Ella costumava fazer os pedidos, então sabia que Kate não se incomodaria se a sobrinha tomasse a iniciativa.

– Me conte tudo, Ella. Quero saber exatamente o que aconteceu hoje. Com todos os detalhes!

Ella se inclinou na direção da tia e passou a ponta dos dedos sobre a foto. Havia alguma coisa na maneira como a mulher e a menina a encaravam que atraía seu olhar. Fazia com que quisesse examinar a imagem ainda mais detidamente, para tentar discernir algo reconhecível, alguma pista reveladora.

– Eu não sabia ao certo o que esperar quando cheguei à reunião hoje, mas não era a única. Havia outras mulheres, a maioria mais ou menos da minha idade, e todas fomos conduzidas a uma sala.

– E todas estavam ali em nome de suas avós? Como você?

Ella assentiu.

– Estávamos todas ali pelo mesmo motivo. O advogado que enviara a carta ao espólio da vovó estava presente e nos contou que, anos atrás, representara uma mulher chamada Hope. Parece que ela dirigiu um lar para mulheres solteiras e seus bebês, e essas caixinhas foram encontradas ali recentemente, pela sobrinha dela. Essa moça explicou que, no início, ficara indecisa sobre o que fazer, porque as caixas ficaram escondidas por muito tempo. Por fim, ela acabou se sentindo desconfortável porque as encontrara e não tinha tentado localizar as mulheres às quais se destinavam.

– Espere aí – Kate deu um longo gole no vinho, a mão suspensa no ar para pausar a conversa. – Você está me dizendo que sua avó, minha *mãe*, nasceu nesse lar? Que eu não tenho uma relação biológica com meus avós? E que esta caixa foi deixada para minha mãe quando ela foi adotada? Que ficou esse tempo todo escondida?

Ella assentiu novamente.

– É o que parece. As caixinhas estavam escondidas sob as tábuas do assoalho de um lugar chamado Hope's House e só foram descobertas porque a casa estava prestes a ser demolida. É um milagre que tenham sido encontradas.

Kate ficou de queixo caído e Ella fez uma careta.

– Aposto que você não sabia que ela era adotada.

– Não sabia! – exclamou Kate. – Ella, isso é um absurdo. Descobrir só agora que essas coisas foram deixadas para trás... Não sei nem o que dizer. Você acha que essa história toda é verdadeira? Que não é uma espécie de... Sei lá, por favor, não vá me dizer que estou parecendo a sua mãe, mas a história não poderia ter sido inventada, certo? Ou poderia? Seria parte de um golpe? Essas coisas têm acontecido muito hoje em dia, sabe?

Ella sinalizou para o garçom trazer mais vinho, e sorriu quando ele assentiu em resposta.

– Sinceramente, eu me fiz a mesma pergunta, mas estou inclinada a acreditar. Para receber a caixa, tudo o que me pediram foi que eu me identificasse e assinasse um documento. A tal sobrinha, Mia, me pareceu bem sincera. Tudo o que ela queria era entregar essas caixinhas para as devidas donas, e o escritório do advogado me causou uma ótima impressão. Por conta da galeria, eu já me reunira com um advogado de lá, então não consigo ver como isso pode ser um golpe.

Ela observou Kate pegar novamente a caixa e revirá-la, como se esperasse encontrar alguma novidade, talvez um compartimento secreto. Ella fizera o mesmo no caminho para o restaurante, quase convencida de que ali dentro havia algo mais do que apenas aqueles dois itens.

– Então esta caixinha ficou escondida por anos? Até mesmo décadas? Nessa casa? Apenas à espera de que alguém a descobrisse?

– Hope's House – disse Ella. – E, sim, parece que essa Hope pediu que algumas mães deixassem algo que um dia as crianças pudessem receber. Em cada caixa, prendeu um cartão de identificação. Mas a sobrinha dela não sabia se outras caixas foram restituídas no decorrer dos anos, à medida que as descendentes apareciam em busca de respostas. Ela não sabia se essas caixas específicas ficaram escondidas por alguma razão ou se foi porque essas mulheres simplesmente não tinham noção de que foram adotadas. Talvez a própria Hope pretendesse entregá-las, mas acabou morrendo antes de ter a chance... Acho que nunca saberemos.

– Você acha que essa Hope pediu que elas fizessem isso? Que juntassem essas caixinhas para que as crianças adotadas um dia pudessem encontrar suas famílias biológicas?

Ella deu de ombros.

– Talvez. Ou quem sabe ela tenha feito isso apenas para que as filhas pudessem receber algo que pertencera às mães. Talvez nem tenha sido tanto para que encontrassem suas mães biológicas, e sim para que restasse uma lembrança que um dia receberiam de volta... Tudo o que sei é que essa mulher pensou em tudo com muito cuidado. Cada caixa tem um cartão escrito à mão, e a maneira como ele foi amarrado com um barbante, sei lá, parece que ela dedicou muita atenção a cada caixa. Foi bem impressionante ver todas lá.

– Quantas eram?

– Sete, no total – explicou Ella. – Mas só seis mulheres compareceram. Eles não conseguiram contatar a família da sétima ou, se conseguiram, ela não apareceu.

A comida começou a ser servida e Ella colocou a foto de volta na caixa com delicadeza, tomando o cuidado de dobrar a partitura até que ficasse do tamanho adequado. Então, guardou a caixa de volta na bolsa. Kate tomou a mão da sobrinha enquanto ela fechava o zíper, e as duas se entreolharam por um bom tempo.

– Sua avó teria adorado essas pequenas pistas e não sossegaria até descobrir o significado delas. Consigo até imaginar o brilho em seus olhos.

Ella sorriu ao pensar na avó – haviam se passado apenas alguns meses desde seu falecimento, e não fora fácil para ninguém. Mas, no fim das contas, foi mais fácil lidar com sua morte do que com todo o sofrimento pelo qual passara. O câncer evoluíra tão rápido que, depois do diagnóstico, lhe restaram apenas alguns meses de vida. Ela deu seu último suspiro na cama, com a mãe de Ella ao lado.

– Então você acha que deveríamos tentar descobrir o significado das pistas? Que deveríamos fazer isso pela vovó? – perguntou Ella.

Kate assentiu.

– Acho. E também deveríamos manter isso entre nós por enquanto.

– Em outras palavras, você não quer que minha mãe nos desencoraje e dê cabo da investigação?

– Ella, é *exatamente* isso que eu quis dizer. Você me conhece bem demais.

As duas riram, inclinando-se na direção uma da outra. *E você conhece minha mãe bem demais.* Ella ergueu a taça, sentindo-se culpada por aproveitar a companhia de Kate muito mais do que a da própria mãe. Kate se tornara mais uma amiga do que uma tia.

– Um brinde à descoberta dos meus bisavós.

– Um brinde! – exclamou Kate.

As taças tilintaram, e as duas voltaram a atenção para a comida. Ella ergueu o garfo para provar o tamboril, mas hesitou quando Kate de repente apoiou o próprio talher na mesa e a encarou.

– E se essa sobrinha da Hope souber mais do que revelou? Talvez ela tenha outros registros que poderia compartilhar. Talvez ela possua outras pistas.

Ella pensou por um momento. Mia parecera muito genuína em suas intenções. Se alguém podia ajudá-las a desvendar as pistas, talvez fosse ela. Mas, se houvesse mais a dizer, ela já não teria dito?

– Você tem razão. Vou falar com o advogado amanhã de manhã para ver se ele consegue me colocar em contato com ela. Com certeza vale a tentativa.

Kate bateu de leve com o ombro no de Ella.

– É claro que vale. Quem sabe? Ela pode ter muitas informações além daquelas que deixou escapar.

Ella se serviu de um pouco do polvo, saboreando cada garfada daquela comida deliciosa. Mas sua mente estava a milhões de quilômetros, tentando imaginar o que faria para que Mia lhe revelasse mais informações sobre essa misteriosa Hope. Ela queria saber mais da Hope's House e descobrir como uma única mulher conseguira, sozinha, ajudar tantas mulheres grávidas e seus bebês.

* * *

Ella se sentou na cama, enroscou os dedos dos pés em meio ao edredom espesso e se reclinou sobre os travesseiros. A caixa estava aberta sobre seu colo, a partitura ao lado, enquanto ela observava a foto. Segurou-a tão perto dos olhos que o papel quase tocou seu nariz – era como se pudesse, num passe de mágica, reconhecer as pessoas que a encaravam só porque as estava encarando.

Mas, na verdade, era a paisagem que continuava a atraí-la. *Imagine como seria pintá-la.* Não conseguia impedir esses pensamentos. Podia quase se imaginar pegando um pincel e recriando a beleza tão caracteristicamente grega, sua pele enrubescida devido ao calor, os dedos manchados de tinta enquanto trabalhava sob o sol dourado e brilhante.

Qual seria a sensação? Haviam se passado anos desde que pintara pela última vez. No dia seguinte à morte do irmão, empacotara sua obra inacabada e guardara o cavalete no sótão da casa dos pais. Aquela parte dela morrera junto com Harrison. Embora tivesse pensado nisso constantemente desde então, embora às vezes desejasse pintar de um jeito que mal poderia descrever, nem uma única vez ela vacilara em relação à decisão que tomara. Mas, naquela noite, depois que Kate a questionara, Ella começara a se perguntar: *E se?* Seria tão ruim assim reencontrar aquela parte dela? Por que não poderia ter uma carreira ao mesmo tempo que acalentava seu sonho? Será que precisaria ser a filha perfeita, com a carreira perfeita que seus pais aprovavam, pelo resto da vida? Ou, de alguma forma, poderia construir uma trajetória mais compatível com suas necessidades e desejos?

Ela olhou de relance para o telefone, querendo ligar para a mãe, mas sabendo de imediato que seria a coisa errada a fazer. Antes, sua mãe teria sido a primeira pessoa para quem telefonaria a fim de contar as novidades ou desabafar sobre como andava se sentindo. A mãe riria com ela, perguntaria em que obra ela estava trabalhando, lhe diria que seu lado criativo era tão importante quanto o prático. Mas Ella não perdera apenas o irmão na véspera do primeiro dia de aula na universidade – também perdera a mãe. De repente, a mulher calorosa e otimista que a havia criado se transformara em alguém praticamente irreconhecível. Não importava quantos anos se passassem, ela nunca mais vislumbrara aquela mãe. Nem uma única vez. A casa deles era um santuário para Harrison, um lugar de tristeza, preso a um passado que desaparecera para sempre, por mais que todos desejassem mudar os fatos.

Ella colocou as pistas na mesa de cabeceira e desligou o abajur, remexendo-se sob as cobertas. Mas, quando fechou os olhos, tudo o que viu foi a si mesma com um pincel na mão, fitando um oceano azul que se refletia na tela diante dela.

Quero voltar a ser artista. Eram palavras que ela apenas sussurrava na escuridão da noite. Ella construíra uma carreira vendendo arte, em vez de ela própria criá-la. Não conseguia enxergar como essas duas partes dela mesma poderiam um dia coexistir. Não naquele momento.

3

PROPRIEDADE DA FAMÍLIA KONSTANTINIDIS, ATENAS, GRÉCIA, 1967

—Querida, tem certeza de que não quer me acompanhar?

Alexandra ergueu os olhos ao ouvir a mãe, que estava de pé à porta do seu quarto, vestida com calças de montaria, botas de cano alto de couro preto e uma camisa branca sem mangas, parecendo pronta para uma sessão de fotos. O cabelo preto estava penteado para trás, preso na nuca.

Alexandra balançou a cabeça, tocando distraidamente os próprios cachos pretos, que puxara da mãe. A única diferença era que os dela estavam soltos, caindo até a metade das costas num emaranhado de ondas indomáveis.

– Sabe muito bem que eu não adoro montar a cavalo como você, mamãe. Talvez outro dia.

A mãe atravessou o quarto e se sentou na cama ao lado dela. Alexandra permaneceu deitada, se espreguiçando. Ela deixou que a mãe pegasse o livro de suas mãos, sorridente, enquanto se enrodilhava.

– Está lendo Jane Austen?

Alexandra assentiu, corando ligeiramente. Seu pai considerava a leitura uma perda de tempo, mas o que ela mais gostava era se enroscar na cama com um livro.

– Estou.

Ela sabia, contudo, como seu gosto pela leitura impressionava a mãe, especialmente quando lia em inglês. Nos últimos anos, podia não ter tido boa vontade com as aulas de hipismo, mas aceitara de bom grado o professor de inglês.

– Tem certeza de que não quer deixar esse romance de lado por uma hora e montar a cavalo com sua mãe? O dia está tão bonito, e a rainha talvez me acompanhe.

Alexandra olhou de relance para o livro. Estava prestes a abrir a boca quando a mãe tocou sua bochecha com a ponta dos dedos e sorriu para ela. Depois, lhe deu um beijo no ponto em que seus dedos a tocaram.

– Querida, divirta-se com seu livro. Eu nem deveria ter perguntado. Que tal se você apenas prometer me contar, no jantar de hoje, o que pensa sobre o galante Sr. Darcy?

– Você leu *Orgulho e preconceito*?

Sua mãe se levantou e riu, colocando o livro de volta nas mãos da filha com cuidado.

– É claro que sim. Eu tinha pouco mais de 12 anos quando o ganhei. – Ela sorriu. – Sua avó nunca teria me deixado ler romances quando eu tinha a sua idade. Ela estava sempre muito preocupada com minha mente jovem e sugestiva.

Alexandra sorriu e observou a mãe atravessar o quarto e parar à porta. Seus olhos se encontraram. A mãe lhe deu um olhar que só ela poderia lançar e que lhe dizia quanto ela gostava da única filha.

– Eu te amo, Alexandra.

– Eu também te amo – respondeu ela.

Perguntou-se, por um milésimo de segundo, se deveria mudar de opinião quanto ao convite. Mas estava tão quente e Alexandra não gostava tanto de cavalos quanto a mãe.

Voltou a abrir o livro e começou a ler, mas, depois de alguns minutos, quando escutou risos do lado de fora, se levantou e foi até a janela. Lá embaixo, um carro estacionara no caminho de cascalho que dava acesso à garagem e ela observou a mãe se dirigir até ele. Como se sentisse que a filha a estava observando, virou a cabeça para cima, protegendo os olhos dos raios de sol. Alexandra acenou e a mãe lhe mandou um beijo antes de entrar no carro e desaparecer.

Alexandra suspirou e voltou para a cama, aconchegando-se em meio aos travesseiros e encontrando a página em que tinha parado. Sua mãe estava certa: elas poderiam conversar no jantar. E no dia seguinte, se ela lhe pedisse que fosse andar a cavalo, Alexandra aceitaria. Havia coisas piores do que cavalgar à tarde, e ela sempre adorava contar com a atenção total da mãe.

* * *

Alexandra ergueu a cabeça, piscando enquanto olhava pela janela. A luminosidade esmaecera. Ela se espreguiçou e consultou o relógio, perguntando-se que horas seriam. Pôs os pés no chão, olhando de relance para o livro sobre a mesinha de cabeceira, aberto na última página que havia lido. Devia tê-lo colocado ali antes de adormecer.

Ela abriu um sorriso, lembrando-se do que a mãe falara sobre o jantar. Rapidamente conferiu a aparência no espelho de chão em um dos cantos do quarto, alisando as marcas do vestido amarrotado. Escovou o cabelo e o prendeu para trás, sorrindo diante do reflexo. Desceu depressa as escadas para o saguão, atenta a quaisquer sons que pudessem indicar a presença da mãe.

A casa estava silenciosa. Alexandra se dirigiu primeiro para a cozinha, esperando encontrar a mãe supervisionando os preparativos para o jantar. A cozinheira a encarou e sorriu, e Alexandra lhe deu um breve aceno, decepcionada ao notar que a mãe não estava ali. Ela a procurou nas salas de jantar e de estar, mas ainda não havia nenhum sinal dela. A mãe tinha sempre os mesmos hábitos e normalmente tomava um drinque antes do jantar enquanto conferia os preparativos, para ter certeza de que tudo estaria a seu contento para a noite.

Ela ouviu vozes no escritório do pai e hesitou ao abrir a porta. Perguntava-se se sua mãe estaria ali com ele, mas também não queria incomodá-lo. Alexandra era sempre cautelosa quanto a entrar no único espaço da casa que pertencia exclusivamente a ele – até mesmo a criada precisava pedir permissão antes de arrumar o cômodo.

– Alexandra? Precisa de alguma coisa?

Ela sorriu educadamente para o pai e, quando ele fez um gesto para que se aproximasse, foi na direção dele. Alexandra sorriu para o outro homem presente. Como ela estava ali, a conversa foi interrompida. O pai costumava ficar contente em vê-la, desde que ela não o incomodasse com sua presença nem lhe pedisse nada. Ele parecia preferir que ela fosse vista e não ouvida.

– Eu estava procurando a mamãe – disse ela. – O senhor a viu?

O pai lhe deu um beijo no alto da cabeça.

– Suspeito que ela esteja lá fora, cavalgando.

– Mas ela saiu há horas – retrucou Alexandra. – Pai, ela...

Ele virou o corpo e voltou a conversar com o outro homem, deixando claro que ela fora dispensada. *Ela nunca cavalgaria lá fora por tanto tempo*, Alexandra esteve prestes a dizer, mas em vez disso baixou a cabeça e deixou o escritório, decidida a procurar a mãe no andar superior. Talvez ela estivesse trocando de roupa em seus aposentos. Muito provavelmente o pai só repararia na ausência da mãe quando se sentasse para jantar e se visse a uma mesa vazia.

Os dedos de Alexandra mal se fecharam em torno do corrimão das escadas quando se ouviu uma batida forte na porta. Ela se assustou e parou, até que outra batida soou alguns segundos depois. Não apareceu ninguém para atender, então Alexandra foi até a porta e a abriu – algo que nunca fizera. Quase sempre havia alguém na casa para desempenhar tarefas como essa.

– Srta. Konstantinidis?

Alexandra engoliu em seco quando dois homens de uniforme a encararam, parecendo surpresos ao encontrá-la ali. Ela olhou para a viatura atrás deles e depois novamente para seus rostos, notando que o olhar deles se suavizara, como se lamentassem muito por ela. Sentiu um embrulho no estômago. Alguma coisa estava errada. Não deveria ter atendido a porta.

– É sobre a minha mãe?

É por isso que ela ainda não voltou? Eles vieram me dizer o motivo?

– Seu pai está em casa? – perguntou o oficial com delicadeza. – Precisamos...

– Por favor, me diga – sussurrou ela, segurando a porta com mais força. Suas pernas começaram a tremer, ameaçando ceder sob seu peso. – É sobre a minha mãe? Aconteceu alguma coisa...

As palavras foram sumindo em sua garganta quando o oficial deu um passo à frente e se aproximou para tocar seu braço, encostando a palma da mão desajeitadamente no tecido do vestido. Ela percebeu o brilho das lágrimas nos olhos dele, e então soube. Naquele momento, ela soube que o que quer que tivesse acontecido, quaisquer que fossem as notícias que eles vieram transmitir, tinha o potencial de partir seu coração.

O pai apareceu e se pôs ao lado dela, mas Alexandra se manteve ali em vez de desaparecer atrás dele. Ela precisava ouvir o que eles vieram dizer.

– Lamentamos profundamente a sua perda, Sr. Konstantinidis – disse um dos homens. – Sentimos muito em lhe comunicar que sua mulher sofreu ferimentos fatais como resultado de...

– Perda?! – gritou Alexandra.

Ele dissera *perda*. Isso significava que a mãe não voltaria para casa? Alexandra piscou para se desvencilhar das lágrimas que se formaram instantaneamente e que umedeciam seus cílios. Lutou para digerir o que o oficial tentava informar a seu pai.

– Minha mãe estava, quer dizer, minha mãe está...

– Minha mulher morreu? Vocês vieram me dizer que minha mulher não está mais entre nós?

– Sim, senhor. Acreditamos que ela morreu depois de cair do cavalo.

Alexandra cerrou os olhos e seu mundo começou a girar. Não conseguia mais ouvir o que ele estava dizendo. Suas pernas cederam e ela tombou no chão.

Por que eu não aceitei o convite? Por que não fui com ela? Por que não me levantei quando ela veio me buscar? Por que eu não estava lá com ela?

Quando braços a envolveram e a voz alta do pai preencheu seus ouvidos, ela fechou os olhos com força e começou a gritar. Lágrimas escorreram pelas bochechas e o coração ansiou por sua linda mãe, a quem ela nunca mais veria.

Seu pai mal a enxergava e quase não tinha tempo de lhe dar bom-dia, mas sua mãe fora tudo para ela. Sua mãe era uma luz radiante em um aposento abarrotado de homens velhos e enfadonhos. Era uma mulher que sabia exatamente o que queria da vida e que não tinha medo de reivindicar seus desejos para si e para a filha. Sua mãe fizera a vida valer a pena.

Mamãe, não consigo sobreviver sem você. Não consigo.

4

UM MÊS DEPOIS

Alexandra ficou sentada à mesa com as mãos entrelaçadas sobre o colo, olhando para a comida diante dela. De um lado, havia um copo alto cheio de leite e, do outro, grossas fatias de pão cobertas com mel, mas ela não conseguia se forçar a comer. Mal ingerira alguma coisa desde que a mãe morrera. Seu estômago não parava de se revirar, tornando quase impossível engolir a comida toda vez que ela tentava. Naquela manhã, percebeu que o vestido pendia de seu corpo como se ela fosse um cabide.

A mão de alguém tocou seu ombro e ela ergueu o olhar. Viu sua criada, Thalia, olhando fixamente para ela, o rosto crispado de preocupação. Ela trabalhava na casa desde que Alexandra era uma menininha. Agora, era frequente flagrá-la enxugando as próprias lágrimas, uma evidência de que estava de luto pela dona da casa. Pelo menos assim Alexandra sentia que mais alguém se importava, que alguém, além dela, sentia falta da presença de sua mãe.

– Alexandra, você precisa comer – murmurou ela, curvando-se ao seu lado. – Por favor. Faça isso por mim, sim?

Alexandra olhou de relance para o pai, que estava sentado com um jornal aberto bem no alto, de maneira que não podia vê-la, ignorando o fato de que a filha esperava desesperadamente que ele lhe desse atenção. Bem como fizera todos os outros dias, ele iria se levantar da mesa e sair para o trabalho sem ao menos perceber que sua única filha não conseguia tocar na comida. Era como se ele tivesse se esquecido da perda que sofreram no momento em que a mãe foi enterrada. A vida dele seguiu normalmente, e as emoções da filha lhe pareciam uma inconveniência que ele fazia o possível para ignorar. Ela não o vira derramar uma única lágrima, nem mesmo no funeral. Perguntava-se por que ele era tão distante, por que não estava enlutado da maneira que ela esperava. Lembrou-se de sua mãe ter dito uma vez que ele nunca se recuperara da perda de um filho, um recém-nascido, quando Alexandra mal completara 2 anos.

Alexandra balançou a cabeça, mas Thalia apenas suspirou e pegou um pedaço do pão, segurando-o na frente dela com um olhar de quem não aceitaria recusas, como poderia ter aceitado quando a garota ainda era criança. Sem querer dar uma de difícil, Alexandra abriu a boca e se obrigou a comer, forçando o pão para dentro enquanto tentava mastigá-lo. Mas seus olhos acabavam encontrando o caminho para o assento vazio à sua esquerda, onde a mãe sempre se sentava, como faziam todas as manhãs. Os cafés da manhã com a mãe sempre foram animados. As duas conversavam e riam, e depois riam mais ainda quando o pai se levantava e jogava o jornal em cima da mesa, encarando-as como se dissesse "Vocês duas não conseguem nem ficar quietas enquanto tomo meu café".

Ela tentou engolir o pão, e Thalia, como se sentisse o desconforto dela, lhe passou o copo de leite e beijou-a na cabeça. Ela só foi embora quando Alexandra deu um gole, tirando a mão do seu ombro e lembrando-lhe que ela estava sozinha outra vez.

Olhe para mim, pai. Converse comigo. Me dê alguma coisa que não esse silêncio sem fim. Por que não consegue me enxergar? Por que não sente falta da mamãe como eu sinto? Por que não falamos mais sobre ela desde que nos deixou?

Como se ouvisse seus pensamentos suplicantes, o pai baixou o jornal, o dobrou e o deixou sobre a mesa. Ele já comera sua típica colherada de compota de frutas. Agora sorveu o resto do café e, só então, fixou o olhar na filha. Ele a fitou por um longo instante, como se imerso em pensamentos, antes de deixar escapar um longo suspiro.

– Alexandra, acho que seria melhor se você fosse morar com sua tia em Londres.

O rosto de Alexandra se afogueou, a descrença deixando-a de queixo caído enquanto encarava o pai com os olhos arregalados. Ele queria que ela fosse viver em outro país? Queria que ela deixasse a Grécia?

– O senhor não pode estar falando sério!

Ele suspirou, como se a filha de 12 anos estivesse discutindo com ele sobre a hora de voltar para casa ou sobre o que poderia vestir para sair com os amigos, e não sobre uma decisão que a mandaria para outro país. Para *Londres*!

– Foi o que decidi. É o melhor para você, Alexandra, e não quero mais ouvir uma palavra sobre isso.

Ela cerrou as mãos sob a mesa, seu corpo trêmulo de raiva. Como ele podia ser tão cruel? Tão frio? Será que ele não conseguia sentir quanto ela precisava dele?

– Mas mamãe está aqui. Eu não poderia visitá-la.

Alexandra quis empregar um tom alto e decidido, mas, em vez disso, sua voz ficou presa na garganta e fraquejou por conta da emoção, como se não passasse de um sussurro. Ela queria ter falado como uma jovem dama, para que ele a escutasse, mas apenas soou como uma criança.

– Pai, por favor. Por favor, não faça isso comigo. Por favor, reconsidere sua decisão.

Ele se levantou e encarou a filha. Ela viu algo nos seus olhos que desejou não ter visto. Será que ela o fazia se lembrar muito da esposa falecida? Será que ele não a queria por perto agora que sua mãe havia partido? Seria Alexandra apenas um obstáculo agora que ele era o único responsável por ela? Porque, no momento em que seus olhares se cruzaram, ele desviou os olhos, como se não conseguisse suportar.

– Alexandra, sua mãe se foi. Seu túmulo nada mais é do que um buraco na terra.

– Mas, pai, meu lugar é aqui, na Grécia. Minha *casa* está aqui.

Meu coração está aqui.

O olhar glacial que ele lhe lançou confirmou que o pai não se importava com as súplicas da filha. Quando tomava uma decisão, nunca mudava de ideia. A mãe sempre dissera que ele era muito cabeça-dura e, pela primeira vez, Alexandra via como ele podia ser cruel e implacável.

Lágrimas começaram a escorrer por suas bochechas e ela mordeu bem forte o lábio inferior para se impedir de dizer algo de que pudesse se arrepender mais tarde. *Eu te odeio. Queria que você tivesse morrido no lugar dela.* Alexandra sentiu vontade de gritar essas palavras na cara dele, mas, mesmo em sua dor, sabia que não deveria fazer isso. Não se permitiria dizer o que pensava de verdade, não importava quanto as palavras lutassem para explodir.

– Eu já disse tudo o que tinha para dizer sobre esse assunto. Agora vá e se vista. A família real está vindo nos visitar para prestar suas homenagens. Quero te ver aqui embaixo, pronta para cumprimentá-los assim que chegarem.

O pai saiu e Alexandra se curvou para a frente, a respiração ofegante à medida que lutava contra a ideia de deixar a mãe e todas as coisas que nunca mais veria ou faria em sua amada Atenas. Todas as coisas que seria obrigada a abandonar. Porque ela sabia que, uma vez que o pai a mandasse para Londres, o mais provável era que nunca mais voltasse para casa. Alexandra nunca mais percorreria os corredores de sua linda casa, nunca mais avistaria pelas janelas os campos sem fim que sempre admirara nem caminharia até o local em que a mãe fora enterrada. Ela nunca mais visitaria o palácio nem veria as princesas, tampouco almoçaria com a rainha, como muitas vezes fizera com a mãe. O pai não queria que ela voltasse, estava transferindo-a para a cunhada como se a filha fosse um bem indesejado.

Alexandra ergueu a cabeça, pegou o copo de leite, arremessou-o pela sala e gritou. Era inútil: ela poderia gritar quanto quisesse, o pai nunca mudaria de opinião. E agora ainda sujara tudo e a pobre Thalia teria que limpar.

* * *

Alexandra observava o pai andar de um lado para outro, à espera do rei Teodoro e do restante da família. Havia pelo menos duas horas que ela aguardava pacientemente sentada, remexendo no tecido da saia, tentando a todo custo pensar num jeito de convencer o pai a deixá-la ficar. No fundo, sabia que ela poderia defender sua causa quanto quisesse – quando ele tomava uma decisão, nunca voltava atrás. *A não ser, é claro, que eu explique a situação para a família real. Ele nunca me perdoaria, mas tampouco lhes desobedeceria se determinassem que eu deveria ficar.*

Alexandra foi surpreendida quando bateram na porta. Suas costas se enrijeceram e ela se sentou ereta na cadeira. O pai tinha parado de andar. Mas não foi o rei que entrou na sala, e sim um mensageiro em trajes formais, com um olhar aflito. Alexandra crescera muito próxima à família real – na infância, a mãe fora amiga íntima da rainha, e a amizade delas perdurara até a idade adulta. Seu pai se tornara um dos conselheiros do rei. Por isso, ela sabia que não teriam enviado alguém no lugar deles se ainda estivessem para chegar.

– Senhor, trago notícias do rei Teodoro.

Alexandra se inclinou para a frente, atenta. De certa forma, achou que lhe mandariam deixar o aposento, independentemente da notícia que estava prestes a ser compartilhada. Porém, o mensageiro pigarreou e prosseguiu. Seu pai parecia preocupado demais para se lembrar da presença dela.

– Que notícias? – perguntou o pai. – Onde eles estão?

– O rei e a família partiram, senhor. Foram embora no avião real.

– Eles fugiram do país? – questionou ele, arquejando. – Está me dizendo que o rei deixou a Grécia sem nem me avisar?

– Sim, senhor. Contudo, ele comunica que seus parentes e conselheiros mais próximos podem querer deixar a Grécia também, porque não se sabe até que ponto a situação pode sair do controle. Ele providenciou um avião particular para levar o senhor e a sua filha se assim desejar.

O homem fez uma pausa e então continuou:

– Ele pediu que eu comunicasse quanto ele e a rainha lhes devotam afeição. Eles querem se assegurar de que os senhores ficarão em segurança a despeito do que possa acontecer na ausência dele.

O rei deixara a Grécia? Teria abdicado? O que mais teria levado a família real a fugir do país dessa forma? Será que ela e o pai poderiam realmente estar em perigo? Perguntas borbulhavam em sua garganta, mas ela se sentou em silêncio, sabendo que, se ousasse emitir um único ruído, seria banida da sala. Era sua mãe que costumava mantê-la informada sobre notícias importantes, por isso ela não sabia nada a respeito das maquinações políticas em discussão.

Seu pai recomeçou a andar de um lado para outro, o rosto pálido e sem o bronzeado intenso que costumava colorir suas bochechas. A cena fez seu coração disparar. Algo terrível devia ter acontecido. A respiração de Alexandra ficou presa na garganta, como no dia em que a polícia trouxera a notícia da morte da mãe. Ela desejou ter mais conhecimento sobre o assunto.

– Quanto tempo temos até a partida? – perguntou o pai. – Por favor, me conte precisamente o que disse o rei. Necessito saber quais foram suas palavras exatas.

– A recomendação é que o senhor e sua filha partam ao anoitecer. O rei foi enfático em seu desejo de que deixem o país antes que se saiba que a família real foi embora. Não vai demorar muito para a notícia se espalhar, e sair da Grécia, mesmo que por um tempo, pode ser mais seguro para o senhor.

O mensageiro acenou e foi embora. Quando ela olhou para o pai, esperando uma explicação, ele saiu e a deixou sozinha na sala. Alexandra ficou sentada em silêncio, o coração acelerado, aguardando o retorno do pai, o que nunca aconteceu. Então, acabou se levantando e se dirigiu ao próprio quarto. Sua mãe era sempre a pessoa que explicava o que estava acontecendo, para aquietar suas preocupações e lhe dizer o que priorizar quando se deixa um país às pressas.

Alexandra pensou nos belos cavalos da mãe, que foram abandonados e sem dúvida se perguntavam onde estaria sua dona tão atenciosa. Ela pensou no túmulo, ao lado do qual nunca mais voltaria a se sentar, pensou no perfume da mãe quando ela o passava em seu quarto. Se antes achara que haveria alguma possibilidade de ficar, agora sabia que não existia a menor chance, não depois daquela repentina reviravolta. Ela partiria, querendo ou não.

Alexandra correu para o andar superior, foi até o closet da mãe e pegou o frasco do perfume dela, que continuava ali desde a última vez que ela o usara. Então, foi às pressas até seu quarto. Thalia logo subiria, tinha certeza, mas, enquanto isso não acontecia, começou a tirar as coisas do guarda-roupa e a colocá-las sobre a cama antes que as malas fossem levadas ao quarto. Ela dobrou vestidos e reuniu alguns itens pessoais. Quando viu o exemplar de *Orgulho e preconceito*, ao lado da cama desde a última vez que o lera, no dia em que tudo mudou, ela começou a arrancar as páginas. Enfurecida, ela as rasgou, chorando e jogando-as no chão, como pétalas brancas que se desprenderam de uma flor.

Ela nunca mais leria. Seu castigo seria esse, por ter preferido ler aquele livro estúpido a passar um último dia com a mãe. Alexandra poderia ter se deleitado com o sorriso e os elogios dela. Poderia ter assistido à mãe galopar sem esforço sobre os obstáculos na arena, fazendo o hipismo parecer o esporte mais bonito de todos. Ela poderia ter estado lá quando a mãe caiu, ter feito alguma coisa para salvar a vida dela, poderia ao menos tê-la segurado nos braços. Em vez disso, escolhera ficar em casa mergulhada em um livro.

Alexandra se enrodilhou na cama, deitada sobre as roupas que acabara de dobrar, as bochechas molhadas de lágrimas. Fechou os olhos com força, o corpo pesado e trêmulo, a respiração ofegante.

Perder a mãe era uma coisa, mas também abandonar a Grécia? Tudo o que sempre conhecera e amara estava sendo arrancado dela. Sua vida estava mudando de um jeito que ela nunca poderia ter imaginado. Quem era Alexandra sem sua família ou seu país?

Mamãe, como pôde me deixar? Por que não foi ele em vez de você?

5

DIAS ATUAIS

Ella se afastou, os braços cruzados ao examinar a tela para garantir que a posição estava perfeita. Estavam exibindo um dos artistas mais celebrados de Nova York, e ela queria que tudo estivesse perfeito para o evento de sexta-feira à noite. Alguns dos seus maiores clientes estavam vindo a Londres para conhecer o trabalho, e ela estava esperançosa de que, até o fim da noite, veria etiquetas de "Vendido" em cada uma das obras.

– Ella?

Sua assistente, Becky, tocou seu braço e sorriu. Ella estivera ausente, absorta em seu próprio mundo. Isso sempre acontecia quando observava uma obra de arte: era como se nada mais existisse ao redor dela.

– Sua mãe está aqui e quer te ver.

– Minha mãe?

Ella assentiu, mas levou um instante para se virar, ainda olhando fixamente para a tela. Depois, fez um gesto de aprovação para o montador da exposição.

– Obrigada. Está perfeito.

Ella olhou para Becky, que ainda estava esperando.

Ao se virar, viu a mãe sentada com rigidez em uma das enormes cadeiras de couro que ficavam próximas à sua escrivaninha. Ella se dirigiu até ela, os saltos do sapato estalando no chão e ecoando pela galeria. Não se importava com a visita da mãe, mas era algo inesperado.

– Mãe! O que a traz aqui?

– Vim na esperança de que você estivesse livre para um café. Mas posso ficar aqui até que você faça uma pausa para o almoço.

Ella abraçou-a quando ela se levantou, aguardando por bastante tempo para que a mãe soubesse como estava contente em vê-la.

– Está tudo bem?

Ela observou seu rosto, grata ao vê-la assentir.

– É claro. Por que não estaria?

– É que você não costuma aparecer aqui com muita frequência, só isso – disse Ella. – Mas um café é uma excelente ideia. Vou pegar meu casaco. Com certeza não vou te deixar esperando até a hora do almoço!

Ela não contou para a mãe que raramente fazia uma pausa para almoçar. O mais provável era que pedisse a Becky para comprar algo, de modo que pudesse comer sem precisar sair da galeria.

Ella caminhou até sua mesa e pegou o casaco pendurado no encosto da cadeira.

– Vou sair por meia hora. Me ligue se precisar de mim.

– Podemos sobreviver sem você por meia hora, El – disse Becky, revirando os olhos.

Ella sabia que podiam, é claro, mas se alguma coisa desse errado, se uma tela fosse pendurada incorretamente ou se um cliente chegasse procurando por ela, seria Ella quem levaria a culpa.

– Vamos a pé até o Everyman Espresso – sugeriu ela. – Podemos pedir para viagem e sair para dar uma volta, ou...

A mãe olhou para seus saltos altíssimos e Ella riu.

– Acredite em mim, consigo andar quilômetros com esses sapatos.

Elas caminharam devagar. Sua mãe parecia querer dizer alguma coisa, mas cada vez que abria a boca, tornava a fechá-la e desviava o olhar. Ella decidiu tomar a iniciativa – qualquer coisa para pôr fim ao silêncio desconfortável.

– Como está meu pai?

– Está bem. Anda ocupado no trabalho, você sabe como ele é.

E sabia. Todos os anos o pai mencionava a aposentadoria, mas ela achava que ele trabalharia até os 80 anos. O trabalho lhe ocupava a mente, e ela sabia que, sem ele, o pai enfrentaria momentos difíceis. Mas adoraria vê-lo mais relaxado.

– Jantei com Kate ontem à noite – contou Ella.

Sentiu-se culpada – quando fora a última vez que convidara a mãe para vir à cidade jantar com ela? Sabia que precisava se esforçar mais, mas às vezes tudo o que precisava era da companhia descontraída e imparcial da tia. Com a mãe, tudo sempre parecia um grande esforço. Era quase como se Ella precisasse adotar uma versão diferente de si mesma.

– Falei com ela esta manhã – comentou sua mãe devagar, como se não tivesse certeza se deveria revelar aquela informação.

– Falou?

Então ela já sabia que haviam jantado. Talvez era disso que se tratava aquela visita inesperada.

– Ela contou que vocês tiveram uma noite ótima.

– Mãe, por favor...

– Ella, eu acho maravilhoso que você e Kate sejam próximas, por favor, não se preocupe. Sua tia sempre tratou vocês, crianças, como se fossem seus próprios filhos, e era assim que eu queria que fosse.

Sua mãe tocou seu braço quando pararam do lado de fora do café.

– Posso ver a culpa estampada no seu rosto, mas não tem por que se sentir culpada. Além disso, Kate sempre foi uma ótima companhia. Dá para entender por que você gosta tanto de sair com ela.

Ella deixou escapar um suspiro que nem reparara que estivera segurando.

– Obrigada.

As duas entraram e Ella pediu dois cafés. Pagou no balcão e se juntou à sua mãe, sentada a uma mesa.

– Então, se não é sobre o jantar de ontem à noite, por que você decidiu vir me visitar hoje?

– Ela me contou sobre a caixa.

Ella assentiu devagar.

– Ok...

Ela suspirou. O que aconteceu com Kate, que dissera para manterem aquilo em segredo, sem contar para a mãe dela? O combinado não durara nem dezesseis horas!

– Desculpe, eu deveria ter trazido a caixa e mostrado para você. Quando voltarmos à galeria, posso...

A mãe ergueu a mão.

– Ella, não preciso ver a caixa. Estou aqui para te dizer para não perder tempo com isso.

– Perder tempo? – Ella franziu o cenho. – O que quer dizer com isso? Não quer descobrir mais sobre o passado da vovó?

– Você precisa se concentrar no trabalho, Ella. Não tem tempo para se preocupar com umas pistas bobas sobre o passado, que podem ou não ter conexão com a sua avó. De todo modo, elas provavelmente não significam nada.

Ella se indignou.

– Mamãe, em primeiro lugar, eu tenho tempo na minha vida para fazer outras coisas além de trabalhar. E, em segundo, o que quer dizer com isso? Acho que ficou bem claro que a caixa foi deixada para a vovó. Tem o nome dela no cartão, para início de conversa! É claro que significa alguma coisa.

A mãe deu de ombros, pegou o açúcar e ficou mexendo nos cantinhos do sachê de papel.

– Ella, eu só não quero que você se distraia. Você trabalhou duro para construir sua carreira, e tentar descobrir o que tudo isso significa poderia consumi-la.

– Que eu me distraia? – repetiu Ella, o rosto se afogueando.

Sabia o que a mãe estava tentando dizer: ela não queria que a filha se distraísse da forma como Harrison o fizera. O médico-legista dissera que o mais provável é que ele estivesse distraído quando fez a curva muito rápido e bateu no cabo de energia. Desde então, sua mãe vinha sendo hipervigilante para garantir que ninguém mais na família se distraísse com *coisa alguma*.

– Mãe, eu não sou ele.

Ella mordeu a língua, sem querer magoar a mãe, mas também desejando que ela soubesse que a filha precisava viver a própria vida sem medo.

– Não é o mesmo tipo de distração.

– Ella, só estou dizendo que seria melhor se manter concentrada no que está fazendo. Aconteceu quase a mesma coisa na época em que você quis ser artista, mas, no fim das contas, você tomou a decisão certa, a decisão *sensata*. Concentrou sua energia na construção de uma carreira maravilhosa, e veja onde está agora! Você é um grande sucesso e nós estamos muito orgulhosos. – Ela fez uma pausa. – Estou te pedindo para deixar isso de lado.

Os cafés chegaram e, enquanto isso, Ella teve tempo de considerar sua resposta. Pedira copos descartáveis, achando que iriam caminhar de volta devagar, bebericando o café. Mas agora percebia que ficariam sentadas ali.

– Mãe, e se eu ainda quiser ser artista? – Ela baixou o tom de voz. – Sabia que eu me pergunto todo dia se meu sucesso valeu o sacrifício?

– Se valeu? – indagou a mãe, chocada. – Querida, você conquistou tudo com que sempre sonhou.

Não, mãe, conquistei tudo com que você sempre sonhou.

Ella deu um gole no café e queimou a ponta da língua. Era inútil ter aquele tipo de conversa. Já haviam discutido várias vezes e, para ser sincera, esta era a razão pela qual escolhera sair para jantar com a tia e não com a mãe. Ella precisava ser ela mesma, abrir-se sobre o que andava sentindo e sobre o que estava acontecendo na vida dela. Precisava não ter que se censurar.

– Você não está nem um pouquinho curiosa para descobrir sobre a família da sua mãe? Descobrir quem foi a mãe biológica dela? Para você, não foi um choque saber que ela foi adotada? Se é que foi *mesmo* adotada.

A mãe suspirou. Ella viu, talvez pela primeira vez, como sua mãe parecia exausta: os pés de galinha estavam bem sulcados, e o olhar, cansado.

– Às vezes, precisamos apenas deixar o passado no passado, só isso. De que adianta revelar segredos que talvez ficassem melhor guardados?

Ella pensou imediatamente em Harrison quando a mãe mencionou o passado, sabendo que ela devia estar pensando nele.

– Mãe, você sabe que penso nele todos os dias – comentou ela, aproximando-se da mãe para tocar a mão dela.

Seus dedos se fecharam ao redor dos dedos da mãe, mas pôde sentir que ela tentou se afastar, como se o toque não lhe fosse agradável.

– Por favor, olhe para mim.

Sua mãe ergueu o olhar vagarosamente.

– Também sinto falta dele. Todos os dias de todos os meses de todos os anos, eu sinto a falta dele.

Ella enxugou as lágrimas, sabendo que a mãe se sentia desconfortável ao falar sobre Harrison.

– Mas não posso ter medo de viver minha vida por causa dele. Não posso sempre tentar ser tão cuidadosa, tão contida, a ponto de deixar de fazer as coisas que quero. – Ela engoliu em seco. – Não posso viver minha vida por nós dois.

Como ir atrás dos meus sonhos. Como viajar. Como assumir riscos.

– Eu vejo o papai fazendo o mesmo trabalho todos esses anos, batendo ponto na entrada e na saída, e...

Sua mãe retirou a mão.

– Não fale assim do seu pai.

Ella assentiu.

– Só estou tentando me abrir para você, mamãe. Não estou desrespeitando o papai, você sabe como eu o amo.

Só não quero ser como ele. Não quero despertar quarenta anos depois e me dar conta de que a vida passou e eu nunca fiz as coisas que queria fazer.

– Achei que você amasse seu trabalho...

– Eu amo – interveio ela, num suspiro. – É claro que sim. Às vezes. Na verdade, gosto dele a maior parte do tempo.

Não havia por que ter aquela conversa, não mais, não novamente. Sua mãe nunca compreendera.

– Mas voltando à caixa...

A mãe franziu os lábios antes de dar um gole no café.

– Você gostaria de pelo menos voltar à galeria para dar uma olhada? Não está nem um pouquinho curiosa para saber o que foi deixado para trás? – perguntou Ella, sorrindo. – A caixinha de madeira é incrível, e as pistas estavam dobradas dentro dela.

– Às vezes me pergunto se você é filha da Kate – murmurou a mãe. – Vocês duas não param de falar dessa caixa. Se você precisa descobrir mais, então pelo menos tente não se deixar consumir. E eu não quero fazer parte disso. Preferiria que você esquecesse que essa caixa existe.

Ella tentou não suspirar. Talvez fosse sua mãe quem deveria investigar as pistas. Pelo menos assim não gastaria todo o tempo se preocupando com a filha. Mas uma coisa era certa: não havia nenhuma possibilidade de que Ella desse as costas para essa história. Era algo importante demais para ser simplesmente descartado, ainda mais tendo sido mantido em segredo por tantos anos. Ela já não conseguiria esquecer a caixinha, assim como não poderia fazer uma viagem à Lua – seria impossível.

* * *

Ella estava de volta à sua mesa, brincando com uma caneta e olhando fixamente para a foto. Havia alguma coisa nela que a fazia voltar a observá-la. Posicionara o retrato ao lado do notebook, para que ficasse de frente para ela. Viu-se novamente pesquisando a Grécia no Google, rolando imagens sem fim até se perder num mar azul cintilante, que a fez desejar vê-lo com os próprios olhos.

Havia anos que ela não tirava férias de verdade. Estivera prestes a reservar uma viagem quando a pandemia eclodiu e tumultuou a vida de todo mundo, incluindo a dela. Desde então, ela mergulhara no trabalho, tentando fazer a galeria voltar a ser o que fora antes de todas as restrições. Felizmente suas vendas se mantiveram altas, já que os investidores ficaram satisfeitos em participar de leilões on-line quando não podiam ver as obras de perto. Agora, porém, a galeria estava voltando a receber todos os clientes de portas abertas. Havia sido incrível, e por meses Ella se sentiu a mil por hora. Mas também começava a se dar conta de que não havia como continuar trabalhando com aquela intensidade por muito tempo. Não sem sofrer de estafa ou ver sua saúde se deteriorar.

Umas férias na Grécia poderiam resolver isso...

Seu dedo ficou pairando sobre o mouse enquanto olhava para a última imagem. Era um link para o aluguel de uma casa em uma ilha que ela não conhecia, mas que parecia similar à da fotografia. Ella a pegou e a segurou ao lado da tela, comparando. Não conseguiu ter certeza absoluta, principalmente porque a imagem era em preto e branco, mas algo dentro dela, uma voz em sua mente, tentava convencê-la de que era o mesmo lugar. Ou talvez fosse sua própria voz, desejando que fosse verdade. Elas lhes pareceram familiares, e foi quando se deu conta do motivo: ela reconheceu a locação do filme *Mamma Mia!*.

Ella apoiou a foto na mesa e decidiu clicar na imagem da tela, que mostrava uma pequena seleção de casas disponíveis na ilha de Escópelos, no mar Egeu. Uma em particular lhe interessou: uma casinha muito pequena, de estuque, localizada no alto de um lance de escadas, com vista para o mar. As portas se abriam para fora e caixinhas com belas flores cor-de-rosa adornavam as janelas. Mas foi a imagem de um cavalete posicionado no pequeno pátio, com vista para a vasta extensão do mar, que a fez parar.

E se eu fosse para lá? E se eu fugisse da minha vida por uma semana? Duas semanas? Ela engoliu em seco. *Um mês?*

Fazia anos que não tirava férias, e não havia nada que a impedisse de organizar um recesso. Mas, quando ergueu a cabeça e olhou ao redor, soube como seria difícil para todos os outros. Ella *era* a galeria. Assumira todo o gerenciamento do dia a dia, do relacionamento com os artistas e com todos os clientes importantes... Voltou a se concentrar na tela e decidiu olhar as datas em que a casa estaria disponível, tentando tirar o trabalho da cabeça. Enquanto fazia isso, quase pôde sentir o sabor do sal no ar, dos deliciosos frutos do mar, dos finais de tarde regados a vinho rosé.

Ella abriu sua agenda e a conferiu. Não havia nada ali que não pudesse delegar, a não ser a exposição da sexta-feira seguinte. E ainda teria acesso ao e-mail se os clientes precisassem dela ou se surgisse uma emergência. Mas...

Olhou novamente para a foto na mesa e depois para a casa na tela.

Só vá em frente. Pela primeira vez na minha vida, por que não posso fazer alguma coisa que seja só para mim? Por que não posso tomar uma decisão sem me sentir culpada?

Ella engoliu em seco, observando as imagens de Escópelos, a ilha que parecia chamar por ela. Depois, fechou rapidamente o notebook. Não tinha como fazer uma coisa dessas. *Em que diabos estou pensando?*

Balançou a cabeça como se tentasse afastar os pensamentos sobre a Grécia, mas voltou a abrir o computador e clicou em uma nova janela de busca. Ela precisava fazer algo de útil, como investigar a Hope's House e tentar descobrir qual era a ligação com a sua família.

Apareceram alguns resultados que não estavam relacionados com o que ela buscava, então acrescentou outras informações. Foi na terceira página que encontrou o que estava procurando.

LAR PARA MULHERES SOLTEIRAS E BEBÊS SERÁ
FECHADO DEPOIS DA MORTE DE HOPE BERENSON,
FUNDADORA E ETERNA DEFENSORA DAS MULHERES

Ella ergueu os olhos, conferindo se alguém na galeria precisava de ajuda, depois clicou no artigo. Sua curiosidade fora atiçada. Inclinou-se para a frente a fim de ler o texto.

Hope Berenson, fundadora da Hope's House, dedicou a vida a ajudar mulheres solteiras e seus bebês. Faleceu pacificamente no fim de semana, cercada pelas pessoas mais próximas, que sempre diziam que ela era um "anjo para as solteiras" e uma mulher com o tipo de compaixão e dedicação aos outros que quase nunca se vê. Berenson não tinha filhos, apesar de ter dedicado a vida a crianças indesejadas, e será lembrada com carinho por muitos da comunidade. Ela deixou seus bens para o Centro para Mulheres Refugiadas de Londres, instruindo-os a vender sua propriedade para financiar um novo centro. Pela venda da casa, eles receberam uma quantia não revelada, além de uma doação considerável e inesperada da incorporadora.

O beneficiário da propriedade quis homenagear a generosidade de Hope, que permitiu que eles continuassem o trabalho de assistência às mulheres da comunidade e lhes deu a oportunidade de estabelecer um novo centro para ajudar jovens mães e seus bebês. Isso não teria sido possível sem o generoso legado de Berenson.

No final do artigo, havia uma foto da casa, e Ella deu zoom para vê-la mais nitidamente. Era uma construção elegante de tijolos, com dois andares, uma placa dourada pendurada no portão, na qual se lia HOPE'S HOUSE, e uma porta principal vermelha, ladeada por vasos de flores. Um lar que, de outra forma, poderia ter sido o de uma família grande, uma casa que ninguém teria notado em uma rua repleta de propriedades semelhantes. Mas era incrível pensar na quantidade de mulheres que essa Hope devia ter ajudado, em quantas buscaram o apoio dela nos momentos mais desesperadores... Ella continuou a rolar a tela, desejando ter tido a oportunidade de conhecer essa mulher. Mas sua atenção rapidamente foi desviada para os comentários. Havia muitos, a maioria mencionando a mulher maravilhosa que Hope devia ter sido. O último fez Ella parar:

Eu me lembro deste lugar da minha adolescência. Minha melhor amiga foi mandada para lá para dar à luz. Naquele tempo, a desculpa era de que suas filhas estavam indo morar fora, quando na verdade estavam grávidas. Todos sabiam que algumas famílias abastadas procuravam Hope por sua absoluta discrição. E, embora eu tenha certeza de que ela nunca recusaria nenhuma garota que aparecesse na soleira de sua porta, muitos pais ricos pagaram uma quantia considerável para deixar suas filhas lá. Acho que muitas crianças nascidas na Hope's House nunca souberam que foram adotadas, pois naquela época tudo se mantinha envolto em um grande segredo.

Ella releu as duas últimas frases, pensando na própria avó. Será que ela pertencera a uma família abastada, e eles mandaram sua bisavó àquele lugar para dar à luz, sob o pretexto de que ela estava indo morar no exterior? Foi dessa maneira que ela acabara indo parar ali? Ou será que ela não tinha um tostão e foi expulsa de casa, terminando na soleira da Hope's House porque aquele era o único lugar para onde poderia ir?

E talvez as caixas tivessem sido deixadas pelas jovens mães que menos queriam estar ali? Aquelas que relutavam em abandonar seus bebês, que queriam desesperadamente ficar com suas crianças. Ou talvez fosse apenas uma ilusão da parte dela.

Ella fechou o navegador e clicou nos e-mails, decidida a seguir o plano que sua tia sugerira. Se Mia, a sobrinha de Hope, pudesse lançar alguma luz no passado, será que não valia a pena tentar entrar em contato?

Ella encontrou o e-mail que recebera do advogado na semana anterior, confirmando a reunião, e logo digitou uma mensagem pedindo o contato de Mia. Com certeza valia a pena tentar. Depois disso, fechou o notebook e o enfiou na bolsa, arrumando as coisas. Estava decidida a ir para casa, tomar uma taça de vinho e ver Netflix. Afinal, estava exausta.

6

ATENAS, 1967

Alexandra sabia que não deveria ter saído de casa sozinha, mas seu pai estava preocupado, e ela fugira sem que ninguém percebesse. Sua criança interior queria escapulir e se esconder, deixar que o pai abandonasse o país sem ela. Mas a jovem adulta na qual estava se transformando sabia que isso era uma fantasia. Não só o pai não deixaria Atenas sem sua única filha, como também poderia ser muito perigoso para ela permanecer ali. Se o rei já havia partido e queria que a família dela e conselheiros próximos partissem também, então a situação devia ser mais complicada do que lhe contaram.

O sol estava alto no céu quando ela se pôs a correr pela grama, o suor escorrendo pelo pescoço. Então, olhou para o estábulo que se estendia diante dela. Parou um pouco para recuperar o fôlego, observando se havia alguém ali. Por fim, caminhou em direção à ampla construção de madeira, tentando imprimir aquela imagem na memória. Tudo no estábulo era imaculado, desde a pintura branca e cinza até os vasos de plantas cheios de flores que ladeavam a entrada – todos os detalhes em que sua mãe insistira quando compraram a propriedade. Mas foi o focinho castanho de um cavalo espiando por cima da baia mais próxima que fez seu coração parar.

Apollo, o cavalo amado de sua mãe. Ela o tinha desde que ele era um potro, e havia entretido Alexandra com histórias sobre ele desde que a filha era uma menininha. Contara que fora sua amiga, a rainha, quem o dera de presente. Apollo era o cavalo com o qual um dia a mãe havia competido, na época em que *ela* era a rainha da pista de salto e conquistara pela primeira vez o olhar de seu pai. Era também o cavalo em que ela desfrutava tranquilamente de uma tarde de equitação quando ocorreu o acidente. Aquele que sua mãe amara quase tanto quanto havia amado a filha. O estábulo estava repleto de belos equinos, mas Apollo tinha um lugar especial no coração da mãe, e agora no de Alexandra, mesmo depois do que acontecera. Como poderia não amar um animal que sua mãe havia adorado? Para Alexandra, não importava que ele houvesse sido um presente da família real, e sim que sua mãe o havia amado.

Ela avançou devagar, se perguntando se sentiria ódio do cavalo pelo papel que ele desempenhara na morte da mãe. Porém, tudo o que experimentou foi um sentimento extraordinário de amor por ele. Alexandra se aproximou de Apollo e estendeu a mão. Ficou observando-o resfolegar nela, antes de fuçar sua palma e esfregar o lábio superior sobre a pele dela.

– Eu deveria ter lhe trazido um cubo de açúcar – sussurrou ela, movendo a mão suavemente para acariciar seu focinho.

Alexandra se debruçou sobre a porta frouxa da baia, apoiando a fronte contra a madeira enquanto a emoção ameaçava sufocá-la. Apollo acariciava seu cabelo como se sentisse que alguma coisa estava errada. Quando criança, ela passava horas nos estábulos atrás da mãe, montava no impressionante alazão antes mesmo que suas pernas alcançassem os estribos, e participava do mundo da mãe, apenas as duas. Mas, à medida que foi envelhecendo, seu interesse por cavalos diminuiu. Não quis mais andar a cavalo ou visitar os estábulos todos os dias, nem mesmo toda semana. Agora, esse era um de seus maiores arrependimentos.

– Alexandra?

Uma voz vinda de trás a fez enxugar os olhos rapidamente e se empertigar. Sua mãe insistira para que todos os chamassem pelos primeiros nomes. Ela podia até ter crescido como uma herdeira, mas a mãe nunca permitira que a tratassem como se ela fosse diferente. A mãe gostava de dizer que era nada mais do que uma plebeia, apesar de sua riqueza, mesmo quando se casou com o pai de Alexandra, que, por causa do trabalho, se tornou ainda mais próximo da família real e de seus amigos íntimos. Mas, mesmo sem acreditar que era mais importante que os outros, a mãe, com sua beleza e seu magnetismo, atraía as pessoas. Por isso, sempre era tratada como se *fosse* especial.

– Nico – respondeu Alexandra, quando finalmente se virou.

Ele estava segurando o chapéu contra o peito, os olhos cheios de lágrimas quando a encarou. Nico fora o cavalariço da família a vida inteira.

– Alexandra, eu sinto muito.

– Obrigada, Nico.

Suas palavras não passaram de um sussurro, a respiração trêmula.

– A senhorita não está aqui para cavalgar?

Ele olhou para a saia e as sandálias dela.

– Eu vim ver o Apollo.

Antes de partirmos. Ela quase deixou estas últimas palavras escaparem.

– Eu...

Ele acenou e deu um passo à frente, abrindo com destreza a porta da baia e se esgueirando por ela.

– Pode entrar – disse ele.

Alexandra hesitou, mas acabou entrando no estábulo, se vendo no espaço exíguo com o enorme cavalo. Levou um tempo para o coração dela desacelerar, mas Apollo simplesmente ficou parado e piscou com calma para ela, os grandes olhos castanhos muito gentis e confiantes.

– Ele sente falta do carinho da sua mãe – comentou Nico em voz baixa. – Está sempre à espreita, como se esperasse que ela fosse aparecer a qualquer momento para selá-lo ou alimentá-lo com maçãs.

Também sinto falta do carinho dela.

Novas lágrimas encheram os olhos de Alexandra e ela se inclinou na direção de Apollo. Encostou a bochecha no pescoço macio e sedoso do animal, inalando o aroma que sua mãe tanto amara. Uma vez ela chegara a dizer que, se pudesse, arrumaria um frasco com o doce aroma do cavalo.

A mão de Nico tocou seu ombro.

– Alexandra, seu pai pediu para vendê-lo.

Ela ergueu a mão para Apollo mais uma vez. Em parte, depois do acidente, esperara que seu pai ordenasse que o matassem.

– Nico, você gostaria de ficar com ele? – perguntou ela ao se virar lentamente, usando o dorso da mão para secar os olhos. – Minha mãe não o confiaria a mais ninguém a não ser você, e meu pai não liga para o dinheiro, quer apenas dar cabo do cavalo.

De acordo com a mãe dela, o pai demonstrara grande interesse em seus cavalos durante o namoro, mas nunca manifestara afeição por eles durante a vida de Alexandra – não que ela se lembrasse.

Nico olhou para o cavalo e depois para ela.

– Não o vendi porque a senhorita poderia querer ficar com ele. Sei que seu pai ficaria furioso se descobrisse que ele ainda está aqui, mas quis esperar até encontrá-la.

– Seria um desperdício se ele ficasse comigo. Por favor, ele é seu.

Nico assentiu.

– Seria uma honra.

– Alexandra!

O chamado soou agudo, até mesmo desvairado.

– Alexandra!

Nico olhou para ela, que corajosamente levantou a palma da mão e tocou suas bochechas.

– Obrigada – sussurrou ela.

Alexandra saiu do estábulo e viu Thalia correndo na direção dela, as saias se embolando à medida que ela corria pela grama.

– Aí está você! Venha logo, seu pai está te procurando. Está na hora de ir.

Alexandra olhou para trás uma última vez, memorizando os estábulos e as árvores imponentes, o campo verde e a ampla arena ao ar livre. Então, deixou Thalia pegar sua mão e levá-la depressa de volta para casa.

Seu único arrependimento foi não ter visitado o túmulo de sua mãe antes de partir. Mas, no fundo, sabia que a mãe teria preferido que a última despedida dela fosse para Apollo.

7

DIAS ATUAIS

Ella ficou parada na porta da galeria, protegendo os olhos do sol.
— Espero que você tenha mais coisas para me contar sobre esse mistério de família da próxima vez que eu estiver aqui. É uma loucura pensar que vocês têm um segredo tão grande, e que até agora ninguém sabia.

— Pois é! Parece mais ficção do que vida real. E pensar que minha avó passou a vida inteira sem saber de nada... — Ella suspirou. — É meio triste.

Daisy lhe deu um abraço.

— Sabe, talvez eu possa ajudá-la com a pista musical.

Ella se afastou e se inclinou contra a porta.

— Sério?

— Tenho um amigo que toca violino na Orquestra Sinfônica de Londres. Na verdade, tenho ingressos para a noite de sexta, mas não poderei ir. Gostaria de ficar com eles?

As sobrancelhas de Ella se ergueram.

— Você está me oferecendo os ingressos?

Fazia anos que ela não assistia a um espetáculo.

— Sim, com certeza. Você esperaria um pouco para falar com ele depois da apresentação? O nome dele é Gabriel. Vou pedir que ele fique de olho em você. Ele me deve um favor, então talvez possa dar uma olhada na partitura. Vou enviar os ingressos por e-mail.

— Você faria isso mesmo por mim?

— Ella, querida, eu faria qualquer coisa por você! Você acabou de me fazer ganhar dinheiro o suficiente para pagar o aluguel de um ano inteiro! E mudou minha vida no dia em que decidiu apostar em mim, então isso é o mínimo que posso fazer.

Ella já ia lhe dizer que ela fizera por merecer o dinheiro e não lhe devia nada, mas Daisy saíra correndo pela rua como se estivesse atrasada para pegar o trem, os cachos pretos e firmes balançando ao redor dela.

Gabriel, hein? Bem, ia ser muito interessante saber quais seriam os comentários dele sobre a partitura, e se ele poderia ajudá-la a descobrir quando ela fora escrita.

* * *

Antes que Ella percebesse, já era sexta-feira à noite. A atmosfera do Barbican Centre, onde a orquestra estava tocando, era maravilhosa, e ela apenas desejou ter com quem compartilhar a experiência. Kate pretendia ir, mas teve que cancelar no último minuto porque pegara um forte resfriado.

A iluminação do Barbican Centre sempre o fez se destacar a quilômetros de distância, o que tornava a chegada da noite ainda mais especial. Ela ficou pouco tempo na fila do lado de fora e, assim que entrou no *foyer*, maravilhou-se com a arquitetura. Mas, quando encontrou sua cadeira, ficou realmente deslumbrada. O teatro era grande e, com todas as luzes acesas, o interior tinha a mais bela tonalidade dourada.

Mas não teve muito tempo para admirar o interior até que as luzes se apagassem. A plateia ficou tão quieta que ela poderia ter ouvido um alfinete cair. Ella fechou os olhos quando a orquestra começou a tocar, o som quase suave no início e depois lentamente se transformando num crescendo que a fez lembrar por que adorava música ao vivo. Não havia nada mais bonito do que uma orquestra.

No entanto, por mais que tentasse se concentrar na música, seus pensamentos começaram a divagar e ela não conseguiu parar de pensar nos pais biológicos da avó. Teria um deles se sentado desta maneira e escutado o outro tocar? Era isso que o bilhete expressava? Ou será que ambos foram músicos e escreviam mensagens curtas nas partituras um do outro? E será que sua avó sabia de tudo isso? Será que ela tocou algum instrumento na juventude ou sentiu uma conexão com a música sem saber o porquê?

Ella estava explodindo com tantas perguntas sem respostas. E o fato de sua mãe estar tão desinteressada apenas a irritou mais ainda.

Todos começaram a aplaudir, e Ella se forçou a voltar ao presente, sem querer perder o concerto. Semicerrou os olhos ao tentar distinguir cada músico no palco, olhando para os violinistas para ver se adivinhava qual deles poderia ser Gabriel. Ela deveria ter pesquisado no Google antes de ir ao teatro, para que fosse mais fácil encontrá-lo depois, mas não pensara em perguntar seu sobrenome.

* * *

Depois do concerto, Ella esperou do lado de fora, surpreendendo-se com o vento frio. Apressara-se tanto para chegar ao concerto na hora que se esquecera de trazer a jaqueta. Ficou tremendo, distraída, enquanto olhava para a multidão que lentamente se dispersava ao seu redor. Em parte, se perguntava se deveria mesmo desperdiçar o tempo de Gabriel, afinal, ele acabara de passar horas no palco tocando, e muito provavelmente ensaiara durante meses antes da apresentação. Com certeza, a última coisa que ele queria era fingir estar interessado em pequenas pistas. Ela se aproximou de uma das mesas do lado de fora, correndo os dedos pelo tampo. Decidiu que o mais seguro seria permanecer ali, perto do prédio.

– Ella?

Uma voz grave a tirou de seus pensamentos. Quando ela se virou, viu um homem parado a alguns metros dela, o smoking preto dependurado casualmente sobre o ombro e a camisa branca aberta.

– Gabe? – Ela explodiu numa risada. – Você é o *Gabriel*?

O sorriso dele se alargou e deu vida ao rosto. Os olhos escuros brilharam ao ver os dela assim que ele se aproximou para beijar-lhe a bochecha.

– Isabella Rose – disse ele, balançando a cabeça. – Que surpresa!

– Como eu não... – Ella levou a mão à boca. – Não acredito que não liguei os pontos. Depois de todos esses anos, nem acredito que seja você.

– Quanto tempo faz? Dez anos? Doze?

Naquele momento, era ela que balançava a cabeça.

– Sinceramente, não tenho certeza. Só sei que tem muito tempo.

Gabe fora sua paquera durante toda a época de escola. Ele era seu amigo, até que se beijaram nos fundos do prédio de ciências, na véspera da partida dele para a Holanda, onde ganhara uma bolsa para estudar em uma escola de música. Quando ele se foi, ela chorou de soluçar nos travesseiros por semanas a fio. Depois, nunca mais teve notícias dele. De fato, até então, ela não pensava muito nele havia anos.

– Devo dizer que você está longe de ser quem eu esperava encontrar esta noite, quando Daisy me pediu um favor.

– Idem – respondeu ela.

– Quer saber a verdade?

Um pouco nervosa, ela se abraçou, achando impossível não retribuir o sorriso dele.

– Vá em frente.

– Imaginei que eu encontraria uma mulher mais velha. *Muito* mais velha.

– Deixa eu adivinhar: Daisy te disse que eu estava procurando ajuda para pesquisar a história da minha família, e você logo pensou que eu seria uma velha solteirona.

– Bem – começou ele, abrindo um grande sorriso –, não cheguei a pensar na parte da solteirona em específico, mas com certeza uma mulher mais velha. Você é pelo menos duas décadas mais nova do que eu achei que seria.

Eles ficaram parados ali por um instante: Ella tentando ignorar quanto o rosto dele era bonito, e Gabe fitando-a. Os olhos dele eram escuros como cacau, o queixo coberto com uma barba por fazer. Os lábios carnudos pareciam estar sempre inclinados para cima, em um sorriso. Ele era uma criança bonita, mas crescera e se tornara um homem deslumbrante. Por que ela nunca pensara em procurá-lo na internet?

Um pequeno grupo de pessoas saiu do prédio atrás deles, chamando a atenção dos dois. Todos estavam vestidos com roupas parecidas com as de Gabriel: os homens de smoking e as mulheres de vestidos longos pretos. Uma das pessoas assobiou.

– Onde estão todos os instrumentos? – questionou Ella, pensando em voz alta, surpresa ao ver todos os músicos sem eles.

– Eles nos deixaram guardar tudo aqui esta noite. É bastante seguro, então não precisamos nos preocupar.

– Gabe! Vamos! – chamaram eles.

– Encontro com vocês depois!

– Por favor, não quero te prender aqui, longe dos seus amigos. Essa história pode esperar um pouco – disse Ella. – Você foi tão gentil por concordar em me encontrar, e foi tão bom te ver depois de todos esses anos, mas...

Ele inclinou ligeiramente a cabeça para o lado, como se estivesse decidindo se diria alguma coisa ou não.

– Quer tomar um drinque conosco? Quer dizer, eu adoraria conversar com você. Já faz um tempo.

– Ah, não posso.

Ou poderia?

Ele tirou o smoking do ombro e a envolveu com ele, afagando os braços dela delicadamente. Depois, fez um gesto para que ela o seguisse.

– Vamos lá, você parece estar com frio. E eu estou precisando de um drinque há muito tempo. Foi uma noite longa. O que me diz?

Ella nunca ficava sem palavras, e era muito difícil se deixar impressionar. De fato, naquele momento, a feminista dentro dela quis recusar o smoking que envolvia seus ombros e devolvê-lo ao dono. Mas o fato de esse homem, que ela não via desde a adolescência, ter notado que ela estava com frio e lhe dado o smoking sem pensar, abrindo caminho para que ela se juntasse a ele naquela noite, também foi uma das coisas mais doces que um homem já fizera por ela. E por que diabos um homem não poderia oferecer o smoking a uma mulher? Era incrivelmente romântico, ou, pelo menos, naquele instante, assim lhe pareceu.

– Espero não ter me excedido – disse ele, talvez se perguntando por que ela estava paralisada e encarando-o boquiaberta. – Se você não quiser ir...

– Estou muito bem, e adoraria ir – respondeu ela depressa, acompanhando o passo dele. – Me diga, como conheceu Daisy?

E por que eu mesma não lhe perguntei isso quando ela me ofereceu os ingressos? Por favor, não diga que você a namorou. Por favor.

– Nós nos encontramos quando eu estava morando fora, há muitos e muitos anos. Ela estudava artes e eu tinha uma bolsa – explicou ele, dando um breve sorriso para Ella e olhando-a de relance. – Éramos dois londrinos morando na Holanda e fazíamos parte do mesmo grupo de amigos.

– Bem, vocês dois se saíram muito bem. Daisy está arrasando, e, embora eu não entenda nada de música, o que você acabou de fazer no palco foi muito impressionante. Fiquei admirada.

Ele riu, e ela viu quando a cabeça dele se inclinou um pouco para trás. Meu Deus, ele era lindo.

– Admirada, hein? Bem, fico feliz em saber que você gostou tanto. A gente se dedica de corpo e alma a cada apresentação.

Ella se aconchegou ainda mais no smoking, pensando que usar uma peça de roupa dele era algo meio íntimo demais, mas também gostando da sensação.

– Aonde estamos indo? – perguntou ela, enquanto o grupo de músicos desaparecia à frente deles.

– Espere e verá. Você vai amar... ou detestar.

– Sério? – perguntou ela, balançando a cabeça. – Por que eu detestaria?

– Porque é cheio de músicos e artistas, o que significa que as bebidas são mais baratas, para que a gente volte. A desvantagem é que o interior é tão desleixado quanto a carta de bebidas.

Quando ele fez um gesto para que ela entrasse na frente por uma porta que quase passou batida, Ella parou. Olhou para trás, sentindo-se incapaz de avançar e, ao mesmo tempo, com um frio na barriga de pura ansiedade.

– Você não está conseguindo me convencer.

Gabriel se inclinou na direção dela, o braço roçando o de Ella ao abrir a porta. Suas palavras foram ditas diretamente no ouvido dela.

– O que eu esqueci de mencionar é que a companhia é excelente. Com certeza compensa todo o resto.

Ela respirou fundo e passou por ele. Se fosse mais corajosa, teria dito que já estava gostando da companhia. Mas, assim que atravessou a porta do bar, logo esqueceu o que estava pensando e olhou ao redor, admirada. A parte mais engraçada era que metade das pessoas estava vestida em trajes de gala, e o restante parecia uma grande mescla de tipos excêntricos usando roupas ecléticas. Era o grupo de pessoas mais diversificado e interessante que ela já vira ocupar um único espaço.

Quando sentiu a mão dele tocar suas costas, ela se virou e viu um ponto de interrogação no rosto de Gabriel.

– Um drinque?

Ela deu de ombros.

– Por que não?

8

—E o que tem feito da vida desde a última vez que te vi? – perguntou Gabriel, quando retornou com as bebidas. – Daisy comentou que você vende arte.

Ella pegou o gim-tônica com satisfação, dando um gole pelo canudinho. Os dois se dirigiram lado a lado para um lugar no bar que acabara de vagar.

– Bem – respondeu Ella ao se sentar –, fui para a faculdade, me formei, arrumei um trabalho em uma galeria de arte... Não sei mais o que dizer.

Ella riu.

– E agora você representa Daisy? Imagino que uma parte do seu trabalho seja descobrir artistas.

– Sim e sim, embora nem todos sejam tão talentosos e bem-sucedidos quanto Daisy – explicou Ella, olhando ao redor. – Digamos que, com suas primeiras vendas, batemos nosso próprio recorde para uma nova artista.

Gabriel deixou escapar um assobio baixinho.

– Pelo menos um de nós está ganhando dinheiro, então. Vou fazer com que ela pague o jantar da próxima vez que nos encontrarmos.

Ambos riram e deram outro gole em seus drinques.

– Falando na nossa amiga em comum, ela me contou que te deixaram algumas pistas relacionadas à sua família. Era alguma coisa sobre você estar precisando de ajuda para decifrar uma partitura... Comentou que eu talvez pudesse ajudá-la.

Ela se aproximou dele quando o barulho ao redor aumentou.

– Sim! Para resumir, parece que a minha avó foi adotada, e uma das pistas é uma partitura que...

– Gabe, quem é a sua amiga?

Ele lhe lançou um olhar pesaroso quando um rapaz, vestindo uma camisa branca desabotoada até embaixo e segurando um copo de cerveja, jogou o braço sobre os ombros de Gabriel.

– Arch, esta é Ella – apresentou ele. – Veio tomar um drinque conosco.

– Você estava na plateia esta noite?

– É claro que sim. Amei!

– Que bom! É ótimo saber disso.

Felizmente, Arch logo se distraiu, e Gabriel se inclinou para se desculpar.

– Ele é o membro mais jovem. Brilhante no violoncelo, mas não tão talentoso quando se trata de maneirar na bebida. É também a primeira temporada dele, então ainda é um tanto carente em matéria de elogios.

Ella riu e balançou a cabeça enquanto observava o jovem, lembrando-se de lhe dizer quanto apreciara o violoncelo.

– Deve ser uma sensação incrível tocar para um público numeroso como aquele, rodeado por tantos outros músicos – comentou ela. – Imagino que seja um sonho que se concretizou.

– É, sim – disse ele, bebericando o drinque enquanto olhava para ela. – A parte difícil é conseguir se acalmar depois de toda a emoção da performance. É impossível dormir, e é por isso que muitos de nós saem para descontrair. Se bem que os integrantes mais antigos parecem ser mais capazes de separar trabalho e lazer. Eu os vejo arrumar suas coisas e partir como se esse fosse um trabalho comum, e talvez se torne mesmo depois de anos.

– Talvez. Mas me sinto assim depois de um dia de trabalho pesado – disse Ella, brincando com o canudinho no copo. – Posso estar exausta, mas, quando vou para a cama, fico deitada ali por horas, sem conseguir pegar no sono, a mente repassando tudo o que aconteceu durante o dia.

– Gabe!

Um casal se aproximou, e Gabriel ergueu a sobrancelha para ela, abrindo um largo sorriso. Ella não soube ao certo o que ele estava tentando lhe dizer, mas se deu conta, quase na mesma hora, de que estavam prestes a ser atraídos para a diversão.

– Senhoras, esta é Ella – apresentou ele.

– Onde você a encontrou? – perguntou uma das mulheres, brincando.

A mulher se inclinou e deu um rápido abraço e um beijo na bochecha de Ella.

– Eu sou Ruby, e esta é Emma.

– É um prazer conhecê-las – disse Ella. – Espero não estar invadindo a noite de vocês.

– Invadindo? – perguntou Ruby. – Sem chance, quanto mais gente, melhor. Você assistiu ao espetáculo de hoje?

– Assisti. Foi realmente espetacular. Não vejo a hora de voltar.

Alguém então se aproximou, e Ella ficou atordoada com aquela conversa animada sobre música. Não fazia ideia do que significava metade do que diziam, então aproveitou a oportunidade para apontar para os drinques, quando Gabriel a encarou. Ficou surpresa por haver tantos músicos na casa dos 30 anos, embora tivesse imaginado que os mais jovens sempre ficassem juntos.

– Desculpe – disse ele, movendo os lábios sem emitir som algum.

Ella apenas sorriu.

– Outro? – sugeriu ela do mesmo jeito, segurando o copo.

Gabriel assentiu, e ela saiu para pegar outro gim-tônica para eles. Enquanto esperava no bar, olhou à sua volta e notou que todos pareciam relaxados. Em meio à multidão, perguntou-se quem seriam aquelas pessoas, se a maioria delas de fato era musicista ou se haveria ali uma mistura de frequentadores diferentes. O lugar sem dúvida tinha uma vibração muito criativa.

Ela estava começando a se virar, segurando os drinques, quando a mão de alguém tocou seu ombro. Ella girou o corpo completamente e se deparou com um peitoral que mais parecia uma parede. Ergueu o olhar e encarou os olhos de Gabriel.

– Oi – disse ele.

– Oi.

As mãos dela estavam ocupadas, com um drinque em cada uma, então ofereceu uma das bebidas para Gabe.

A camisa dele estava mais desabotoada do que antes, a gravata fora descartada, e não se via o smoking em lugar algum. Ele deu um passo, se aproximou dela e abaixou a cabeça um pouco mais. Ella se deu conta de que não se sentira tão atraída por um homem desde que... Sorriu para si mesma. *Desde que consigo me lembrar.*

– Por fim temos um momento a sós – disse ele, dando um gole e sorrindo para ela através do copo.

– Como eu falei, espero não estar...

Ele levantou a mão.

– Pare com isso, você não está interrompendo nada. Para ser sincero, ainda não consigo acreditar que depois de todos esses anos...

Ela riu.

– Eu sei. E posso ser sincera e dizer que, por um bom tempo, eu não havia pensado em você ou em todos aqueles anos da minha vida.

– Eu também não, mas foi uma surpresa muito agradável ver você e recordar os velhos tempos.

– Quando você foi embora, eu me perguntei se nossas vidas se tornariam muito diferentes, se algum dia nossos caminhos se cruzariam de novo.

– Então, a vida acabou sendo do jeito que você imaginava?

Ella deu de ombros.

– Talvez. Para falar a verdade...

Ela se desvencilhou dos pensamentos sobre o irmão e sobre quanto a vida mudara desde então, sem querer contar para Gabe.

– Para falar a verdade, não sei o que eu esperava da vida naquela época. Quer dizer, éramos tão jovens, o que sabíamos a respeito disso?

No instante em que pronunciou essas palavras, ela se deu conta de que Gabe estava fazendo exatamente aquilo que ele queria na época, que ele correra atrás do próprio sonho.

– A não ser você, é claro. *Você* sabia bem quem era e o que queria ser.

Gabriel a encarava de um jeito estranho, e ela riu.

– Por que está me olhando assim?

– Nem sei por que estou lhe dizendo isso depois de todos esses anos, mas...

Ella pôs uma das mãos no quadril enquanto bebericava o drinque pelo canudinho.

– Nunca me esqueci daquele beijo, Ella. Esperei todos aqueles meses para beijá-la e finalmente reuni coragem no meu último dia de aula. – Ele balançou a cabeça. – Passei tanto tempo desejando ter sido corajoso o suficiente antes, e então, quando fui embora, tudo o que eu queria era voltar e ver você.

Ella corou. Nunca soube que ele gostara tanto dela assim.

– Você se lembra da parte em que batemos nossos dentes meio sem jeito, ou...

– Eu me lembro da parte em que deveria ter sido mais corajoso, pois poderia tê-la beijado durante semanas, em vez de um único momento roubado.

Ela engoliu em seco enquanto ele olhava de maneira incisiva para a sua boca. Então, Gabriel ergueu o olhar. Ella assentiu, quase deixando o drinque cair quando os lábios dele inesperadamente encontraram os dela em um beijo suave, de arrepiar. Ela poderia ter ficado ali para sempre, mas não foi o caso. Mais pessoas lotaram o bar e uma delas a empurrou ao passar, quase derrubando-a.

Gabriel foi rápido ao segurá-la, passando um braço ao redor da cintura dela e a aproximando dele. A outra mão alcançou o copo, que acabara de respingar sobre o sapato dela.

– Acho que também não vou me esquecer desse – sussurrou ele contra a pele dela.

Ella corou, sem conseguir impedir o rubor em suas bochechas, mas, ao mesmo tempo, sem se afastar.

– Venha, quero te apresentar algumas pessoas.

Ele parou e a olhou de relance, pondo o copo de volta na mão dela.

– Se você não se importar.

– Não me importo nem um pouco – respondeu ela, dando um grande gole na bebida para tomar coragem.

Perguntou-se o que acontecera para que sua noite acabasse sendo tão diferente do que havia imaginado.

Os dedos de Gabriel afagaram seu braço e ela se aproximou dele enquanto se deslocavam pela multidão. À medida que mais pessoas se aglomeravam ali, o ambiente foi ficando barulhento, até mesmo um pouco estridente, mas Ella não se importou. Ultimamente, estava acostumada a reuniões mais tranquilas, e durante o ano todo quase não socializara, a não ser por motivos de trabalho, o que tornava aquela noite ainda mais interessante. Isso *sem* considerar o beijo um tanto inesperado. Não havia nenhum outro lugar onde preferiria estar.

Ella olhou de relance o perfil de Gabriel, concentrando-se no maxilar forte e quadrado. Ele era belo de um jeito clássico. Seus traços eram másculos, e a maneira como ele se comportava era ainda mais, cheia de uma confiança que ela pensou que talvez viesse de sua habilidade no palco. Não era exatamente arrogante, mas uma sensação indistinta de estar bem na própria pele. Era até mesmo mais atraente do que sua aparência, e foi disso que ela também mais gostara nele na adolescência. Gabriel nunca pareceu ligar para o que os outros pensavam, sem falar que demonstrara muita segurança quando decidiu passar o último ano escolar fora do país.

Por muitos anos, Ella não havia pensado em Gabe, mas com certeza estava pensando agora. Suspirou quando a mão dele escorregou pela cintura dela e tocou a palma de suas mãos, causando um arrepio de ansiedade que percorreu seu corpo enquanto ele a puxava para si. Estaria mentindo se não admitisse que estava um pouco atraída por ele mais uma vez. Ainda mais quando ele se sentou e fez um gesto para que ela o acompanhasse. A coxa dele roçou a dela, e Gabriel casualmente passou o braço em volta de seus ombros. Agraciou-a com um sorriso, depois riu de alguma coisa que um de seus amigos falara.

Ella não fazia ideia de como seus caminhos se cruzaram outra vez, mas sabia que a caixinha com as pistas merecia o crédito. Sem ela, nunca teria decidido ir ao concerto nem teria se visto naquela situação: sentada ao lado daquele homem deslumbrante e talentoso, que a envolvia com segurança.

* * *

– Acho que já está na hora de nos despedirmos.

Gabe deu uma piscadinha para ela ao se levantar e segurar a mão dela.

Ella piscou e olhou ao redor, surpresa ao ver que só restara um punhado de gente. Notara que a maioria dos colegas dele partira havia algum tempo – todos se despediram e deram tapinhas nas costas de Gabriel ao passarem por ele –, mas não percebera que o bar estava quase vazio. Decididamente, estava na hora de ir embora.

– Esta noite não foi como eu imaginava que seria – admitiu ela, enquanto o observava vestir o smoking.

A peça caía como uma luva, e ela não pôde evitar que seus olhos percorressem a camisa dele à medida que se esticava com o movimento.

– Bem, somos dois.

Eles permaneceram de pé por um momento, sem jeito pela primeira vez em toda a noite. Até que ele abaixou a cabeça ligeiramente e sorriu para ela. Por um instante, ela pensou que ele iria beijá-la outra vez.

– Seria estranho se eu pedisse seu número?

Ella corou. Fazia muito tempo que suas bochechas não ficavam assim – de fato, anos –, mas, de alguma forma, Gabriel a fez se sentir de novo como uma adolescente.

– Seria estranho se você não pedisse.

Ambos riram, e Ella tapou a boca com a mão, morrendo de vergonha da sua péssima tentativa de flerte.

– Me desculpe, estou muito fora de forma.

– Eu também. Já esqueceu que fui eu quem achou estranho pedir o número da garota de quem eu gosto?

A garota de quem ele gosta? Ela pigarreou e pegou o telefone dele quando ele o entregou, decidindo não dizer mais nada, para não ficar ainda mais sem jeito. Talvez ele quisesse se referir a *uma garota de quem ele gostava antigamente.* Os dois conversaram a noite inteira, recordando coisas sobre o passado de que já haviam se esquecido tempos atrás – até aquele momento. Quando chegou a hora de se despedirem, ela nunca se sentira tão estranha na presença de outra pessoa. Era como se, com ele, voltasse a ter 16 anos.

Ella digitou seu nome e número no celular dele, antes de devolvê-lo.

– Foi ótimo te ver de novo esta noite, Ella.

Ela assentiu.

– Também achei ótimo.

Eles ficaram ali parados por mais um tempo, embora dessa vez não parecesse tão desconfortável.

– Vou te levar até a porta.

Ella caminhou ligeiramente à frente dele, mantendo a cabeça baixa ao atravessar a porta para chegar à calçada. Havia um carro esperando no meio-fio e Gabriel gesticulou na direção dele. Por um segundo, Ella se arrepiou, pensando que ele esperava que fossem embora juntos. Gostava dele, mas com certeza ainda não estava preparada, e não queria pensar que ele tinha interpretado mal suas intenções.

– Eu... – começou ela.

– Chamei um Uber para você – interrompeu ele, claramente se dando conta de que ela se sentia desconfortável. – Você não se importa, certo?

– Não, nem um pouco.

Ella ficou aliviada quando ele deu um passo atrás e indicou que ela entrasse no carro. Gostaria de não ter duvidado das intenções dele.

– Obrigada pela ótima noite.

Gabriel deslizou as mãos para dentro do bolso e a ficou observando. Ella lhe lançou um último e demorado olhar, balançou a cabeça e abriu a porta do carro. Pense numa noite repleta de surpresas...

Ficou olhando pela janela enquanto o carro avançava, e ergueu a mão em um aceno à medida que Gabriel começou a caminhar na direção contrária. Ella só esperava que ele não tivesse usado todo o dinheiro que sobrara para pagar o Uber dela. Porém, se tivesse, só a faria pensar mais uma vez no cavalheiro que ele era. *Não se pode dizer que o cavalheirismo morreu.* Gabriel com certeza fora educado por alguém que lhe ensinara a importância de cuidar bem de uma mulher. E se algum dia ela conhecesse essa pessoa, demonstraria sua admiração.

* * *

Vinte minutos depois, quando chegou em casa, foi que Ella percebeu que se esquecera de mostrar a Gabe a partitura guardada na bolsa. Riu enquanto tirava os sapatos e caminhou em silêncio pelo assoalho de madeira até o quarto. Perguntou-se como algo que a consumira nas últimas duas semanas podia ter sido esquecido com tanta facilidade, embora Gabe tivesse sido uma distração e tanto.

Apalpou a bolsa, abrindo-a para conferir se não tinha deixado a partitura cair por engano, quando o telefone tocou. Ella o retirou da bolsa e deu uma olhada nas mensagens. Havia uma de Kate e outra de Daisy, que queria saber como fora o encontro com Gabriel. Ella rapidamente respondeu:

Você podia ter avisado como ele é deslumbrante! Ainda estou me recuperando! E o mundo é mesmo muito pequeno, porque nós estudamos na mesma escola. Eu era louca por ele quando tinha 16 anos, e aí ele partiu para a Holanda para perseguir os sonhos dele!

Ella se jogou na cama com o celular ainda na mão, e clicou no novo e-mail que acabara de chegar. Mia. Ah, *aquela* Mia!

Passou os olhos pela mensagem, mal conseguindo acreditar que ela respondera tão rápido ou mesmo que tivesse respondido.

Olá, Ella

Obrigada por ter entrado em contato. Não sei se conseguirei te ajudar, mas se um dia quiser se encontrar para um café ou para almoçar, ficarei muito contente em responder suas perguntas sobre a minha tia. Essas caixinhas são um mistério tão grande! Ainda não consegui parar de pensar nelas nem na sorte que tive ao encontrá-las.

Mia

Ella releu o e-mail, mais devagar dessa vez. Havia bebido um pouco e normalmente não responderia estando bêbada. Porém, se não respondesse, ficaria acordada pensando nisso a noite toda.

Sua mente começou a girar com todas as perguntas que tinha para lhe fazer, mas precisou se lembrar de que Mia não sabia nada sobre sua avó. Ou pelo menos foi isso que ela dissera no escritório do advogado. Mas se ela pudesse entender melhor como sua avó acabou nascendo ali ou se havia algum registro que pudesse ajudá-la, talvez avançasse um pouco em direção à verdade sobre o passado de sua família.

9

Ella se espreguiçou, a luz do sol despertando-a. Estreitou os olhos com mais força, arrependendo-se de não ter fechado as cortinas antes de ir para a cama. Levou um tempo para se adaptar à claridade e lembrar que dia era. *Sábado*. Não precisaria abrir a galeria, mas iria até lá quando saísse para tomar café, apenas para verificar se tudo estava em ordem.

Mia.

Ela se sentou na cama imediatamente quando lembrou que Mia mandara um e-mail, vasculhando a mesa de cabeceira para ver se ela respondera de novo. Ella enviara uma mensagem de volta perguntando se ela estaria livre para um café naquela manhã, e não queria deixar de combinar algo, caso ela tivesse aceitado. Sua cabeça estava um pouco zonza por causa do gim que bebera na noite anterior, por isso gostou de poder ficar sentada na cama, as cobertas puxadas até a cintura. Sorriu para si mesma quando viu uma nova resposta.

Claro, vamos nos encontrar hoje às onze horas.

Ella sorriu, prestes a sair da cama e tentar se deixar apresentável, quando o celular tocou outra vez. Uma mensagem de texto. Gabriel?

Você não tinha uma partitura que queria me mostrar?

Ela olhou para o telefone e, enquanto respondia, imaginou Gabriel sorrindo. Realmente fora uma noite ótima, a melhor que tivera em muito tempo.

Não acredito que esqueci.

Ela esperou, enfiando-se outra vez debaixo das cobertas. Viu as bolinhas correndo na tela, ele estava digitando uma resposta. Estavam se divertindo tanto na noite anterior que ela se esqueceu completamente de lhe mostrar a partitura.

Você teria tempo para me mostrá-la hoje à tarde? Estarei no ensaio, mas faremos uma pausa às três horas.

Ella sorriu para o telefone.

Certo. Vou levar o café. Expresso? Com espuma?

As bolinhas reapareceram e então desapareceram. Ella esperou um momento, mas decidiu que precisava tomar banho. Se sairia com Gabriel, lavaria o cabelo e demoraria algum tempo se aprontando. Largou o telefone e começou a tirar o pijama, porém o celular soou de novo.

Expresso duplo. O próximo é por minha conta.

Seguido por:

Me espere perto da porta dos fundos, do lado de fora. Te encontro lá.

Um arrepio de ansiedade a percorreu quando Ella voltou a largar o telefone na cama e correu para o chuveiro. Gostou muito de ver que ele já estava pensando na próxima vez em que tomariam café juntos.
Namorar não estava nos planos havia meses. Ela estava muito ocupada com o trabalho e, embora tivesse experimentado os aplicativos, não se sentia à vontade para conhecer alguém dessa forma. Sem mencionar que

a pandemia arruinara toda chance de conhecer alguém de forma natural. Mas sair com Gabe, encontrar alguém que conseguia fazer seu coração disparar, mostrou que a ideia de só trabalhar e não se divertir estava precisando de alguns ajustes. E talvez metade do problema consistisse na dificuldade que tinha de confiar. Mas Gabe não era um desconhecido em sua vida, e sim alguém em quem ela já sentia que podia confiar, pelo menos em parte. Talvez fosse exatamente isso que ela estava procurando.

* * *

Ella chegou cedo. Já passara na galeria e se certificara de que tudo estava sob controle, depois desceu até o café onde havia combinado de se encontrar com Mia. Foi uma caminhada de quinze minutos, mas ela gostou do ar fresco. Agora, estava terminando o *muffin* e o *latte* quando Mia entrou. Ella logo limpou os dedos no guardanapo e se levantou para acenar.

– Oi, Ella – disse Mia ao se sentar.

– Muito obrigada por ter sugerido o encontro. Espero que você não tenha precisado alterar seus planos.

– De forma alguma. Quer outro café?

Ella balançou a cabeça.

– Não, mas me deixe buscar o seu.

Por alguns minutos, elas ficaram papeando sobre o tempo e sobre o que beberiam. Após decidirem, Ella foi até o balcão e fez o pedido. Quando retornou, Mia tocava distraidamente os sachês de açúcar em cima da mesa, passando os dedos com delicadeza sobre as bordas de cada um deles, como se estivesse imersa em pensamentos. Mia parecia diferente de quando Ella a conheceu: os cabelos estavam soltos sobre os ombros e ela vestia jeans e tênis, o completo oposto de como estava trajada no outro dia, com uma blusa de seda e sapatos elegantes. Parecia muito mais relaxada.

– Tenho tantas perguntas que nem sei por onde começar.

Mia sorriu para ela.

– Eu também tenho muitas perguntas. Sei como você se sente.

– Sabe?

– Também me deixaram uma caixa. Bem, tinha o nome da minha tia em uma delas, mas, como ela não tinha filhos, a caixa ficou comigo.

Os olhos de Ella se arregalaram.

– Você conseguiu entender o que aconteceu? Em relação ao que deixaram para ela?

Mia balançou a cabeça.

– Não, mas esta era diferente das outras. Já havia sido aberta, provavelmente pela minha própria tia, mas depois foi colocada com as outras sob o assoalho. Era óbvio que o barbante já tinha sido puxado, e não estava tão empoeirada quanto as outras.

Ela riu de nervoso.

– Você acredita que minha caixa não tinha nada dentro? Meu maior receio, quando solicitei que o advogado as convocasse, era que também não houvesse nada nas outras. Por isso, fiquei muito aliviada ao receber notícias suas.

Se a curiosidade de Ella fora despertada antes, agora estava completamente em alerta.

– Não havia nada? Nem mesmo uma pista?

– Nada – disse Mia. – Mas isso só me deixa ainda mais fascinada com a sua caixa.

– Quer dar uma olhada? Pode ser que as pistas aqui signifiquem algo para você.

Ella enfiou a mão na bolsa e tirou a caixinha, passando-a cuidadosamente para Mia.

– Para ser sincera, por mais que eu olhe para elas, não significam nada para mim.

Ella observou Mia examinar os dois itens. Logo depois, ela os apoiou novamente sobre a mesa.

– Quando encontrei as caixas, tive a sensação arrebatadora de que elas tinham que ser restituídas à pessoa identificada no cartão ou, ao menos, a um parente próximo. – Ela hesitou. – De fato, encontrei uma lista de nomes na mesa dela, nomes que correspondiam às caixas. Isso me fez ficar ainda mais determinada a honrar o trabalho da vida dela ou pelo menos tentar.

– Você acha que ela fez uma lista das mulheres que precisava contatar? Que pretendia enviar as caixas para suas devidas donas antes de morrer?

– É nisso que gosto de acreditar.

Mia cruzou as mãos sobre a mesa, e Ella pôde ver como tudo aquilo era importante para a moça.

– Se pudesse lhe contar mais, eu contaria. Parte de mim se pergunta se as caixas deveriam ter sido descobertas ou se não deveriam ter sido compartilhadas. Como se minha tia as tivesse escondido por um bom motivo. Mas eu não poderia permitir que fossem destruídas com a casa. Se eu tivesse deixado, me perguntaria para sempre se continham algo importante, que fizesse parte de uma herança que deveria ser revelada.

Ao ver as lágrimas que brilhavam nos olhos dela, Ella estendeu o braço sobre a mesa e tocou a mão de Mia. Dava para ver como deve ter sido difícil tomar essa decisão.

– Você fez a coisa certa. Deu a netas como eu a oportunidade de descobrir mais sobre o passado de nossas famílias. Cada destinatária pode tomar a própria decisão, e isso é o mais importante, Mia. Você nos deu uma escolha.

– Você realmente pensa assim? Não acha que eu desrespeitei minha tia ao pegar as coisas que ela escondeu?

Ella balançou a cabeça.

– Não, não acho. Para mim, você fez algo muito especial.

– Minha tia dedicou a vida a ajudar as mulheres, mas eu sei muito pouco sobre seus motivos. Ela deve ter ajudado centenas de meninas grávidas ao longo dos anos, assim como a outros tantos bebês. Estou certa de que, se não fosse por ela, as mulheres que minha tia tomou sob seus cuidados teriam sido abandonadas pelas famílias.

– Mas havia apenas sete caixas escondidas? – perguntou Ella. – Apesar de todos esses bebês?

– Oito, na verdade. Se você incluir aquela que trazia o próprio nome dela. Mas acho que essa não conta, já que estava vazia. A caligrafia é diferente, e a caixa também.

– Talvez alguém tenha feito uma caixinha de lembranças como um agradecimento, e isso a inspirou a criar todas as outras? Pode ser que o elo seja esse. Talvez seja por isso que não havia nada dentro dela, e sua tia a guardou apenas como uma lembrança... para se recordar por que estava fazendo tudo aquilo.

Mia assentiu quando o café dela chegou.

– É possível. Mas nada disso está te ajudando, não é? Eu gostaria de poder fazer mais... que houvesse alguma forma de te ajudar a descobrir o que as pistas significam.

– Você já fez o bastante – disse Ella. – Na verdade, você me deixou ainda mais determinada a descobrir a verdade.

– Sua avó ainda está viva?

– Não – respondeu Ella. – Eu a amava tanto. Ela me ajudou numa época muito difícil, e quanto mais eu penso em tudo isso, mais quero entender o passado dela. Sinto que é algo que eu posso fazer por ela, mesmo que ela já não esteja aqui. Isso parece bobo?

– Não – disse Mia, sorrindo sobre a xícara de café. – Parece algo lindo, e me lembra o que outra neta me contou recentemente.

Ella sentiu as sobrancelhas se erguerem de surpresa.

– Uma das outras mulheres que estavam lá, no dia em que recebemos as caixas?

Mia assentiu.

– Seu nome é Claudia. Ela me enviou uma carta na qual dizia que seguir as pistas mudou completamente sua vida e que ela encontrou uma família que nem sabia que existiam.

– A família dela estava em Londres? – perguntou Ella, mal conseguindo conter a curiosidade.

– Você acreditaria que ela acabou indo parar em Cuba? – contou Mia. – Ainda sorrio ao pensar no que ela escreveu para mim. Isso fez com que toda a ansiedade quanto à minha decisão valesse a pena.

As duas se recostaram enquanto Mia tomava o café. As pistas ainda estavam em cima da mesa, e Ella se perguntava como as decifraria. Se, assim como Claudia, a chave para entendê-las poderia estar no exterior.

* * *

Nos fins de semana, Ella geralmente trabalhava ou pensava em trabalho. Não sabia ao certo quando se tornara uma workaholic, mas, depois de passar um sábado divertido com Mia e comprar café para Gabriel, estava começando a perceber que as pessoas passavam os fins de semana fazendo coisas mais agradáveis.

Ficou parada por um tempo do lado de fora do Barbican Centre, aproveitando para apreciar a beleza do prédio. Depois caminhou até o que ela esperava ser a porta correta. Estudara arte e história na faculdade, mas se deu conta de que, na correria da vida, mal conseguia parar e apreciar a arquitetura e os locais históricos como deveria.

– Ella!

Olhou para cima e percebeu que quase derrubara a bandeja que estava carregando. Gabriel caminhava em sua direção, vestindo uma calça jeans azul desbotada, uma camiseta branca e botas de cano curto. O completo oposto de sua aparência na noite anterior, mas, de alguma forma, ele estava ainda mais bonito. Como era possível que alguns homens melhorassem com a idade? Com certeza era o caso de Gabe. Ela endireitou a bandeja e estendeu-lhe o copo.

– Aqui estou, e trago cafeína!

Ele abriu um largo sorriso e levantou o copo, dando um gole e produzindo um som como se fosse a melhor coisa que provara no dia.

– Teria sido melhor se não tivéssemos ficado na rua até tão tarde ontem à noite. Hoje o dia está puxado.

Ella se retraiu.

– Desculpe. Pode me culpar por isso.

Eles ficaram parados por um momento. Ela pigarreou, surpresa ao notar como estava nervosa.

– Você sente que está trabalhando enquanto ensaia? Quer dizer, quando se ama tanto o que se faz, parece mesmo uma obrigação?

Eles estavam lado a lado, caminhando lentamente com os cafés nas mãos.

– Alguns dias, sim. Chega a ser algo rotineiro, como qualquer outro trabalho. Mas, quando tudo se encaixa, quando tudo está no lugar, então não. Aí, parece mágica.

Ella observou como os olhos dele se iluminavam, como ele era apaixonado por aquilo. Alguns dias na galeria a animavam e acendiam algo dentro dela que a lembrava por que exercia tão bem a sua profissão, por que amava tanto o que fazia. Outros dias, no entanto, ela se perguntava se sempre se sentiria assim, se não estava simplesmente canalizando seu amor pela criação artística para o trabalho de outros artistas. E se seria ou não capaz de manter essa animação a longo prazo.

– Tenho apenas dez minutos antes de voltar, então se você quiser me mostrar a...

– Sim! É claro.

Ela lhe deu seu café para segurar, depois tirou a caixa da bolsa e removeu a partitura. Eles trocaram os objetos, e ela o observou examinar a partitura com calma.

– Quantos anos você acha que ela tem?

– Sinceramente, não faço a menor ideia. Esperava que você pudesse me ajudar.

– Hum – murmurou Gabriel, as sobrancelhas contraídas numa careta.

– O que foi?

– Ainda não tenho uma opinião formada, mas é uma música complexa. Quem quer que estivesse tocando era um músico sério, alguém com muita habilidade.

– Bem, isso é mais do que eu sabia antes de te mostrar, então muito obrigada.

Gabriel deu mais um gole no café, ainda estudando o papel.

– Posso pegar emprestada? Quero mostrar a algumas pessoas lá dentro. Talvez alguém consiga reconhecer a obra exata ou até mesmo o bilhete ou a assinatura.

Ella hesitou, sentindo-se estranhamente conectada à pista que carregara consigo nos últimos dias. Ele deve ter percebido, pois logo se aproximou dela e lhe lançou um olhar intenso. Chegou a lhe tocar o pulso com o polegar.

– Prometo que vou cuidar muito bem dela. Sei quanto é importante para você. E farei uma cópia para te devolver a original.

– É claro que é bobagem, já que não significa nada para mim neste momento, de qualquer forma...

Ela olhou para a mão dele, notando a maneira como Gabriel a tocara tão casualmente.

– Não significa nada para você, Ella, mas a partitura foi deixada para sua avó quando ela nasceu. Significa alguma coisa, mesmo que você ainda não tenha entendido a conexão. Por isso, prometo que vou cuidar bem dela.

Ella assentiu.

– Sim, você está certo. Significa alguma coisa. Bem mais do que estou querendo admitir. Só é frustrante não entender de que forma a partitura está relacionada a ela.

– Que tal se eu te levar para jantar amanhã à noite? Assim posso devolvê-la para você.

– Jantar? – repetiu Ella, tentando não sorrir muito.

– Jantar – confirmou ele, fazendo menção de voltar lá para dentro. – Preciso ir, mas foi ótimo te ver. Obrigado pelo café.

Gabriel parou mais uma vez e sorriu.

– Foi muito bom te reencontrar, Ella.

Ela não pôde evitar sorrir de volta para ele.

– Também gostei de te reencontrar.

Ela ficou parada e o observou partir, aquele homem maravilhoso que a surpreendera da maneira mais agradável e com quem acabara de marcar um jantar. Suspirou enquanto caminhava de volta, ainda segurando o café. Sabia que, a partir daquele momento e pelo resto do fim de semana, se perguntaria se ele realmente a convidara para um encontro ou se fora apenas uma maneira conveniente de lhe devolver a partitura. Ou talvez fosse só porque eram velhos amigos que não se viam havia anos.

* * *

Meia hora depois, Ella se viu em uma loja de materiais de arte. O estabelecimento estava prestes a fechar, mas ela não conseguia decidir se estava sendo ridícula ou se deveria comprar tudo o que precisava. A moça atrás do balcão não parecia nada impressionada e fez questão de ficar olhando o relógio, o que não ajudava. Ella foi até a seção de tintas e as examinou, a mão pairando sobre elas.

Que mal haveria em comprar materiais? Eu nem preciso usá-los se não quiser.

Consultou o próprio relógio e viu que já eram quase cinco horas. *Só compra e pronto.*

Ella foi até a frente da loja e pegou uma cesta, enchendo-a instintivamente com a tinta e os pincéis de que precisava. Pagou pelas mercadorias e saiu da loja com duas grandes sacolas de papel, achando que talvez tivesse enlouquecido. Passara anos sem pegar em um pincel. Agora, a sensação dele em seus dedos lhe pareceu estranha, quando antes fora tão familiar quanto comer ou respirar. Mas ela estava convencida de que voltaria a sentir a mesma coisa, como um músculo que simplesmente precisa ser exercitado.

Em casa, ela deixou as compras sobre a mesa e foi para o quarto. Abriu o guarda-roupa e ficou na ponta dos pés para descer a caixa que colocara em uma prateleira, quando se mudara alguns anos antes. Não tinha nada de especial, e ninguém teria se dado ao trabalho de olhar dentro dela. Porém, ali Ella guardara pertences que lhe eram mais importantes do que qualquer outra coisa no mundo.

Sentou-se no chão com as pernas dobradas, abrindo lentamente a tampa e olhando fixo para a caixa. No topo havia uma foto, e lágrimas brotaram em seus olhos quando a pegou. Na imagem viam-se ela e Harrison, seu irmão mais velho, abraçados e sentados na praia. Ela se lembrava daquelas férias. Foi apenas um ano antes da morte dele. Quase podia ouvir a risada intensa do irmão, sentir o peso do braço dele envolvendo os ombros dela. Os dois tentavam não rir até que a foto fosse tirada.

Ella esfregou os olhos com os nós dos dedos e retirou da caixa de sapatos os tubos de tinta e alguns de seus antigos pincéis favoritos. Estavam tão secos que pareciam pequenos galhos. Porém, quando os segurou, soube que, se limpasse os pincéis e os mergulhasse na tinta, se começasse a pintar ali mesmo, diante de uma tela em branco, tudo lhe voltaria, como se nunca tivesse parado de pintar.

Do fundo da caixa, ela retirou um cartão-postal e o levantou lentamente, colocando a outra mão sobre a boca. A foto era da Itália. No verso, havia palavras que poderia ter recitado sem olhar, embora já tivessem se passado anos desde a última vez que as lera.

É incrível, Ellie, você adoraria estar aqui. Me prometa que vai tirar um ano sabático e viajar comigo! Não dê ouvidos à mamãe e ao papai, eles não têm ideia do que estão falando. H.

Ella guardou tudo devagar, pois as lembranças eram muito dolorosas para serem retidas por muito tempo. Aquilo, no entanto, a fez se perguntar o que outra pessoa pensaria caso tivesse recebido essa caixa. Se o que havia ali dentro comporia uma imagem de quem ela era. Do lugar de onde viera e do que lhe acontecera. Será que um estranho seria capaz de encontrá-la com uma coleção de materiais de arte, uma foto e um cartão-postal?

Ela duvidava muito. Mas esses pensamentos fizeram com que se desse conta da importância das pistas que recebera, do significado que talvez tivessem para sua bisavó. Do significado que poderiam ter para ela mesma e para o resto da família, caso conseguisse descobrir por que foram deixadas para trás ou em que direção deveriam levá-la.

Seu irmão morrera na Itália. O carro que ele estava dirigindo de alguma forma saiu da estrada e colidiu com um poste de energia, matando-o imediatamente. Então, em vez de acompanhar o irmão mais velho em suas viagens e tirar um ano sabático, viajando pela Toscana para pintar, ela acabou guardando suas coisas para sempre. Sentiu-se embotada demais para ser criativa e seguiu a carreira que seus pais lhe impuseram por tanto tempo. Harrison a entendia. Ele a via como realmente era. Sabia que, para Ella, criar arte era como respirar. Mas tudo isso acontecera em outra vida.

Ella tampou a caixa com cuidado e mais uma vez ficou na ponta dos pés para colocá-la de volta na prateleira. *Mas e se não fosse uma outra vida de anos atrás? E se, em vez de fugir do passado, eu o aceitasse? Só que na Grécia, e não na Itália?*

Harrison, o que você faria?

10

LONDRES, 1967

—Minha querida Alexandra. É maravilhoso vê-la novamente.

Eles haviam acabado de chegar a Londres. O ar noturno estava mais fresco do que ela estava habituada, a neblina parecendo grudar neles enquanto esperavam do lado de fora da casa. Mas o abraço de sua tia foi o completo oposto do clima. Ela a segurou firme em seus braços. Alexandra se agarrou a ela, desacostumada a receber tanto afeto depois de cinco semanas sem a mãe, e saboreou o calor daquele abraço. No último mês, o pai nem sequer encostara nela ou dera um tapinha em seu braço, muito menos pensara em lhe dar um abraço para aliviar seu sofrimento.

– Nicholas, é bom vê-lo de novo – apressou-se a dizer a tia, quando por fim soltou Alexandra e levou os dois para dentro. – Só queria que fosse em circunstâncias melhores.

Alexandra se afastou, esperando o pai ir na frente, depois o seguiu, observando como ele passava por sua tia, desviando para não tocá-la. Ela se perguntou onde estariam os primos, mas ouviu um barulho no andar de cima e imaginou que já desceriam para se juntar a eles. Só que foi seu tio que a surpreendeu, surgindo de outro quarto e a abraçando de maneira muito parecida com a da tia. Seu pai mal pareceu perceber a troca de carinho.

– Alexandra, olhe só para você! Da última vez que te vi, mal batia nos meus quadris. Que bela jovem você se tornou!

Apenas sua tia fora ao funeral de sua mãe, o que significava que já fazia algum tempo que não via o tio.

Ela corou quando ele a segurou a certa distância, antes de gritar para que seus filhos descessem. Quando apareceram, ela voltou a ficar tímida, encarando os sapatos enquanto eles entravam na sala. Como filha única, Alexandra sempre fora fascinada por famílias grandes, e vivia imaginando como seria fazer parte de uma. Porém, às vezes também se sentia sobrecarregada quando se via cercada por outras pessoas.

– Você se lembra de seus primos, Alexandra? – perguntou sua tia, colocando-se ao lado dela, a mão calorosa em seu braço, e de frente para os filhos.

Alexandra sorriu para o mais novo, Thomas, que sorria para ela também, as mãos entrelaçadas enquanto balançava o corpo para a frente e para trás em seus pequenos e brilhantes sapatos de couro preto. Sua prima Belle, quase da mesma idade que ela, também sorriu, mas foi seu outro primo, William, que a fez rir ao lhe dar uma piscadela.

– Alex, é bom ver você de novo.

Sua tia suspirou ao lado dela e lhe lançou um olhar severo.

– Alex*andra* – corrigiu ela. – O nome dela é Alexandra.

Ele deu de ombros e lhe abriu um sorriso que a fez sorrir de volta.

– Na verdade, pode me chamar de Alex – disse ela, surpresa ao notar a clareza em sua própria voz.

Ninguém nunca a chamara de Alex, mas gostou quando William pronunciou o apelido. Sentiu-se diferente e, agora que estava em Londres, talvez essa sensação fosse exatamente aquilo de que precisava.

O pai dela estava conversando com o tio naquele momento. A tia, por sua vez, a conduziu junto com os primos para a sala de jantar, cuja mesa fora posta e já estava começando a se encher de pratos.

– Espero que tudo esteja do seu agrado, Alexandra. Sei que parecerá muito diferente do que está acostumada na Grécia, mas quero muito que você se sinta em casa aqui.

Ela fez uma pausa.

– Talvez eu possa pedir à sua cozinheira que nos envie algumas de suas receitas favoritas...

– Eu...

– Não precisa tratá-la como criança, Elizabeth – disse o pai dela ao se juntar a eles. – Alexandra está grata por ter encontrado refúgio aqui, considerando nossas circunstâncias infelizes. Ela não precisa ser mimada e comerá tudo o que for colocado na frente dela.

Todos ficaram quietos, e um silêncio desconfortável se espalhou pela sala.

– Sua filha acabou de perder a mãe, Nicholas – comentou a tia de forma incisiva, após uma pausa particularmente longa. – Espero que sejam essas as circunstâncias a que está se referindo. E eu, por exemplo, acredito que alguns confortos familiares são o mínimo que posso fazer para que minha sobrinha se sinta bem-vinda. É o que qualquer anfitriã atenciosa faria.

Nervosa, Alexandra roeu as unhas, vendo como o rosto do pai ficara vermelho. Ela sabia como ele se irritava com facilidade, e sua tia não estava tentando evitar isso. Não percebera que Elizabeth não gostava tanto assim de seu pai. Ou talvez ela só estivesse demonstrando sua antipatia agora que a irmã falecera. Talvez não precisasse mais fingir.

– É claro – concordou ele, sentando-se à mesa.

O pai lançou a Alexandra um olhar que ela não soube bem como interpretar, como se talvez o descontentamento da tia fosse culpa dela.

– Mas não se pode ignorar o fato de que tivemos que deixar nossa casa com uma pressa inesperada. Ficarei de luto por meu país durante nossa ausência, já que não perdi apenas uma esposa, mas também meu lar. Isso sem falar do estado da monarquia grega neste momento.

Alexandra não fora informada de muita coisa, mas ouviu todos os sussurros e conversas possíveis, o que significava que rapidamente obtivera as informações necessárias antes de chegarem. Pelo visto, a família real também iria para Londres, embora não de imediato. Ainda ouviu o pai falar com outro conselheiro do rei que também partira com a família. Só que não parecia que todos ficariam longe da Grécia por um longo período, apenas por tempo o suficiente para que a situação fosse resolvida. De acordo com os sussurros que ela entreouvira, essas coisas nunca duravam muito. Um ano ou mais, talvez, mas não muito além disso, e seu pai permaneceria a serviço do rei.

– Alexandra, estamos muito felizes por tê-la aqui conosco – disse o tio, erguendo a taça e indicando para que todos fizessem o mesmo.

Foi só então que ela notou que as taças de vinho já estavam cheias, mas, quando pegou a sua e tomou um pequeno gole, percebeu que era suco de uva.

Seus primos sorriram para ela do outro lado da mesa, sem dar um pio, embora, da última vez que os vira alguns anos antes, tivessem sido o mais barulhentos possível. Mas talvez fosse essa a diferença entre visitar a família com a mãe e esta visita com o pai. Ou então sua tia insistira para que eles se comportassem naquela ocasião.

Só desejava que o jantar terminasse logo, porque então seria a hora de o pai ir embora e talvez ela pudesse voltar a respirar. Alexandra percebia rapidamente que a companhia do pai era mais sufocante do que um verão grego.

* * *

Alexandra se aproximou da janela e afastou com cuidado a grossa cortina de veludo. Quando seu pai se levantou para sair, dando-lhe um tapinha de leve no ombro ao se despedir dela, a tia correu atrás dele como se tivesse esperado a noite toda para lhe dar uma bronca. Assim, Alexandra ficou na sala de jantar com os primos, que aos poucos começaram a conversar e a gracejar um do outro. Era do jeito que ela se lembrava, sem vozes abafadas agora que não havia mais adultos por perto.

– O que estão conversando? – perguntou Belle, se aproximando para ficar ao lado dela.

– Acho que sua mãe está dando um sermão nele! – sussurrou Alexandra, aproximando-se tanto do vidro que quase pressionou a orelha contra ele.

Ela conseguia ver a tia parada com as mãos nos quadris, iluminada sob a luz que vinha de fora, e o pai tentando se afastar dela.

– Ela parece estar muito brava com ele.

– Venha comigo – chamou Belle, tomando a mão dela. – Será muito mais fácil escutar se nos escondermos atrás da porta principal.

Alexandra correu junto com a prima, ainda segurando a mão dela. Comprimiram-se contra o pequeno pedaço da parede ao lado da porta principal, que, convenientemente, fora deixada aberta. Belle sorriu para ela, e Alexandra se viu sorrindo de volta. Um dos primeiros sorrisos de que se lembrava desde *aquele* dia.

– Você a está tratando como se ela fosse um objeto de que você quer se livrar, Nicholas. Ela é sua filha, caso tenha se esquecido! – bradou a tia.

– Sem falar que é uma menina jovem, em luto pela mãe. Ela precisa do pai ao lado dela.

– Certamente ela não precisa de mim – respondeu o pai com agressividade. – Ela estará muito melhor aqui com você.

Por instantes houve o silêncio, e Belle deu um tapinha na mão dela.

– Alex, podemos ser como irmãs enquanto você estiver por aqui. Sabe que sempre faremos com que você seja bem-vinda nessa casa, não é? Estamos todos muito felizes por tê-la aqui conosco, e você ficará no quarto ao lado do meu.

– Obrigada – sussurrou Alexandra em resposta, engolindo as lágrimas.

Sentiu-se muito agradecida pela bondade com que a receberam. Desejou dizer a Belle como aquilo significava para ela, mas as palavras simplesmente não vinham.

Belle se reaproximou dela como se estivesse prestes a lhe dizer algo, mas a discussão que se acalorava lá fora fez as duas paralisarem.

– E para onde exatamente está planejando ir, Nicholas? Para Roma, com a família real? Ou viajará por aí como um homem solteiro?

Ele pigarreou e isso pareceu irritar sua tia, pois o tom de voz dela se elevou. Alexandra sabia que ele deveria ser chamado de "viúvo" e não de "solteiro", o que evidenciava que a tia estava tentando irritar o pai.

– Para onde está indo, Nicholas? Se eu assumir sua filha, não acha que preciso pelo menos saber onde o pai dela pretende morar? Onde poderemos encontrá-lo em caso de necessidade?

– Visitarei o rei em caráter profissional e depois viajarei para o sul da França, mas não vejo razão para que você precise saber do meu paradeiro.

Belle apertou a mão de Alexandra, ao mesmo tempo que esta fechou os olhos, desejando não ter ouvido as palavras cruéis do pai. Ele estava descartando a filha e usando o exílio temporário e a nova vida de solteiro para aproveitar o sul da França pelo resto do verão. Não havia como esconder que ele estava feliz por ficar sem ela. Duvidava que ele tivesse ao menos considerado levá-la junto.

– O que aconteceu com o homem carismático e amoroso com quem minha irmã se casou anos atrás?

Houve uma longa pausa, e Alexandra quase podia ouvir a dor silenciosa que se instalara entre eles. Ouvira as histórias de como seu pai cortejara sua mãe, de como ele ficara impressionado com a bela mulher controlando cavalos que testariam as habilidades do mais capaz entre os homens. Mas também ouviu sussurros de que a mãe era boa demais para ele, de que o pai usara as conexões dela com a família real para benefício próprio, de que assumira o controle da fortuna de sua mãe assim que os pais dela faleceram. Além disso, sabia que, se o pai tivesse se casado por amor, não conseguiria ter seguido em frente com tanta facilidade após a morte de sua mãe, por mais que ela desejasse que fosse diferente.

– Entrarei em contato periodicamente para saber de Alexandra, e me certificarei de que ela tenha fundos suficientes para...

– Não queremos seu dinheiro, Nicholas! Você sabe perfeitamente que esse não é o motivo da conversa. E, se não sabe, então é mais tolo do que eu pensava.

– Você está agindo como se minha família não tivesse acabado de fugir da Grécia! – declarou o pai dela. – O rei foi forçado a dar um golpe de Estado contra o governo e...

– Meu marido se assegurou de que eu estivesse a par do que está acontecendo em seu país – disse Elizabeth calmamente, o que pareceu enfurecer ainda mais seu pai. – Sinto muito que a monarquia não esteja recebendo o respeito que merece, mas, Nicholas, caso tenha se esquecido, você não é o rei, é apenas um dos conselheiros dele. E, caso também tenha se esquecido, você já decidira, bem antes dessa infeliz reviravolta, que mandaria sua filha para mim. Por favor, não finja o contrário, pois isso seria um insulto, tanto para mim quanto para Alexandra.

Belle a puxou quando os passos furiosos da mãe ecoaram na direção delas. A conversa claramente estava terminada, mas elas não escaparam rápido o bastante. Sua prima continuou a andar, mas Alexandra parou e esperou ser descoberta. Não queria desafiar a tia na primeira noite em sua casa. Estivera escutando atrás da porta e não ia fingir o contrário.

Mas se ela ia repreendê-la por ter ouvido a conversa, as lágrimas que brilhavam nos olhos de Alexandra devem tê-la impedido. A tia abriu os braços, e ela correu para seu abraço, precisando de seu afeto mais do que nunca. Elizabeth a segurou com força, como se não quisesse mais soltá-la.

– Minha querida menina – disse a tia, afastando-se o suficiente para poder enxugar com delicadeza as lágrimas de Alexandra. – Pretendo amá-la como se você fosse minha própria filha, está me ouvindo? Você encontrará apenas amor e bondade em nossa casa. Eu só queria que você não tivesse escutado tudo isso.

Alexandra assentiu. A tia colocou os dedos sob seu queixo e levantou o rosto dela, de modo que fitassem os olhos uma da outra.

– Sua mãe era tudo para mim, perdendo apenas para meus próprios filhos. Seu pai pode não estar sofrendo por ela da mesma forma que você, mas quero que saiba que *eu* estou. Sinto intensamente a perda dela, como se uma parte do meu corpo tivesse sido arrancada. Isso significa que você pode me procurar sempre que precisar chorar ou falar sobre ela. Sempre estarei aqui para você, meu amor, *sempre*. Você nunca mais estará sozinha.

Alexandra assentiu mais uma vez, e uma lágrima escorreu por sua bochecha. Sempre amara a tia a seu próprio modo, mas agora a via verdadeiramente como a irmã de sua mãe. Como a única mulher que poderia chegar perto de substituí-la em sua vida. Como alguém que sentia a perda de sua mãe de maneira tão profunda quanto ela mesma.

A tia deu mais um passo para trás, mas não antes de pegar a mão da garota.

– Você toca violino?

Alexandra balançou a cabeça.

– Piano?

Ela balançou a cabeça de novo, envergonhada por não ter aprendido nenhum dos dois. Sempre gostou de música, mas tivera aulas de canto em vez de aprender a tocar um instrumento.

– Venha comigo. Talvez aprender a tocar algo ajude a acalmar sua mente. A música sempre me ajuda. Ou você prefere os livros?

– Não, obrigada – respondeu ela rapidamente. – Prefiro muito mais aprender a tocar.

– Enquanto estiver aqui, minha querida, talvez você ache a vida mais simples do que na Grécia.

O sorriso de sua tia era gentil, o olhar, caloroso.

– Suspeito que você gostará de ficar aqui, sem fazer parte de um círculo social tão exclusivo. Na verdade, sua mãe e eu sempre falávamos sobre você passar um tempo aqui quando fosse mais velha, sem as pressões de estar na Grécia.

– É mesmo?

Por que sua mãe nunca lhe contara nada? Teria sido muito mais fácil vir para Londres se ela soubesse que isso fazia parte do plano da mãe para o seu futuro.

– Sempre trocávamos cartas, e esse era um dos assuntos sobre os quais ela mais falava. Dar a você um ano ou dois em Londres, longe de Atenas. Embora eu ouse dizer que ela teria gostado de vir com você.

Alexandra seguiu a tia até o andar de cima, sem conseguir parar de comparar essa mulher gentil e calorosa com sua mãe. Elas eram tão parecidas – tanto na aparência quanto no comportamento. Começou a se perguntar por que pensara em resistir à oportunidade de se mudar para a casa dela. Alexandra nunca deixaria de sentir falta da mãe, mas não podia deixar de se perguntar se era ali que ela gostaria que a filha estivesse em sua ausência: com a única mulher no mundo que poderia amá-la como se fosse sua própria filha.

E talvez um dia ela contasse à tia por que não conseguia mais ler. Por que se puniria para sempre, banindo os livros de sua vida. Alexandra fechou os olhos por um momento quando aquele dia voltou à sua memória. Na maior parte do tempo, conseguia afastá-lo da mente, mas, em outras ocasiões, era como uma onda que invadia seus pensamentos. Não havia nada que pudesse fazer para esquecer.

11

DIAS ATUAIS

O restaurante era completamente diferente do bar aonde tinham ido na primeira noite. Ella entrou e olhou em volta, gostando do espaço bem iluminado. Logo imaginou as paredes decoradas com belas obras de arte. Estava prestes a dizer ao *maître* que tinha uma reserva, quando Gabriel chamou sua atenção. Ele estava de pé, acenando para ela de uma mesa nos fundos. Ela gesticulou em sua direção e atravessou o restaurante. Quando ele se inclinou e beijou sua bochecha, sua pele se arrepiou.

– Você está linda – elogiou Gabriel, sorrindo enquanto os dois se sentavam.

– Obrigada. É tão bom sair para jantar em um domingo à noite.

– Não é como você costuma terminar a semana?

Ella riu.

– Com certeza não. Aos domingos, geralmente peço comida em casa e janto com a agenda na minha frente, planejando a próxima semana de trabalho.

Ele parecia estar se esforçando para não rir.

– Pareço uma pessoa completamente entediante, não é?

– Não, você parece uma mulher que leva o trabalho muito a sério. Não há nada de errado nisso.

Gabriel pegou a carta de vinhos, sorrindo por cima dela.

– De fato, eu não esperaria nada diferente da jovem negociante de arte mais bem-sucedida de Londres.

Ella corou.

– Alguém andou lendo sobre mim?

Ele apoiou a carta de vinhos na mesa.

– Formou-se no Instituto de Arte da Sotheby's com um mestrado em mercado da arte. Deixou sua marca no mundo artístico ao vender um Warhol por mais de um milhão de libras, antes de completar 25 anos. Depois foi convidada a abrir o que se tornou uma das galerias mais interessantes do Soho, senão de *Londres*, exibindo trabalhos de artistas contemporâneos ingleses e estrangeiros. Acertei?

– Parece que eu fiquei devendo uma pesquisa sobre *você* – replicou ela, balançando a cabeça e se recostando na cadeira.

– Estou impressionado – disse ele. – Você já conquistou muita coisa desde que se formou. Só queria ter tido a ideia de pesquisar sobre você antes.

Ella nunca se sentia à vontade para falar do próprio sucesso, mas também sabia que deveria aceitar o elogio dele com gratidão. Ela *de fato* havia conquistado muita coisa, só não era muito boa em reconhecer isso.

– Obrigada. Foram anos muito atribulados. Me conte mais sobre você. Quero saber tudo o que aconteceu desde que você saiu da escola. Como se tornou um integrante da Orquestra Sinfônica de Londres?

– Que tal eu pedir o vinho primeiro? É uma longa história.

Eles trocaram sorrisos. Ella se perguntou como, depois de ter beijado tantos sapos nos últimos dez anos, conseguira engatar com Gabe tão facilmente. Teria que enviar uma cesta de presentes para Daisy, embora, só de pensar, já estivesse com vontade de rir. Será que uma cesta era um agradecimento apropriado para a mulher que, sem querer, a colocara de novo no caminho de Gabriel? Talvez devesse pensar em algo mais extravagante.

– Em primeiro lugar, você gosta de rosé? Segundo, por que está sorrindo assim?

Ella mordeu o lábio por um momento para disfarçar o sorriso.

– Sim para o rosé, mas não tenho ideia de qual sorriso você está falando.

Gabriel apenas balançou a cabeça e fez sinal para o garçom, pedindo uma garrafa de vinho. Depois se reclinou na cadeira.

– Então, me diga, como um homem consegue convencer a família de que ser músico é uma boa ideia? Ou eles sempre acreditaram no seu talento? Acho que não cheguei a conhecê-los quando éramos mais novos.

Gabriel suspirou.

– Você já vai direto às perguntas difíceis. Sinto que está falando por experiência própria.

– Digamos que meus pais acabaram com meus planos de ser artista. Aparentemente não pagaria as contas.

Ella sabia que precisava deixar de lado, mas estava pensando muito naquele assunto nos últimos tempos. Ou talvez estivesse apenas frustrada consigo mesma por não ser mais corajosa, por ainda ter medo do que os pais pensariam se não atendesse às expectativas deles. Com certeza já estava muito velha para ainda carregar esse tipo de peso.

– Ah, a velha culpa de pagar as contas. Sabe, é irônico, porque você ganha a vida vendendo a arte de outras pessoas. Eu diria que esses artistas são muito capazes de pagar as próprias contas e mais algumas.

Ella suspirou.

– Nem me fale... Sempre que me sento à mesa de jantar dos meus pais, tenho vontade de gritar e mostrar como meus artistas estão indo bem. De dizer que, quando me elogiam pelas grandes vendas que faço ou pelo que quer que leiam na internet, estou ganhando muito dinheiro não apenas para a galeria, mas também para os artistas. Pelo menos quando se trata de seus novos trabalhos. É quase como se eles não conseguissem enxergar isso. Ou talvez pensem que ser a agente em vez de ser o talento é uma aposta mais segura.

Ella fechou os olhos por um momento, sentindo o coração disparar.

– Sinto muito, eu...

– Não sinta. Eu entendo. Nós artistas somos todos iguais. Tentamos ganhar a vida fazendo o que amamos e, para que isso dê certo, temos que ser os melhores na nossa área. Do contrário, não ganharemos um tostão. Mas nem todo mundo apoia ou consegue aceitar.

O vinho chegou, e Ella observou o líquido rosa-claro encher sua taça. Quando terminou, Gabriel ergueu a taça e ela aproximou a sua.

– Um brinde ao trabalho que amamos.

Ela encontrou o olhar dele.

– Um brinde ao trabalho que amamos.

Ella tomou um gole do vinho.

– Me conte sobre sua família. Como reagiram quando você disse que queria ser músico? Na verdade, você não respondeu à minha pergunta.

– Você vai estranhar, mas minha família sempre me apoiou muito no que faço – respondeu ele, tomando um gole. – Quer dizer, não me entenda mal, tenho certeza de que eles gostariam que eu fosse para a faculdade e seguisse um caminho mais tradicional, só por segurança. Mas eles se sacrificaram muito quando eu era mais jovem para apoiar minha paixão. E ajudou o fato de meu avô também ser músico. Ele passou dez anos na Orquestra Sinfônica de Londres.

– Então você seguiu os passos dele? É incrível que esteja tocando na mesma orquestra.

– É mesmo. Na verdade, quando ele morreu, herdei seu violoncelo. Eu não tinha idade suficiente para apreciá-lo na época, mas agora é um dos meus bens mais preciosos.

– Isso é muito especial. Ele deve ter ficado muito orgulhoso ao saber que você é tão apaixonado por música.

Gabriel assentiu.

– Ficou mesmo. Foi algo que nos aproximou muito, e também me ajudou a me sentir mais próximo dele mesmo depois de sua morte. Lá em casa o dinheiro sempre foi curto, mas meus pais sabiam quanto as aulas significavam para mim e nunca me deixaram perder uma. Agora que tenho idade o suficiente para refletir, não consigo nem imaginar o que eles devem ter sacrificado para que isso acontecesse.

– Eu adoro essa atitude – comentou Ella, pensando nos próprios pais e no olhar de reprovação que lhe lançaram quando revelou a eles sobre a carreira com a qual sempre sonhara. – Acho que muitos pais tentam depositar as próprias esperanças e aspirações nos filhos, em vez de ajudá-los a realizar os próprios sonhos.

– Às vezes me pergunto se os pais percebem o que fazem – comentou ele. – Acho que se projetam nos filhos sem perceber.

Ella se recostou, relaxada na companhia dele.

– Me diga, por quanto tempo vocês vão se apresentar? A temporada é longa?

– Nossa temporada está quase terminando aqui, mas ainda este ano estaremos em turnê no final do verão – explicou ele. – Sabe, por um lado, o fim da temporada é uma daquelas coisas pelas quais eu espero ansiosamente. Mas, por outro, estou tocando com quase cem músicos, todas as noites.

É um sentimento mágico com o qual nunca dá para se acostumar, por isso também não quero que acabe.

– Gostaria que você pudesse ver como seus olhos brilham quando fala disso – comentou ela, sorrindo para ele do outro lado da mesa. – O que você faz quando não está trabalhando? Não, deixa eu adivinhar: aposto que toca em casa para se divertir. Ou talvez você toque na rua. Sim! Posso vê-lo tocando na rua com seu chapeuzinho, pedindo gorjetas.

– Ah, é mesmo? Você consegue me ver fazendo bico, é?

Ele se fingiu de ofendido, mas não conseguiu manter a fisionomia séria.

– Sem dúvida nenhuma, não vou de uma das orquestras mais prestigiadas de Londres para as ruas – disse ele com uma voz pomposa. – Agora, as pistas! Temos que nos lembrar de falar delas desta vez. Eu detestaria te enviar uma mensagem esta noite dizendo que nos esquecemos do assunto de novo.

Por outro lado, pensou ela, *seria bom ter outra desculpa para jantarmos mais uma vez.*

– Sim, as pistas.

Gabriel lhe passou o papel dobrado que ela lhe dera na véspera.

– Você conseguiu decifrar alguma coisa da partitura?

Ella pegou sua bolsa e, com cuidado, pôs o papel dentro dela, ao lado da foto que trouxera. Desde que os recebeu, ela preferia mantê-los consigo, para não correr o risco de perdê-los ou guardá-los no lugar errado.

– Mostrei sua partitura a alguns amigos após os ensaios e não consegui parar de encará-la naquela noite. Há algo nela que me faz pensar que, quanto mais eu tentar lê-la, mais serei capaz de entendê-la.

– Conheço essa sensação. Me sinto assim em relação à foto – comentou Ella, apoiando a taça de vinho na mesa. – Mas...? Parece que você descobriu algo ou está prestes a me dizer que há um *porém*.

Suas mãos ficaram úmidas, e ela as juntou no colo, buscando algo para fazer.

– Não fique muito animada, porque não sei como isso poderá ajudar, mas acredito que sua pessoa misteriosa era um violinista.

– Como você? – Ela ofegou. – Não posso acreditar. Que coincidência!

– A partitura é um trecho do "Cânone em Ré Maior", de Pachelbel.

Os cantos da boca de Gabriel se ergueram em um sorriso.

– Desculpe, vejo que isso não significa nada para você. Deixe-me encontrá-la para que você possa ouvir.

Ele tirou o celular do bolso, e ela observou enquanto Gabriel procurava a música. Depois, gesticulou para que ela se aproximasse. Ella mudou a cadeira de lugar para ficar ao lado dele, inclinando-se quando ele apertou o play. O volume estava baixo para não incomodar os outros clientes.

A música lhe soou familiar quase na mesma hora, embora não soubesse seu nome. Quando ergueu os olhos, Gabriel a estava observando e ela sorriu para ele.

– Eu conheço essa. É linda. Não é com essa música que as noivas sobem no altar?

Ele assentiu.

– É verdade. Para ser sincero, demorei um pouco para entender, já que esta parte está fora de contexto. Mas assim que a toquei...

– Você tocou esta partitura? – perguntou Ella, e suspirou. – É claro que sim. Gostaria de ter estado lá para ouvir.

Que especial deve ter sido ver a partitura ganhar vida em seu violino.

– É uma peça impressionante quando bem tocada, e meu palpite é que era uma peça importante para quem quer que fosse o violinista. Talvez estivesse praticando para um concerto ou uma audição... Pode ser que essa fosse sua única chance de provar seu valor?

Gabriel riu.

– Talvez eu esteja me empolgando com a história, mas suponho que haja algo nessa partitura, nessa coisa toda de ela ter sido deixada para trás... Quer dizer, deve haver uma história por trás disso, certo?

– Então, achamos que essa peça era destinada a algo especial. Uma audição, talvez. E será que esse B, quem quer que tenha sido, escreveu na partitura um bilhete de incentivo?

– Acho que essa é a única explicação – assentiu Gabriel. – Mas como descobrir quem era B, isso eu não sei. É como procurar uma agulha no palheiro, embora eu esteja preparado para continuar explorando por aí. Talvez um dos membros mais antigos da orquestra possa saber mais. Nosso *spalla* está doente, mas, quando ele voltar, quero saber qual é a opinião dele.

– Obrigada – disse Ella. – Mesmo que a gente não descubra mais nada, fico muito grata por você ter montado um pouco do quebra-cabeça para mim.

– Então, qual é o próximo passo?

Ella suspirou, bebericando o vinho.

– Não há um próximo passo. Não sei o que mais posso fazer... Afinal, como eu poderia encontrar as mulheres da foto? Quer dizer, a única coisa de que tenho certeza é que ela foi tirada em uma das ilhas gregas, provavelmente a ilha de Escópelos.

Ele se inclinou para a frente, os olhos fixos nos dela.

– Ella, e se você fosse para a Grécia?

Ela engasgou com outro gole do vinho.

– Acha que eu deveria viajar para a Grécia?

– Você acabou de me dizer que não tem nenhuma outra pista, e se o único ponto de partida é uma ilha... – Ele riu. – Como você ainda não considerou essa possibilidade?

Ela suspirou, sabendo que precisaria ser verdadeira.

– É claro que considerei. Mas concluí que seria algo maluco ou impulsivo e...

– Uma ideia brilhante? – concluiu ele, aproximando-se por sobre a mesa e afagando sua mão, o polegar contra o dela. – Você me contou algumas coisas esta noite. Uma delas é que a fotografia sugere se tratar da Grécia e a outra é que você gostaria de ter seguido seu coração e se tornado uma artista.

Ele fez uma pausa, os olhos percorrendo o rosto dela.

– Seria tão louco assim você se afastar um pouco do trabalho para tirar férias e resolver um mistério da sua família? Há lugares piores para ir do que a Grécia, sabia?

Isso a fez rir.

– *Sem dúvida nenhuma*, há lugares piores para ir do que a Grécia.

Gabriel lhes serviu mais uma taça de vinho enquanto ela digeria as palavras dele. Seria uma maluquice assim tão grande tirar uns dias de folga? Por meses dissera a si mesma que precisava fazer uma pausa, para não cair numa exaustão completa. Ou que um dia ela simplesmente não conseguiria enfrentar a galeria. Adorava aquele lugar, mas o trabalho lhe sugava toda a energia. E vira aquela casinha maravilhosa que estava para alugar...

– Olha, não é todo dia que se descobrem pistas deixadas para a sua avó sobre o nascimento dela. Sua família pode ter uma herança secreta que você nunca ficaria sabendo... E quem sabe? Talvez você tenha tempo para redescobrir sua paixão pela pintura enquanto estiver lá.

Ella não lhe contou que já havia se inspirado tanto nele que comprara materiais para recomeçar a pintar.

– Então eu chego lá com a intenção de procurar uma bela mulher grega que pode ou não tocar violino?

Gabriel resmungou.

– Infelizmente, acho que você está procurando uma mulher grega *idosa* que pode ou não tocar violino. Mas há muito bem a chance de que alguém a reconheça na foto. Ou que se lembre de uma mulher que deixara a ilha para ir atrás do sonho de se tornar musicista.

– Ou um homem idoso – refletiu Ella. – Estou achando que essa partitura deve ter pertencido à minha bisavó, mas e se pertenceu ao meu bisavô? Talvez a música pertencesse a um homem?

– Sabe o que acho? – perguntou Gabriel.

Ela o observou ansiosa, incapaz de desviar os olhos dos dele, enquanto eles pareciam dançar sob as luzes do restaurante.

– Acho que deveríamos pedir a comida antes que a cozinha feche. Nosso garçom está parado ali há pelo menos uma hora. Receio que, se não pedirmos nossos pratos agora, ele não conseguirá nos servir nada.

Ambos riram, e Ella se perguntou mais uma vez como conseguia se sentir tão relaxada com Gabe depois de tantos anos separados. A companhia dele era animada e divertida. E, com o jeito como ele sorria para ela, sentia-se mais viva, mais *compreendida*, do que se sentira havia muito tempo.

– Enquanto esperamos pela comida, que tal se você me mostrar a foto? – pediu Gabriel, arrastando a cadeira para ficar mais perto dela. – Agora já estou bem envolvido no mistério todo.

Ella sorriu, mais do que satisfeita em obedecer. Pegou a fotografia na caixa e a deslizou pela mesa para que Gabriel a visse.

* * *

Havia passado uma noite muito agradável com Gabe. Ele era gentil, engraçado e muito charmoso. Mesmo que seus caminhos nunca mais se cruzassem, ela se divertira muito com ele. Mas, no fundo, estava torcendo bastante para vê-lo de novo.

Ella já estava em casa, embora não se sentisse nem um pouco pronta para dormir. Preparou uma xícara de chá, se aconchegou no sofá e resolveu mandar uma mensagem para a tia.

Acordada?

Quando ela tomou um gole, as bolinhas apareceram em seu telefone, indicando que Kate estava respondendo.

Acordada!

Ella sorriu para o celular, imaginando que a tia devia estar sorrindo para si mesma enquanto digitava. Ela escrevia mensagens da mesma forma como falava: com muitos pontos de exclamação e letras maiúsculas. Estava prestes a responder quando seu telefone tocou. Ella atendeu imediatamente.

– Por que está me mandando mensagens depois das dez da noite num dia de semana?

Ella riu.

– Porque acabei de chegar em casa depois de jantar com o músico e estou agitada demais para dormir.

Kate ofegou.

– O violinista gato? Aquele que você reencontrou depois de anos? Foi um encontro?

– Não tenho certeza. Parecia que sim, mas ele também queria me falar o que descobriu sobre a partitura.

Ela contou mais detalhes para a tia, captando o entusiasmo na voz dela a cada pergunta que esta lhe fazia. Mas demorou até o final da conversa para revelar o que ele sugerira.

– Kate, ele teve uma ideia maluca de que eu deveria ir para a Grécia, para ver se lá eu encontraria uma solução para as pistas. Você acha que isso é loucura?

Houve uma pausa antes de ela responder:

– Não acho que seja nenhuma loucura e, vamos ser sinceras, nós duas sabemos que você está precisando de uma pausa. – Kate riu. – Acho que seria uma ideia fabulosa levar o lindo músico *com* você.

Ella nem mesmo fingiu estar chocada.

– Sabe, você poderia vir comigo se está preocupada com o fato de eu sair de férias sozinha.

Na verdade, a caminho de casa ela pensara em convidar Kate, com receio de que pudesse se cansar da solidão. *Se eu for, é claro.*

– Querida, não posso. E talvez estar sozinha não seja a pior coisa que vai te acontecer.

Ella quase podia ouvir o sorriso dela do outro lado da linha.

– Enquanto estiver lá, talvez você pudesse tirar um tempo para voltar a pintar.

Ella não contou a Kate que esse era um dos motivos pelos quais aquilo a atraía tanto. Quase tanto quanto tentar solucionar o mistério da família.

– Mas se você decidir que *não* quer ficar lá sozinha, eu apoiaria totalmente a ideia de convidar Gabriel.

Ella não pediria isso a Gabe de forma alguma. Primeiro, porque estavam apenas voltando a se conectar. Passaram ótimos momentos juntos, mas daí a pedir que ele viajasse com ela para a Grécia? Sem chance. E ele já não teria sugerido isso se quisesse ir junto? Além disso, ele precisava se preparar para a turnê.

– Eu te aviso caso Gabriel consiga descobrir mais alguma coisa sobre a partitura – desconversou Ella, sem responder sobre o convite. – Ele fez uma cópia para mostrar a outros músicos, pois talvez a partitura possa significar algo para eles.

– Para mim, é mais uma desculpa para te ver de novo.

– Boa noite, Kate.

A tia riu, com malícia na voz.

– Boa noite, minha querida. Bons sonhos.

Ella desligou o telefone e se pôs a sorrir para sua xícara de chá. Às vezes a tia era exagerada, mas esse era um dos motivos pelos quais a amava.

Mas ir para a Grécia? Será que conseguiria ter coragem de se afastar do trabalho por algumas semanas e organizar uma viagem sozinha?

12

DUAS SEMANAS DEPOIS

Ella se enroscou no corpo de Gabriel, deslizando a mão pelo peito dele e pressionando a bochecha em seu ombro. Não queria abrir os olhos – queria ficar na cama dele por pelo menos mais algumas horas – e gemeu quando ele se afastou.

– Me desculpe por ter chegado tão tarde ontem à noite.

Ela se espreguiçou ao lado dele.

– Tentei te esperar, mas estava tão cansada que nem consegui manter os olhos abertos.

Quando se sentou, viu que o vinho que ela servira na noite anterior ainda estava na mesa de cabeceira, completamente intocado. Gabriel seguiu seu olhar e deu uma risadinha. Estava muito mais cansada do que imaginara.

– Café?

Ella ignorou a pergunta e se aproximou dele, beijando seus lábios quentes e passando os dedos por seus cabelos. Sorriu com os lábios na boca dele.

– Bom dia.

Gabriel a puxou para cima de si, beijando-a de volta. Ella riu e se afastou, desvencilhando-se para ir ao banheiro. Se ela seguisse por esse caminho, nunca mais sairia do apartamento dele.

– Você pega o café, eu tomo banho.

Pela manhã, estava sempre apressada para ir ao trabalho, e ele estava sempre com os olhos cansados por ter se apresentado e chegado tarde em casa. Porém, durante as duas semanas em que estiveram se vendo, ele nunca deixou de se levantar e tomar café com ela. Depois, voltava para a cama quando ela já tivesse saído. Os dois adotaram uma rotina de se verem todos os dias, para aproveitar ao máximo o tempo que tinham juntos até que ele saísse em turnê. Ella sorriu para si mesma ao entrar na água quente, pensando em Gabe. Havia algo de diferente nele, e ela sabia que não era apenas por estar se apaixonando rápido demais, mas porque se conheceram quando eram mais jovens. Eles não haviam exatamente retomado de onde pararam, mas ela se sentia confortável com ele só por tê-lo conhecido antes. Quando terminou o banho e saiu do banheiro com a toalha enrolada no corpo, Gabe estava apoiado na bancada da cozinha com uma caneca de café na mão. Ele empurrou a outra xícara na direção dela, mas ela viu que os olhos dele estavam fixos em outra coisa.

Ella o contornou, encostando-se nas costas dele e apoiando o queixo em seu ombro.

– O que você está olhando?

As palavras mal saíram de sua boca, e ela viu a foto ao lado de sua bolsa. Devia tê-la deixado ali na noite anterior.

Gabe se virou e a abraçou, encostando os lábios quentes de café na testa dela. Enquanto o abraçava, Ella sabia o que ele estava pensando. Eles já haviam conversado sobre aquilo algumas vezes, mas ela sempre resistia, sem ter certeza se poderia – ou mesmo se queria – fazer aquilo.

– Eu sei – disse ela com um suspiro.

– Fico pensando que só falta um mês para a sua próxima exposição e você disse que, se não fosse logo, se não marcasse a viagem...

Ela assentiu, encostando a cabeça em seu peito, aconchegando-se mais a ele.

– Eu sei, mas só quero continuar aproveitando esses momentos, eu...

– Ella – interveio ele, observando-a enquanto ela se reclinava, o polegar sob o queixo dela, levantando sua cabeça. – Só vou ficar fora por dois meses. Assim que eu voltar, vamos continuar de onde paramos. – Ele sorriu. – Nada vai mudar o que sinto por você, mesmo com todo esse tempo separados.

Ella olhou para a foto novamente antes de se voltar para ele. Nunca tomara uma decisão baseada em homens, mas Gabriel sairia em turnê no final do mês e, naquele momento, ela só queria aproveitar cada segundo com ele. Mas ele tinha razão: se esperasse até que ele fosse embora, seria tarde demais – o trabalho ficaria cada vez mais caótico e ela teria que esperar até o ano seguinte para conseguir tirar algumas semanas de folga. E se fosse tarde demais? E se surgisse algum imprevisto que a impedisse de viajar? Afinal, ela devia à avó descobrir a verdade sobre seu passado, não?

– Vou ser sincero, não quero que você vá. Até a minha turnê, eu preferiria passar todas as noites com você na minha cama. Mas há algo nisso que parece urgente, que...

– Precisa ser revelado agora – completou ela, passando por Gabe para pegar seu café.

Ella tomou um gole, fechando os olhos por um momento e pensando no que precisaria fazer.

– Eu gostaria de ter descoberto mais coisas para você com base na partitura – lamentou ele. – Vou continuar tentando, mas parece que não há pistas quanto ao seu verdadeiro dono.

Ella tomou outro gole do café. Um arrepio percorreu todo o seu corpo quando viu o notebook de Gabriel sobre o sofá. Sabia o que tinha que fazer.

– Você se importa se eu usar o computador?

Ele seguiu o olhar.

– Claro que não.

Ella deixou o café na bancada e atravessou a sala, voltando a ajustar a toalha contra os seios para que não escorregasse. Isso a atrasaria ainda mais para o trabalho, mas era algo que precisava fazer. Senão, perderia a coragem ou mudaria de ideia.

– O que você está...

Gabriel veio se sentar ao seu lado, encostando a perna na dela enquanto se inclinava para a frente. Ele observou o site que estava aberto.

Ella sabia as datas em que poderia viajar – já as repassara milhares de vezes na cabeça. Levou apenas alguns segundos para selecionar os aeroportos. Suas mãos tremeram quando escolheu os assentos e digitou os dados do cartão de crédito, que sabia de cor. Mas ao chegar ao botão de confirmação, ela paralisou.

Gabriel deu um beijo em seu ombro e isso foi tudo de que ela precisou para dar o último clique. Ela se virou lentamente e olhou para ele, o coração acelerado. Tinha conseguido. Por fim, tinha conseguido.

– Sentirei sua falta – murmurou ele.

Ella sentiu um frio na barriga quando o beijou, desejando que o momento fosse mais oportuno, mas sabendo que fizera a coisa certa.

– Teremos seis dias juntos antes de eu partir – sussurrou ela.

E, depois disso, se passarão três meses até que eu o veja de novo.

– Você tem razão: se o que existe entre nós for sério, a separação só nos fará querer ficar juntos ainda mais.

E só tornaria o reencontro deles ainda mais doce.

Gabe riu e a puxou para si, a boca encostada em sua pele.

– Então é melhor aproveitarmos ao máximo.

13

Seis dias depois, quando subiu a bordo do voo Londres-Agios Konstantinos, Ella estava tomada pela ansiedade. Não conseguia parar de pensar em todas as coisas que poderiam dar errado, principalmente com a casa que reservara. E se não se parecesse em nada com as fotos? E se não se sentisse segura ali, sozinha? Sua mente estava tão cheia de preocupações que fora quase impossível ignorá-las – e vinham crescendo desde o momento em que Ella comprara as passagens.

No entanto, agora que de fato estava na balsa a caminho de Escópelos, vendo o mundo passar e admirando com os próprios olhos as ilhas Espórades e o mar Egeu, ela estava aos poucos começando a relaxar. Como poderia ter duvidado que aquele era o lugar certo? Será que havia alguma coisa na Grécia que não se podia amar? Gabriel tinha razão: ela nunca se perdoaria se não fizesse tudo em seu alcance para descobrir os elos ocultos contidos na foto, na música e nos segredos de sua família. Mesmo que isso implicasse sacrificar o tempo livre que teria com ele.

Enquanto a balsa se aproximava de Escópelos, Ella ergueu a mão para proteger os olhos do sol. Sorriu ao ver as belas casas em estilo veneziano que se erguiam a partir do porto, com pitorescas varandas e telhas de terracota. Viu pequenos caminhos com pavimento de pedra conectando as casas pintadas de branco. Todos pareciam ter sido construídos juntos, de modo a compor um estilo arquitetônico coeso. Enquanto a embarcação lentamente aportava, dava até para imaginar as cenas de *Mamma Mia!*.

O desembarque não foi demorado, e Ella se viu de pé, as malas em punho, tentando descobrir qual caminho tomar. Observou os outros turistas saírem da balsa e se dirigirem aos bares e cafés ao longo do porto, com mesas e cadeiras que davam para o mar. Aquele era o ponto ideal para observar as pessoas, mas Ella queria se instalar em suas acomodações antes de parar e almoçar.

O dono da casa a instruíra a pegar um ônibus e depois caminhar uma curta distância a partir da parada. Ou, se preferisse, poderia pegar um táxi, mas ela decidiu ir de ônibus mesmo. Isso lhe proporcionaria tempo para olhar ao redor e mergulhar na atmosfera e no visual da ilha, alegrando-se com o fato de não estar seguindo uma programação. Não importava quanto tempo ela levaria para chegar lá nem a hora a que chegaria: não havia ninguém esperando por ela, e essa sensação era ótima.

Escópelos, eu já te amo.

* * *

No momento em que Ella pôs os pés na casa, deixando as malas no chão frio de azulejos, soube que alugara o lugar perfeito. Andou pela casa, admirada com quanto era peculiar, desde a pequena cozinha que ocupava uma parede até as janelas que emolduravam completamente a vista para o mar azul cintilante. A casa era o completo oposto do seu apartamento em estilo contemporâneo urbano, o que só fez com que Ella a amasse ainda mais. Do lado de fora, persianas pintadas num tom vibrante de azul adornavam as janelas, e havia também flores cor-de-rosa formando uma cascata de cores. Era como algo saído de um cartão-postal.

Subiu as escadas e encontrou o quarto principal. Por um lado, queria cair direto na cama e fechar os olhos, mas, por outro, queria sair e pelo menos vislumbrar a ilha. Ella foi até uma janela e a abriu, respirando a brisa fresca do mar e sonhando com o que as duas semanas e meia seguintes poderiam lhe trazer. Depois de ter aberto todas as janelas, foi direto para o andar de baixo e caminhou até uma de suas malas, retirando os materiais de pintura e os colocando sobre a mesa. Por um momento, ficou olhando para todos eles: para as telas em branco, os novos e os velhos pincéis, e os tubos de tinta coloridos, à espera de serem usados pela primeira vez. Foi então que ela se lembrou do cavalete na fotografia, mas, quando saiu da casa, ele não estava do lado de fora. Ella percorreu todo o pátio, mas não encontrou nada.

Voltou a entrar na casa e pegou sua bolsa. Estava na hora de aproveitar a ilha e então encontrar alguma loja de materiais de arte para comprar um cavalete. Depois de fazer uma refeição deliciosa, ela queria pintar. Mesmo se não encontrasse as respostas para o que estava buscando, pelo menos redescobriria uma das coisas de que mais sentia falta na vida. Sabia que sempre ficaria agradecida por isso. Também sabia que esse era um dos motivos pelos quais Gabriel queria que ela viesse, e era a mesma razão pela qual sua tia a incentivara tanto. Ella não tinha a intenção de decepcionar nenhum dos dois.

* * *

Ella ficou de pé, ao vento, os cabelos ondulando suavemente pelo rosto enquanto mirava o mar. Na Grécia, tudo era diferente. O sol em seus ombros, a maneira como o ar preenchia seus pulmões, as cores, *tudo*. Era uma explosão de sensações da qual não sabia que estava precisando. Mal passara três horas em Escópelos e já sabia que fora uma das melhores decisões que tomara na vida. Sabia que estava ansiando por isso, *precisando* disso para preencher o vazio que começara a surgir lentamente dentro dela nos últimos meses ou até mesmo anos. Desde que chegara à ilha, ela foi preenchida pela mais impressionante sensação de pertencimento, de finalmente ter tempo para fazer algo só para ela.

E agora, depois de caminhar pelas ruas de paralelepípedos e se sentar em uma mesa sob copas de árvores perfeitamente podadas, comer uma bela comida e beber uma taça de vinho no almoço – o que era raro para ela –, enquanto permanecia sentada e observava a vida passar, só havia uma coisa a fazer. Fora sincera quando disse a si mesma que ficaria bem sozinha, mas havia algo em comer sardinhas recheadas e polvo grelhado, e girar a massa mais delicada que já provara, que a fez imaginar como seria aproveitar a viagem com outra pessoa. Como seria poder compartilhar a experiência com mais alguém.

Ella ergueu o celular enquanto permanecia ali olhando para o mar, sustentando sob o outro braço um cavalete que conseguiu comprar depois de ter saído do restaurante. Não soube ao certo o que deu nela. Estava pronta para colocar a culpa no calor ou na beleza à sua volta, porque, em toda a sua vida, nunca se sentira tão sensível quanto naquele instante.

Depois de colocar o cavalete no chão, ela buscou o número de Gabriel e respirou fundo, digitando rapidamente antes que tivesse tempo de mudar de ideia. Foi ele quem sugerira que Ella viajasse, e ela só queria ter tido a coragem de convidá-lo a ir junto na hora, ou pelo menos antes de ter saído de Londres. Por que não o convidara para viajar com ela antes da turnê? Ou será que apenas presumira que, se pudesse vir, ele mesmo teria sugerido?

Aqui é mais bonito do que eu poderia ter imaginado. Não quer vir me encontrar antes da turnê?

Ella guardou o telefone na bolsa e pegou o cavalete, levando-o sob o braço enquanto caminhava de volta para casa. Se Gabriel não viesse, ela aproveitaria cada segundo da viagem sozinha e se deliciaria com a própria companhia, sem arrependimentos. Mas se ele viesse? Ela engoliu em seco, nervosa, e ficou atenta a um toque que lhe diria se ele respondera. Se ele viesse, tinha a sensação de que iria se apaixonar, e não apenas por Escópelos. Já estava começando a se perguntar se o que sentia por Gabriel era diferente de tudo o que sentira antes por um homem.

14

LONDRES, 1973

—Ainda não acredito que você me convenceu! – gritava Alexandra, mirando seu reflexo no espelho.

Estava provando roupas na Biba, talvez uma das melhores butiques de Londres, mas não era nas roupas bonitas que estava pensando – era no seu cabelo.

Os olhos de Alexandra estavam arregalados e ela piscou para si mesma. Por anos, resistira à insistência da prima para que cortasse o cabelo em um penteado curto e reto. Mas de alguma forma, naquele dia no cabeleireiro, ela decidiu ser corajosa. O corte a fez parecer mais jovem, o que não fazia parte do plano, e também mais *elegante*. Só que não tinha mais as mechas que caíam em cascata sobre seus ombros, como exibira durante a maior parte da vida. Não havia percebido quanto gostava de seus cabelos até que fossem cortados.

– Experimente isso.

Belle sempre fora mais ousada, e, embora Alexandra adorasse as minissaias e a moda colorida da época quando as via na prima, demorou muito tempo para adotar esse estilo. Durante os anos em que Alex esteve em Londres, as duas se tornaram praticamente irmãs, assim como seus outros dois primos eram como irmãos para ela. A família da tia a acolhera sem reservas, e nem uma única vez a fizera se sentir como se não pertencesse àquela casa. E ali estava ela, quase uma adulta, tão londrina quanto os primos depois de ter passado seis anos longe da Grécia. Seis anos depois de ter perdido a mãe e de seu mundo, tal qual o conhecera, mudar para sempre.

Alexandra pegou a saia, a blusa e o vestido que Belle lhe passara e voltou para o provador, sabendo que não tinha escolha.

– Sabe, deveríamos estar procurando roupas adequadas para a noite de amanhã – disse Alexandra, se remexendo para conseguir entrar na saia.

Sabia que não tinha o corpo esbelto de Twiggy, a famosa modelo e atriz britânica, para o qual a saia fora modelada. Alexandra era magra, mas não magricela – aliás, essa era outra característica que a diferenciava de sua prima forte e musculosa.

– Bem, para deixar a mamãe feliz, encontraremos algo bem sem graça para amanhã à noite – lamentou Belle, abrindo a porta antes que Alexandra estivesse pronta.

Ao vê-la, seus olhos se arregalaram de tanta empolgação e ela bateu palmas. Alexandra estava toda encolhida dentro da roupa que a prima escolhera.

– Ah, está perfeito!

– Está bonito – elogiou Alexandra –, mas acho que gostei mais do vestido. Vou prová-lo antes de decidir.

O vestido era curto, mas pelo menos o estilo lhe favorecia um pouco mais.

– Vamos levar os dois. A saia ficará perfeita no sábado.

Alexandra parou antes de fechar a porta do provador, olhando de relance para Belle.

– O que teremos no sábado?

Belle suspirou e empurrou a porta com firmeza para fechá-la.

– Seu aniversário! Esqueceu que está completando 18 anos? Agora poderemos sair e nos divertir como nunca. Até que enfim.

Alexandra se encostou na parede, resmungando. Não apenas tinham um gosto muito diferente para moda, mas também discordavam sobre o que seria uma noite perfeita. Ela preferiria um jantar especial no The Ivy ou no Wiltons, talvez até mesmo um cinema antes de voltar para casa. Dispensava o tipo de vida social agitada que a prima parecia desejar.

– Pensei que os ingressos para a orquestra fossem para o meu aniversário.

– Foram o presente dos meus pais para você. No sábado, o presente é *meu*.

Havia semanas que estava ansiosa para ver o London Luminary Ensemble tocar. A música era sua grande paixão, desde que a tia lhe apresentara o violino. E, embora não fosse a maior orquestra de Londres, estava rapidamente se tornando uma das mais prestigiadas.

– Vestidos curtos estão no auge da moda, Alex. É exatamente o que precisa para que reparem em você.

Alexandra não tinha certeza de quem exatamente repararia nela, mas a contragosto o vestiu e fingiu um sorriso quando Belle gritou de empolgação.

Não vou conseguir sair desta loja sem levar tudo o que acabei de provar.

* * *

Mais tarde naquele dia, depois que Belle a arrastou até o Soho para irem a todas as butiques da Carnaby Street, elas finalmente chegaram em casa. Ambas carregavam tantas sacolas que os braços doíam. Alexandra ficou aliviada quando se sentou em uma cadeira, chutando os sapatos e esfregando os pés inchados. Com certeza Belle tinha muita energia quando se tratava de fazer compras.

– Meninas, vocês estão de volta!

Sua tia Elizabeth entrou na sala, os cabelos presos em um refinado coque bufante que ela se acostumara a usar nos últimos cinco anos. Com sua elegância, ela muitas vezes fazia Alexandra se lembrar da mãe: a maneira como se portavam e se moviam e, é claro, a aparência. Depois de todos aqueles anos, às vezes se preocupava com o fato de estar começando a se esquecer da imagem da mãe e de tê-la substituído pela imagem de Elizabeth.

A tia estava segurando algo e foi se sentar ao lado de Alexandra. Parecia um envelope, e ela o manteve na mão enquanto falava.

– Estou vendo que as compras foram um sucesso – comentou a tia com um sorriso astuto.

Não era nenhum segredo que Belle costumava comprar por ela e pela tia juntas. Ambas preferiam a solidão da casa, quando era possível, ao passo que Belle adorava sair e zanzar por aí.

– Seu pai vai ter um ataque, como sempre. Você colocou tudo na conta?

Belle sorriu.

– Ele não vai se importar nem um pouco. Vou contar a ele no jantar.

– Falando em pais – disse a tia, aproximando-se um pouco. – Isto aqui chegou hoje. Quis entregá-lo assim que você chegasse em casa. Achei que pudesse ter sido enviado pelo seu.

– Ah.

Alexandra estendeu a mão para pegar o envelope creme, o coração acelerando quando deslizou a unha por baixo do selo. Nos últimos anos, o pai mal se dera conta da sua existência. Imaginava que ele ainda estivesse passeando pelo sul da França, entretendo-se com mulheres que tinham a metade da idade da sua mãe. As poucas coisas que ouvira da tia e do tio não o pintaram da melhor maneira possível e, na maioria dos dias, ela se sentia grata por estar longe dele.

Os olhos de Alexandra percorreram as palavras com rapidez, piscando furiosamente para afastar as lágrimas quando percebeu de quem era o cartão. Sempre alimentava muitas esperanças e acabava se decepcionando com ele.

– O que ele diz? – perguntou Belle.

Alexandra pigarreou e fitou os olhos da tia, sabendo que ela entenderia, já que nunca tentara esconder sua antipatia pelo cunhado.

– Na verdade, é da família real. Me desejando feliz aniversário.

Sabia que o cartão devia ter sido enviado pela rainha, que lhe escrevia religiosamente a cada aniversário, bem como no aniversário da morte de sua mãe.

– Foi muito gentil da parte deles me enviar felicitações, embora, ao que parece, não se possa dizer o mesmo do meu pai. Verdade seja dita, ele nem deve saber a data do meu aniversário.

Elizabeth tomou a mão dela com delicadeza por um bom tempo. Sua tia não precisava dizer nada – os olhos diziam tudo.

– Por semanas fiquei esperando que ele te enviasse alguma coisa especial – admitiu Elizabeth. – Caso não enviasse, eu queria lhe dar isto aqui. Espero que a façam se esquecer da ausência de seu pai.

Alexandra viu sua tia tirar do bolso uma caixinha de veludo, que estendeu para ela. *Para mim?*

– Mas meu aniversário é só no sábado – sussurrou Alexandra, pegando a caixa e olhando intrigada para a tia. – Eu não esperava receber nada, certamente nada extravagante.

A tia e o tio a sustentaram por todo aquele tempo, e se recusaram a receber dinheiro do pai dela. Foram mais do que generosos quanto à educação e aos cuidados de que precisava. Por isso, não queria que exagerassem no aniversário dela.

– Temos outro presente para te dar no sábado, mas gosto de pensar nesse como algo pequeno de minha parte – disse Elizabeth, a voz baixando uma oitava. – E da parte de sua mãe. Tenho certeza de que ela teria desejado que você ficasse com eles. Como eu.

Alexandra abriu a caixa e ofegou quando viu dois diamantes brilhando para ela. Eram os brincos mais bonitos e elegantes que já vira, cada um com 1 quilate, sem dúvida alguma.

– É demais.

Os olhos de Alexandra voltaram a se encher de lágrimas quando os tocou com a ponta dos dedos, mas dessa vez eram de felicidade.

– Pertenceram à sua avó – disse a tia, inclinando-se para pegar um deles com cuidado e o empurrando delicadamente pelo único buraquinho na orelha de Alexandra. – Sua mãe e eu sempre discutimos sobre quem deveria ficar com eles. Nossa mãe, porém, optou por dá-los a mim no dia do meu casamento, com a promessa explícita de que permaneceriam em nossa família para sempre. Eu fui a primeira a me casar, e foi assim que ela escolheu.

Alexandra virou a cabeça para que a tia pudesse colocar o outro brinco na orelha direita. Depois, se levantou e olhou para o grande espelho dourado acima da lareira.

– São lindos – disse ela, virando-se levemente para um lado e depois para outro, e observando como cada brinco refletia a luz. – Mas, Belle, certamente você quer...

– Belle poderá herdar de mim muitas outras joias de família – interrompeu a tia com firmeza. – Estes são para você, Alexandra. Eu os emprestei para minha irmã no dia do casamento dela, então têm uma ligação especial com sua mãe que vai além das palavras. Agora eles pertencem a você. Eu não gostaria que fossem de mais ninguém.

– Obrigada – disse ela, abraçando a tia. – Por tudo, não apenas por isso. Obrigada por tudo o que fez por mim.

– Não precisa agradecer – replicou Elizabeth.

Mas Alexandra podia ver quanto suas palavras significavam para ela, pois os olhos da tia também estavam marejados. As duas passaram as mãos nas bochechas, secando as lágrimas, e sorriram.

– E quem sabe? Talvez seu pai nos surpreenda enviando algo para você no sábado.

Alexandra resistiu à vontade de revirar os olhos. Seria mais fácil porcos voarem do que o pai se lembrar do aniversário de 18 anos da única filha. Pelo que sabia, ele poderia ter se casado novamente ou tido mais filhos, pois já fazia muito tempo desde que se preocupara em entrar em contato, embora ela tivesse certeza de que seu tio se mantinha informado sobre o paradeiro do pai. Algo tão importante como um casamento era uma notícia que provavelmente lhe teria sido comunicada.

– Talvez – respondeu ela com educação, segurando a língua para não falar tudo o que gostaria sobre ele.

Alexandra ia perguntar à tia sobre a coleção de joias da mãe, mas decidiu se calar. A mãe tinha muitas peças herdadas da família, e itens que ao longo dos anos lhes foram presenteados pela família real. Por algum tempo, ela ficou intrigada pensando onde as joias poderiam estar ou no que acontecera com suas posses deixadas na casa em Atenas depois de tantos anos.

– Este é o mais belo presente que alguém já me deu. Obrigada.

– Bem, vamos conversar sobre amanhã à noite – disse Elizabeth com um grande sorriso. – Mal posso esperar para levar todos vocês ao concerto. A ópera teria sido minha primeira opção, mas a orquestra também será mágica. Poderíamos até tomar uma taça de champanhe aqui primeiro, antes de sairmos.

– Parece perfeito – concordou Alexandra, olhando de sua tia para sua prima. – Obrigada a vocês duas. Sei que não falo o suficiente, mas sou muito grata por tudo o que fazem por mim.

Belle se levantou e entrelaçou o braço no dela.

– Venha, vamos subir e escolher nossos trajes para o fim de semana.

Elas pegaram algumas das sacolas de compras e se dirigiram para as escadas, Belle arrastando-a rapidamente para o quarto.

– Eu mencionei que vamos nos encontrar com William no sábado à noite? – perguntou Belle ao se jogar na cama. – Ele disse que vai nos levar para sair com alguns amigos da faculdade. Dá para acreditar? Acho que vamos ter a melhor noite da nossa vida! Vai ser incrível.

Alexandra se deitou ao lado dela, olhando para o teto, de repente muito mais interessada nos planos de Belle. Ela adorava Will e sempre quis conhecer seus amigos da Royal Academy of Music. No ano seguinte, também iria para a universidade. Belle a convencera a tirar um ano sabático para que pudessem descobrir o que realmente queriam fazer. O grande amor de Alexandra era a música, e Will tentara convencê-la inúmeras vezes a considerar o conservatório. Mas a verdade era que não tinha certeza se ele estava apenas sendo gentil. O processo de admissão era rigoroso, e Alexandra não fazia ideia se era talentosa o suficiente para fazer a audição.

Os dedos de Belle se fecharam ao redor dos seus, apertando-os suavemente, e ela os apertou de volta. Não havia um único dia em que não pensasse na sorte que tinha. O que acontecera na infância fora uma tragédia indescritível, mas o amor e a bondade que lhe foram demonstrados desde então eram nada menos que um conto de fadas. O pai que se danasse.

* * *

Alexandra usava seu vestido longo de seda no *foyer* do Royal Festival Hall, a bolsa embaixo do braço. Olhou ao redor para todas as pessoas vestidas em trajes de gala. Era extraordinário participar de uma noite como aquela, e, embora Belle não parecesse muito entusiasmada, seu outro primo, Will, parecia bem empolgado. Havia uma expectativa na plateia que só se manifestava em uma apresentação ao vivo. Era uma pena que seu primo mais novo estivesse no colégio interno e não pudesse participar.

Will se aproximou e pegou o braço dela, inclinando-se ao falar:

– Você está linda, Alex. Se eu fosse você, deixaria o cabelo crescer de novo. Todas as garotas de Londres tinham inveja de seus cachos escuros e brilhantes.

Do outro lado, Belle lhe deu um tapa no braço.

– Eu ouvi! – exclamou ela, bufando. – Alex está maravilhosa e, além disso, você não sabe de nada. Estamos tentando acompanhar as últimas tendências da moda, caso não tenha notado.

Alexandra apenas suspirou. Tinha que admitir que concordava com ele sobre o corte de cabelo, e, mesmo se não compartilhasse da opinião de Will, não havia como sentir raiva dele. Ele a tratava como uma irmã – bem, a rigor, ele provavelmente a tratava com mais gentileza do que à própria irmã. De qualquer forma, ela o amava ainda mais por isso. Eles tinham um relacionamento muito próximo, e Alexandra adorava o fato de ele sempre ser sincero com ela.

– Como vão os estudos? – perguntou ela quando começaram a caminhar com o público para ocupar seus lugares.

– Tudo tem sido incrível – disse ele, passando a mão no cabelo um pouco longo demais. – Realmente incrível. É como um sonho que se realizou.

O violoncelo de Will era seu bem mais precioso, e ela adorava a ideia de que ele tocava todos os dias e se concentrava em algo que amava. Seus tios o teriam apoiado em qualquer coisa que ele quisesse fazer – eles eram assim com todos os três filhos e com Alexandra também.

– Um dos meus amigos, que já até se formou, vai tocar aqui hoje à noite. Dá para imaginar? Tocar para uma multidão dessas?

Ele assobiou.

– É o violoncelista mais jovem a entrar para o London Luminary Ensemble. Nós estamos todos morrendo de inveja.

– Nós? – perguntou Alexandra.

– Meus amigos do conservatório. Para ser sincero, estamos ao mesmo tempo invejosos e emocionados por ele.

Alexandra olhou ao redor, para as pessoas tomando seus lugares, enquanto Will se inclinava para falar com a irmã. O teatro rapidamente foi se enchendo de mulheres com vestidos elegantes e homens trajando smokings. Não havia nada de que Alexandra não gostasse em toda essa experiência. Ela se acomodou em sua cadeira, com Will de um lado e Belle do outro, a tia e o tio sentados depois deles. Ela observou quando eles inclinaram a cabeça ao mesmo tempo para estudar o programa – era tão diferente do jeito como seu pai fora com sua mãe. Às vezes, ainda se surpreendia com a maneira como os tios se sentiam tão à vontade um com o outro, tratando-se sem nenhuma formalidade.

– Você disse que seu amigo toca violoncelo? – perguntou ela.

– Sim, como eu – disse Will. – Ele também toca piano de um jeito que você nunca ouviu na vida. Ele é o músico mais talentoso que conheço. A maneira como ele consegue alternar entre os instrumentos... Mas o violoncelo é sua verdadeira paixão.

Alexandra estava se perguntando se esse amigo seria muito jovem quando as luzes começaram a baixar. A multidão foi lentamente silenciando ao seu redor, um murmúrio animado se espalhando entre eles. Antes que as luzes se apagassem por completo, Alexandra olhou primeiro para Will e depois para Belle, notando a diferença entre os dois. Ela e Will poderiam ser gêmeos, pois ambos desejavam viver e respirar música. Belle, por outro lado, apenas vira isso como uma tarefa árdua quando tiveram aulas na adolescência. Não importava quanto praticasse, Belle ainda conseguia produzir na flauta um som que fazia o resto da família querer tapar os ouvidos. Belle era inquieta e ia de uma coisa a outra, enquanto Alexandra e Will descobriram cedo do que gostavam. Ela imaginou que a prima aventureira provavelmente escolheria não se matricular na universidade quando o ano terminasse. Em vez disso, talvez decidisse viajar pelo mundo.

Sua mente se esvaziou de todos esses pensamentos quando um som mágico invadiu o ambiente, causando arrepios na pele de Alexandra. Seu corpo inteiro ganhou vida quando a orquestra despertou, quando os arcos tocaram as cordas e preencheram o teatro com o som mais requintado que já ouvira.

* * *

Depois disso, no *foyer*, enquanto esperavam a tia e o tio terminarem de conversar com alguns conhecidos, Will inesperadamente pegou a mão dela.

– Venha comigo – sussurrou em seu ouvido. – Vamos ver se conseguimos cumprimentá-lo rapidinho.

– Seu amigo? – perguntou Alexandra. – Mas...

Ela olhou para Belle atrás deles, que se apressou em alcançá-los quando notou que Will a levava para longe dali.

– Me esperem. Também quero conhecer esse jovem músico famoso. Quantos anos ele tem? Como é que você o conhece?

Will deu de ombros.

– Ele é jovem o suficiente para ter alguma relevância, e eu o conheço porque ele se formou no conservatório e temos amigos em comum.

Os três deram a volta por outra porta e entraram de novo no teatro, aproximando-se do palco sem que ninguém os impedisse. Ela esperava que um lanterninha os mandasse sair dali, uma vez que todos os assentos estavam vazios.

– Eu contei que viríamos hoje à noite, e ele falou que tentaria se esgueirar de volta ao palco para me cumprimentar no final da apresentação.

Enquanto Belle conversava com ela, Alexandra se distraiu por um momento e olhou ao redor, pensando em como o teatro parecia diferente com as poltronas desocupadas. Estava muito vazio e sem a vida que antes o animara. Um barulho no palco chamou sua atenção, e ela olhou para cima. Alguém vinha na direção deles – um vulto isolado na grande extensão adiante.

– Bernard! – chamou Will. – Foi incrível. Que apresentação!

Bernard levantou a mão para proteger os olhos das luzes brilhantes, mas, mesmo com eles semicerrados, Alexandra pôde ver como ele era bonito. De seus assentos, foi difícil distinguir os músicos individualmente, e talvez ele estivesse posicionado ao fundo. Ainda assim, havia algo nele que a fez querer se aproximar. Ele vestia uma camisa branca bem passada e um smoking. Os cabelos escuros estavam levemente penteados para o lado, e ele era alto. As pernas eram longas e a fizeram pensar que, ao lado dele, pareceria muito baixinha.

– Esse, sim, é um homem bonito – sussurrou Belle. – Por que Will não nos contou como seus novos amigos eram bonitos? Eu já teria insistido em conhecê-los!

Alexandra apenas assentiu, aproximando-se de Will de modo que seus ombros quase se tocaram, os olhos fixos no palco. Bernard se abaixara para falar com ele, e estava perto o suficiente para que conseguissem conversar, mas muito longe para que descesse num pulo, pois o palco era bastante alto. Ela se viu desejando que ele pulasse ou que encontrasse um jeito de descer para conversarem melhor.

– Te vejo amanhã à noite? – perguntou Will.

– A gente se vê lá.

Bernard acenou e deu um passo para trás. Alexandra não soube ao certo se imaginara os olhos dele hesitando ao cruzar com os dela. Mas viu que ele havia esperado um momento antes de se virar, e não conseguiu desviar o olhar dele.

– Ele virá conosco amanhã à noite? – indagou Belle. – Para o aniversário de Alex?

No entanto, foi para Alexandra que Will olhou, dando-lhe um sorriso que dizia que ele tinha reparado em quanto tempo ela encarou o amigo dele. Ela lhe agradeceria mais tarde por sua discrição, porque, se Belle soubesse, não pararia de falar sobre o assunto.

– Sim, Belle, ele virá. Junto com alguns amigos meus, então é melhor você se comportar. Não se esqueça de que estou lhe fazendo um favor ao deixá-la vir.

Ele sorriu.

– Na verdade, estou fazendo isso pela Alex. Este pode acabar sendo o melhor aniversário que ela já teve.

Numa tentativa de evitar o olhar de Will, Alexandra abanava o rosto com o programa da noite, que ainda estava segurando. De repente, o sábado pareceu muito mais atrativo do que a noite tranquila que ela desejara durante todas aquelas semanas.

Enquanto caminhavam de volta para o *foyer*, Alexandra se viu absorta nos próprios pensamentos, tentando imaginar o que vestiria. Talvez o vestido fosse interessante, afinal de contas. Estava na moda, mas não era muito diferente do tipo de roupa que costumava usar. Ela pediria a Belle que a ajudasse com o cabelo para ter certeza de que ficaria elegante e estiloso.

Alexandra duvidava que o amigo de Will, Bernard, a notasse. Era provável que ele fosse alguns anos mais velho do que ela, sem falar que era um músico muito talentoso... Mas uma garota podia ter esperanças.

– Alex?

Alexandra ergueu o olhar, piscando para Will ao perceber que não fazia a menor ideia do que estavam falando.

– Ela está devaneando com a orquestra, eu acho – disse Belle com um suspiro. – Sinceramente, às vezes me pergunto se você e eu somos mesmo parentes.

Quando reencontraram os tios dela, William estendeu o braço e Alexandra o pegou com alegria, deitando a cabeça no ombro dele. Havia pessoas gentis e havia Will. Ele tinha sido leal desde que ela fora morar com a família. Sempre se prontificava a fazê-la rir, era o primeiro a gracejar quando percebia que ela precisava se animar, e se sentara pacientemente ao lado dela por horas, quando Alexandra começou a tentar decifrar partituras. Ela também suspeitava que ele tentava esconder algo das pessoas ao seu redor, embora nunca tivesse perguntado isso ao primo. Era uma daquelas coisas que esperava que pudessem permanecer em segredo entre os dois, para sempre.

– O que achou da noite, Alexandra? – perguntou a tia.

A família saiu junta do Royal Festival Hall para respirar o ar noturno.

– Foi mágico – disse ela com sinceridade. – Se eu tentasse, não conseguiria pensar em uma maneira mais bonita de passar a noite. Nunca me esquecerei deste aniversário. De verdade.

A tia e o tio sorriram para ela, e Alexandra se aproximou do primo, aconchegando-se nele. Às vezes, imaginava como seria se apresentar para uma multidão igual àquela, como seria viver uma vida dedicada à música, mas na maior parte do tempo se contentava em ser apenas espectadora. No entanto, aquela noite fez com que ela começasse a questionar tudo de novo.

15

Alexandra nunca estivera num lugar daqueles, muito menos àquela hora da noite, desacompanhada da tia ou do tio. Olhou para cima e viu as letras que formavam na porta a inscrição Café de Paris. Manteve o braço firmemente entrelaçado ao de Belle, com receio de se perder na multidão. O ambiente estava esfumaçado, e havia pessoas em todo canto, muitas delas assistindo à apresentação de cabaré no palco, enquanto outras bebiam e conversavam em grupos. Aquilo não se parecia com nada que vira antes, e ela amou o lugar assim que entrou.

Will ia na frente, e elas se apressaram com os saltos mais altos do que o habitual para conseguir acompanhá-lo. Pararam apenas quando o viram acenar e se dirigir a uma mesa. Havia cinco rapazes, aproximadamente da mesma idade de Will. Dois deles tinham namorada, as quais olharam para ela e para Belle de cima a baixo.

– Will! Que bom que veio se juntar a nós!

– Vejo que trouxe jovens adoráveis com você.

Seus amigos exclamavam e abriam largos sorrisos, já tendo consumido alguns drinques.

– Minha irmã e minha prima – disse ele, soturno. – Sem gracinhas. Hoje é o aniversário de Alexandra, então é melhor vocês se comportarem da melhor maneira possível.

Alexandra ficou decepcionada por Bernard não estar ali. Pensara nele o dia todo depois de tê-lo encontrado na noite anterior. Tivera a esperança de que pudesse vir a conhecer propriamente o jovem músico talentoso, mas naquele momento lhe pareceu evidente que não era para ser assim.

– Senhoritas, o que vão beber?

– Champanhe, é claro – disse Belle. – É uma celebração, afinal de contas.

– Eu perdi as apresentações?

A voz grave de um homem elevando-se sobre a música alta no palco fez Alexandra se virar. Seu coração praticamente disparou quando se viu cara a cara com Bernard.

– Belle – disse sua prima, passando por Alexandra e estendendo a mão.

– Sua irmã? – perguntou Bernard a Will com um sorriso.

– Sim, minha irmã, como você sabe? – retrucou Will. – E não me diga que é porque somos muito parecidos.

– E eu sou Alexandra – adiantou-se ela, reunindo toda a sua coragem e esperando não estar corada. – Sou prima do Will.

Quando Bernard pegou sua mão, todos os pelos de seus braços se arrepiaram. Ele era tão bonito de perto quanto no palco, e ela se viu desejando desesperadamente que pudessem se sentar juntos.

Um garçom se aproximou, e seus primos começaram a discutir sobre o champanhe que deveriam pedir. Bernard balançou a cabeça.

– Eles são sempre assim? – perguntou ele.

Ela sorriu.

– Sempre. Na verdade, Will só concordou que Belle saísse com ele esta noite porque hoje é meu aniversário.

Bernard sorriu de volta para ela.

– Bem, então posso entender por que estão discutindo sobre qual champanhe pedir. É uma ocasião importante.

Ele fez um gesto para que ela se sentasse, e ela deslizou pelo sofá que fazia a curva na mesa. Ficou satisfeita quando ele se sentou ao seu lado, a perna roçando na dela.

– Feliz aniversário, Alexandra.

– Obrigada – sussurrou ela.

Bernard não tirou os olhos dela. Alexandra olhou de relance para a mesa e voltou a erguer o olhar para ele, curiosa para saber por que ele a estava observando.

– Me diga, você gostou da apresentação de ontem?

Ela suspirou.

– Foi completamente mágico. Não consigo imaginar nada mais incrível do que dominar um instrumento da maneira como você o faz, além de poder dedicar sua vida a essa habilidade.

– Você também é musicista?

Ela balançou a cabeça, mordendo o lábio inferior.

– Eu toco, mas não diria que sou musicista.

Bernard se reclinou e a observou, como se pudesse ler os pensamentos dela.

– Você toca todos os dias?

– Sim – respondeu ela sem hesitar.

– Tocar faz com que se sinta mais viva do que qualquer outra coisa no mundo?

Naquele momento, a música no palco ficou mais alta, e ele se aproximou para conseguir ouvir a resposta.

– Sim.

Bernard sorriu, passando a mão pelo cabelo espesso e escuro.

– Então, Alexandra, você é musicista, quer se dê conta disso ou não.

Ela absorvia as palavras dele quando Will se sentou ao lado de Bernard. Belle não parecia estar nem um pouco tímida e se sentou no lado oposto da mesa.

– Por que você não me contou que sua prima era musicista?

Will riu.

– Ela te disse isso? Porque sempre que eu digo para ela fazer uma audição para o conservatório ela insiste que não é musicista.

Alexandra revirou os olhos, envergonhada por ser o centro das atenções, mas, no fundo, também emocionada por Will tê-la elogiado tão abertamente.

– Qual é o seu instrumento preferido?

– Violino.

– Ah, então nós dois somos amantes das cordas.

O champanhe por fim chegou e Will abriu a garrafa, conseguindo derramá-lo sobre a mesa. Em meio ao tumulto, ela teve a chance de examinar Bernard, que se encarregara de servir a bebida e estava enchendo as taças. Alexandra notou primeiro as mãos dele – dedos longos e afilados –, o que, é claro, fez com que se lembrasse do que Will dissera sobre o amigo também ser um pianista talentoso. Porém, logo olhou para o rosto dele, se familiarizando com o sorriso fácil e o maxilar forte, com as sobrancelhas escuras, quase pretas, que combinavam com o cabelo.

– Que seu aniversário esta noite seja inesquecível – disse ele, virando-se para ela e lhe estendendo um copo.

Alexandra sorriu e tomou um gole, as bolhas fazendo cócegas no nariz e causando um turbilhão na garganta. Ela as sentiu quando chegaram ao seu estômago, que já estava todo revirado.

Não teve dúvida nenhuma de que aquele seria, de fato, um aniversário inesquecível.

* * *

– Então me diga, Alexandra, como você veio parar em Londres? Consigo detectar um sotaque...

Ela ergueu as sobrancelhas, recostando-se no assento enquanto conversava com Bernard. Já era tarde, embora não tivesse certeza da hora, e os outros haviam se dispersado ou ainda dançavam. Os dois estavam sozinhos à mesa, e ela estava sentada meio inclinada, quase de frente para ele.

– Eu vim da Grécia quando tinha 12 anos. Parece que já faz uma eternidade... Me esforcei muito para deixar meu sotaque o mais neutro possível.

– Grécia?

Ele ergueu a mão e seus dedos roçaram os dela, que estavam apoiados na cadeira. Ao sentir esse toque, Alexandra olhou para baixo. Um arrepio suave como o bater de asas de uma borboleta percorreu sua coluna.

– Meu pai era conselheiro do rei, então deixamos a Grécia quando a família real foi forçada ao exílio.

Ela estudou o rosto dele para notar sua reação, para ver se isso o deixaria desconfortável, mas ele apenas sorriu.

– Você se torna mais interessante a cada instante, Alexandra.

Alexandra moveu levemente a mão para ver o que ele faria, mas Bernard apenas voltou a encostar os nós dos dedos nos dela.

– Eu moro com meus tios, os pais de Will, desde que cheguei.

Não sabia por que estava contando seus segredos a Bernard, quando se esforçara tanto para mantê-los escondidos.

– Minha mãe faleceu e meu pai decidiu que seria melhor se eu morasse em outro lugar, longe dele.

– Ah, então é por isso que gosto de você. Temos isso em comum.

Ela o fitou.

– Temos?

– Meu pai também decidiu que seria melhor se eu morasse em outro lugar, longe dele.

Os dedos dele se moveram contra os dela novamente, só que dessa vez ele os entrelaçou, o olhar fixo nas mãos unidas.

– Quando anunciei que seria músico, ele me deu exatamente uma hora para arrumar minhas coisas e encontrar um novo lugar para morar.

– Bem, acho que ele foi bastante generoso ao lhe dar uma hora inteira. Que gentil da parte dele...

Bernard riu e reclinou a cabeça, segurando a mão dela com mais firmeza.

– E tudo porque eu disse que queria seguir minha paixão em vez de me tornar cirurgião como ele. Parece que ele queria que eu fosse uma cópia dele.

– Mas ele deve estar muito orgulhoso agora que você está na orquestra. Ele costuma assistir aos seus concertos?

Bernard riu.

– Meu pai não fala comigo desde que saí de casa, e minha mãe tem muito medo de irritá-lo para ir a uma apresentação minha.

– Sinto muito – lamentou ela, aproximando-se dele um pouco mais.

– Não há por quê – respondeu ele, a voz baixa. – A orquestra é minha família, e sei que sempre terei um lar, contanto que eu esteja tocando e fazendo o que amo.

Alexandra ergueu a mão e tocou o rosto de Bernard. Não tinha certeza se fora a quantidade de champanhe que consumira ou se aquele gesto fora simplesmente uma reação natural, mas sentiu o desejo irresistível de passar a ponta dos dedos pela bochecha dele. A barba de Bernard estava por fazer e era áspera ao contato de sua pele. Alexandra imaginou como seria senti-la contra sua bochecha.

– Preciso alertá-lo para que fique longe da minha prima?

De repente, Will estava parado perto deles, mas Bernard não soltou a mão dela. Em vez disso, sorriu e a ergueu, beijando-a lentamente.

– Tenho permissão para ver sua prima de novo? – perguntou ele, sem tirar os olhos dela.

– Sim – respondeu ela.

– Não – declarou Will.

Alexandra começou a rir, pois os dois falaram exatamente ao mesmo tempo. Will jogou as mãos para o alto.

– Agora é hora de levá-la para casa, antes que você se transforme numa abóbora – disse Will, pegando a outra mão dela e puxando-a para longe de Bernard. – Se eu não levá-la para casa antes do toque de recolher, ninguém mais a verá de novo.

Antes de partir, Alexandra se separou de Will e se inclinou na direção de Bernard, dando-lhe um beijo suave na bochecha. Ele exalava uma fragrância de canela e couro, e ela sabia que, na manhã seguinte, ainda estaria pensando na aspereza daquela barba por fazer em contato com sua pele.

E quando ele ergueu a mão de Alexandra e a beijou de volta, os lábios contra os nós dos dedos dela e os olhos encontrando os seus, ela se viu mordendo o lábio com força, na tentativa de disfarçar um sorriso.

16

Alexandra acordou pensando em Bernard. Assim que abriu os olhos, abraçou o lençol contra o peito, lembrando-se do toque suave dos lábios dele em sua pele, do calor da respiração dele. Não foi um primeiro beijo de verdade, mas com certeza tornara seu aniversário de 18 anos algo memorável. Sabia que ficaria pensando nisso por dias.

Ela se levantou, dirigiu-se à janela e abriu as espessas cortinas de veludo para olhar lá fora. O sol raiava, e ela observou o movimento na rua, se perguntando que horas seriam. Tudo o que sabia com certeza era que, depois daquela noitada, ela perdera o café da manhã. Como se protestasse, o estômago de Alexandra roncou, mas ela logo se distraiu com uma leve batida na porta. Com certeza não era Belle, pois ela teria simplesmente adentrado o quarto sem avisar.

– Srta. Alexandra?

– Entre! – exclamou ela, reconhecendo a voz da governanta.

– A Srta. Belle acaba de se levantar e achou que a senhorita poderia querer se juntar a ela para tomar um café da manhã tardio. Sua tia pediu que eu fizesse panquecas e bacon, já que este é o fim de semana do seu aniversário. Está tudo lá embaixo, esperando pela senhorita.

– Você é tão bondosa, era exatamente isso que eu queria comer – respondeu Alexandra. – Diga-lhe que estarei lá embaixo assim que eu me vestir.

– Ah, e há uma carta esperando pela senhorita. Foi entregue em mãos por um jovem esta manhã. Enquanto a senhorita dormia, acredita?

Alexandra ficou paralisada.

– Um jovem? – perguntou, tentando manter a voz firme. – E tem certeza de que é destinada a mim?

– Ah, sim, um jovem muito bonito, e sem dúvida é destinada à senhorita. Ele estava deslizando a carta por debaixo da porta quando cheguei. Então, entregou-a para mim e pediu que me assegurasse de que a senhorita a receberia assim que se levantasse.

Alexandra quase engasgou. Tentou manter a compostura, mas foi impossível. Verificou se os botões da camisola estavam todos fechados e se apressou pelo corredor, sem se preocupar em trocar de roupa. Desceu os degraus da escada de dois em dois, sem se importar com o fato de que parecia tão barulhenta quanto um elefante. A carta tinha que ser de Bernard, só podia ser! Mas por que ele deixaria uma carta para ela? O que ele poderia ter para lhe dizer?

Olhou para a mesa do corredor, mas não viu nada, então correu para a cozinha. Por que não perguntara à governanta onde estava? Mas, ao fazer uma curva, viu Belle sentada à mesa com um sorriso de satisfação nos lábios e as sobrancelhas muito arqueadas.

– Está procurando por isso?

Belle balançou um envelope cor de creme.

– Sem brincadeirinhas, Belle. Por favor, me dê esse envelope – implorou Alexandra.

– E se eu ler a carta em voz alta para você?

– Belle!

Alexandra se irritou, indo até ela com o coração martelando. Pensou que desmaiaria de tanta emoção.

– Por favor, eu tenho que ver o que está escrito. Me dê isso.

– Tudo bem – resmungou Belle, segurando o envelope. – Mas espero que você me conte. Ouvi dizer que foi entregue por um jovem cavalheiro. Você está escondendo alguém de mim?

Alexandra se esquecera da fome, mesmo estando ao lado de Belle, que lambia o caramelo da ponta dos dedos e bebericava o chá. Ela só conseguia pensar na carta.

Suas mãos tremeram quando rasgou o selo, e seus olhos se arregalaram ao ler as palavras.

Querida A.,

Sei que não está na moda parecer muito ansioso, mas pensei em você a noite toda. Posso encontrá-la outra vez? E não esqueça que quero ouvi-la tocar violino! Tenho certeza que foi modesta demais com os próprios talentos musicais. Passarei para vê-la às seis. Talvez possamos jantar, só nós dois?

B.

Alexandra fechou os olhos e segurou a carta sobre o coração. *Ele pensou em mim. Quer me ver de novo.* Tentou não sorrir feito boba quando releu a parte em que ele dizia estar muito ansioso.

– Alex! De quem é a carta?

– É do Bernard.

Belle soltou um gritinho.

– Bernard? O belo musicista Bernard?

– Ele quer me visitar hoje à noite – sussurrou ela, estendendo a carta para Belle, a voz trêmula demais para que conseguisse ler a carta em voz alta. – Quer me levar para jantar.

– Para jantar?

Os olhos de Belle se arregalaram e ela pegou a carta, os lábios se movendo silenciosamente enquanto lia as palavras.

– Ah, por favor, me deixe te vestir! Isso é tão emocionante!

– Você acha que sua mãe e seu pai me deixarão sair desacompanhada?

Alexandra nunca perguntara se podia namorar, mas, agora que tinha 18 anos, será que poderia ir jantar com um rapaz?

Belle agitou a mão, como se quisesse dizer que ela não precisaria se preocupar com isso.

– É um amigo de Will, e eles ficarão bem impressionados com o fato de ele ser integrante de uma orquestra. Vou garantir que aceitem, mesmo que eu mesma tenha que implorar.

Alexandra olhou para a prima, os olhos arregalados como faróis.

– Ele quer me ver de novo. Bernard quer me ver de novo!

– Por que está tão surpresa? Você se olhou no espelho recentemente, Alex? Você é muito linda. Qualquer homem se apaixonaria por você, e sem falar que você é uma ótima companhia.

– Acha mesmo?

Ela não fazia ideia de que Belle a via daquela maneira. Sempre se sentira muito simplória ao lado da prima estilosa e autoconfiante.

– Coma alguma coisa – disse Belle, empurrando o prato na direção dela. – Lucy fez essas panquecas especialmente para você e ficará arrasada se você não comer um pouco.

Alexandra se sentou e deu uma mordida, mal ouvindo conforme Belle analisava uma centena de opções diferentes do que a prima deveria vestir para sair com Bernard. Mas, assim que terminou, deu uma desculpa e subiu correndo as escadas, ainda segurando a carta. Dirigiu-se até o estojo do violino, colocando-o sobre a cama e sentando-se ao lado dele.

Seus olhos dançaram sobre as palavras mais uma vez, memorizando o bilhete. Depois, dobrou-o e guardou-o em seu estojo, sob o violino. Parecia ser o único lugar para ele, a salvo de olhares curiosos, mas também ao lado de seu bem mais precioso.

Depois de guardar o estojo, Alexandra caiu na cama e enterrou o rosto no travesseiro, abafando um grito de entusiasmo. *Bernard. Estou indo a um encontro com Bernard.* Nem queria pensar em como ficaria de coração partido se os tios dissessem não.

Seu aniversário de 18 anos agora era, oficialmente, o melhor aniversário de sua vida.

17

Alexandra nunca estivera tão nervosa na vida. Demorou-se no topo das escadas por pelo menos trinta minutos, ora andando de um lado para outro, ora sentada no último degrau, atenta à chegada de Bernard. Mas quando finalmente ouviu a batida na porta, ela quis correr de volta para o quarto e se esconder. O suor escorria por seu lábio superior e as mãos estavam úmidas.

– Alex, acalme-se, parece que você está prestes a cair dura.

Belle suspirou e se aproximou, olhando para o rosto dela.

– Você está branca como papel.

– E se ele não gostar de mim? E se eu não souber o que dizer? – questionou, e segurou a mão de Belle com força. – Nunca tive um encontro antes, não sei o que fazer!

Belle revirou os olhos.

– Vocês dois conversaram por horas ontem à noite, não há nada com que se preocupar. Confie em mim. Ele gosta de você, e tenho quase toda a certeza de que deve estar nervoso também. São apenas duas pessoas saindo para jantar.

Alexandra não estava convencida de que Bernard estaria nervoso – ele era pelo menos alguns anos mais velho que ela, e talvez muito experiente. Mas Belle tinha razão: eram apenas duas pessoas saindo para jantar. Mesmo que tudo corresse muito mal, estaria em casa dentro de poucas horas.

– Não deixe o homem esperando – ralhou Belle. – Estarei bem aqui, agora vá.

Ela apertou a mão da prima.

– Obrigada. Por tudo.

Belle apenas lhe soprou um beijo.

– Não há de quê. Agora vá! Tenha a melhor noite da sua vida, e depois volte para casa e me conte tudo! Não é todo mundo que tem encontros numa noite de domingo, sabia?

Alexandra segurou o corrimão e começou a descer as escadas. No início, manteve o olhar baixo, mas, quando olhou para cima, viu Bernard parado perto da porta, conversando com o tio. Os dois se viraram quando a viram. De repente, ela teve que se concentrar em cada passo, preocupada que, se não o fizesse, rolaria até o chão.

Bernard a observou da mesma forma que Alexandra vira seu tio admirar a tia quando achavam que ninguém estava vendo. Os olhos dele dançavam sobre ela, como se ele não conseguisse desviar o olhar, mesmo que quisesse. Todos os pelos de seus braços se eriçaram, e, quando finalmente parou na frente dele, o sorriso de Bernard a acalmou. Ela temera que ele não fosse gostar dela quando a reencontrasse, mas agora não havia como interpretar mal o interesse dele.

– É muito bom revê-la, Alexandra – disse Bernard. – Eu estava justamente contando ao seu tio que fiz uma reserva no Quo Vadis. Por acaso eu conheço o dono, e ele foi muito gentil em conseguir uma mesa para mim em cima da hora.

– É o restaurante italiano? – perguntou seu tio. – Eu me lembro que o proprietário foi prisioneiro durante a guerra, junto com todos os outros italianos. Ele reconstruiu o local do zero quando retornou, pois estava praticamente destruído.

Alexandra olhou para Bernard, ansiando para que ele dissesse sim. Estava mais interessada em ir embora do que em ouvir uma aula de história sobre o restaurante que Bernard reservara.

– Alexandra? – chamou ele, pegando-a de surpresa. – Suponho que você gostaria de ir?

Ela assentiu, esperando não ter parecido muito ansiosa. Mas então se lembrou das palavras de Bernard na carta.

– Sim. Gostaria muito de ir jantar. Adoro comida italiana.

Na verdade, não tinha certeza se já experimentara aquele tipo de comida, mas sabia que soara convincente. Ele poderia ter mencionado qualquer culinária e ela certamente pareceria entusiasmada.

– Bem, assegure-se de que ela esteja em casa às dez da noite, rapaz. Nem um minuto depois – declarou o tio, e sorriu para ela. – Alexandra é muito preciosa para nós. É a segunda filha que nunca tivemos.

Lágrimas brotaram em seus olhos, mas ela as secou rapidamente. Naquele instante, a tia entrou correndo, os braços abertos como se estivesse prestes a cumprimentar um amigo que não encontrava havia anos.

– Bernard! Graças a Deus pude conhecê-lo antes de partirem. Will me contou coisas maravilhosas sobre você.

A tia olhou para os dois.

– Podemos convencê-lo a ficar para um drinque antes do jantar? Para que possamos ouvir tudo sobre sua ascensão à fama na orquestra?

Alexandra olhou para Bernard, rezando para que ele recusasse, e mal conseguiu esconder o alívio quando ele educadamente o fez.

– Talvez da próxima vez, se não for ousadia minha presumir que Alexandra queira me ver de novo – disse ele, dando-lhe uma rápida piscadela. – Eu odiaria perder nossa reserva.

– Claro, claro – murmurou sua tia, depois deu um tapinha carinhoso no ombro de Alex. – Tenham uma noite maravilhosa. Vocês dois formam um casal *tão* bonito.

As bochechas de Alexandra coraram, mas, se Bernard percebeu seu constrangimento, não demonstrou.

– Eu a trarei de volta antes das dez, prometo – disse ele, apertando a mão do tio dela. – Alexandra estará segura comigo, vocês têm minha palavra.

Seu tio abriu a porta da frente. Bernard se afastou um pouco para deixar Alexandra passar, a palma da mão tocando a parte inferior das costas dela ao guiá-la delicadamente. Ela olhou por cima do ombro e viu Belle parada no meio da escada, a mão levantada em um aceno. Deu-lhe um sorriso rápido, depois saiu para o ar fresco da noite. Contaria a Belle cada minuto da noite quando voltasse. As duas estariam enroladas na cama juntas, as cabeças nos travesseiros, como faziam sempre que uma tinha algo empolgante para compartilhar com a outra.

Um táxi preto os esperava diante da casa, encostado no meio-fio. Bernard abriu a porta e esperou que ela se acomodasse, depois deslizou no assento ao lado. Seus joelhos se chocaram e, quando ele olhou para ela, Alexandra soltou um grande suspiro que nem sabia que estava segurando. Os dois riram.

Bernard segurou a mão dela na sua, apoiando ambas em sua perna.

– É tão bom te ver de novo – sussurrou ele.

Alexandra apenas assentiu, sem saber o que dizer. No fim das contas, não precisou dizer nada: simplesmente encostou a cabeça no ombro dele. Bernard instruiu o motorista, dizendo-lhe para onde deveria levá-los, e eles viajaram em silêncio, os dedos entrelaçados. O trajeto deveria ter sido o mais desconfortável de sua vida, sem uma única palavra trocada com o homem ao seu lado, mas Alexandra teve a estranha sensação de voltar para casa. Ao lado de Bernard, sentia-se feliz e segura, e só esperava que ele sentisse o mesmo.

* * *

Bernard não havia exagerado ao dizer que conhecia o proprietário. Reservaram para eles a mais charmosa mesa de dois lugares, encostada na parede. O proprietário os atendeu pessoalmente.

– Obrigado, Peppino – afirmou Bernard, quando ele lhes trouxe uma garrafa de vinho.

– Cortesia da casa – disse o entusiasmado italiano, dando um tapinha nas costas de Bernard. – Chorei da última vez que fui ver a orquestra. Este homem é tão talentoso.

Alexandra sorriu e assentiu, mas ficou grata quando finalmente foram deixados a sós. Bernard inclinou-se para a frente.

– Tenho que confessar uma coisa.

Ela abriu outro sorriso, embora estivesse intrigada.

– Eu a trouxe aqui porque sabia que ele cuidaria de nós. Se não, sairíamos para jantar um filé qualquer em algum lugar muito menos sofisticado.

– Você não precisa tentar me impressionar, Bernard – disse ela, desviando o olhar e mexendo no guardanapo sobre os joelhos. – Eu teria ficado feliz com um simples peixe com batatas fritas.

Ele suspirou.

– Não é todo dia que um homem leva uma jovem como você para jantar, Alexandra. Quis fazer algo legal para você.

As bochechas de Alexandra ficaram coradas e ela não soube o que dizer. Bernard serviu uma taça de vinho e passou para ela.

– Deixe-me impressioná-la apenas esta noite. Depois disso, prometo que será sempre peixe com batatas fritas.

Ela pegou a taça e esperou que ele servisse a dele. Os dois brindaram com delicadeza, sem que Alexandra conseguisse parar de sorrir para Bernard.

– À extravagância, só desta vez – disse ele com uma piscadela.

Ela se viu rindo apesar do constrangimento, e assentiu.

– Will mencionou que você toca violino. Não quer fazer a audição para o conservatório?

Alexandra anuiu outra vez.

– É tudo verdade.

Tomou um pequeno gole do vinho e achou o gosto muito agradável. Nunca provara vinho tinto, mas era quente e suave na garganta, e ela percebeu que gostava bastante.

– Você costuma se apresentar?

– Nunca! – exclamou ela, rindo. – Às vezes toco por horas, absorta na música, mas apenas para mim mesma.

– Você nunca quis se apresentar?

Ela abriu a boca para dizer não, mas então se viu contando a verdade.

– Sempre sonhei em me apresentar para uma plateia. Não consigo nem imaginar a descarga de adrenalina que você deve sentir quando as cortinas sobem. Quando todos estão aguardando, prendendo a respiração até que a música comece.

Ele se reclinou na cadeira e a examinou, os olhos dançando sobre os dela.

– Você não é nem um pouco como eu imaginara. Nem um pouco.

Alexandra sustentou o olhar dele, mesmo quando sua pele corou e os dedos brincaram nervosamente com a haste da taça. Como deveria responder a tal afirmação?

– Que tal se formos encontrar uns amigos meus depois do jantar? Ainda te levarei para casa antes das dez.

– Amigos músicos? – perguntou ela.

– São os únicos amigos que tenho, para ser muito sincero, mas, sim, são músicos.

Antes que se desse conta, ela assentiu, embora estivesse nervosa.

– Quero vê-la tocar violino, Alexandra. E quero ouvi-la tocar esta noite.

* * *

Duas horas depois, Alexandra se viu na sala de estar de uma bela casa no bairro londrino de Notting Hill, a menos de quinze minutos de onde morava. Encostada na parede do fundo da sala, ela escutava algumas das músicas mais bonitas que já ouvira. Porém, por mais que a música capturasse seu interesse, o homem ao lado dela a impedia de se concentrar, especialmente quando o ombro dele encostava no seu e os dedos roçavam os dela a todo momento.

Ela respirou fundo, se perguntando se ele também sentia o toque de seus corpos ou se estaria alheio a esses movimentos. Gostava de pensar que eram intencionais, mas tinha tão pouca experiência com homens que não sabia ao certo o que esperar.

O jovem que tocava violino terminou, e todos bateram palmas educadamente. Então, se viraram para observar ela e Bernard. Só havia mais duas outras mulheres na sala, e Alexandra olhou para baixo quando pareceram examiná-la de maneira descarada. Imaginava que mulheres musicistas fossem uma raridade no mundo.

– Pessoal, esta é a Alex – disse Bernard, depois se inclinou e sussurrou no ouvido dela. – Tudo bem se eu te chamar de Alex?

Ela assentiu e teve certeza de que até suas orelhas deviam estar rosadas, pois estava completamente ruborizada. Ele tomou a mão dela, entrelaçando os dedos de ambos. Todos na sala sorriram de volta para eles, alguns os cumprimentando. Pareciam ser pessoas agradáveis, mas de qualquer forma já deviam respeitar muito Bernard.

– Ben, poderia me emprestar o violino por um momento?

O homem que tocara antes pareceu não se incomodar e passou o violino para Bernard. Ele se virou para Alexandra e o entregou a ela como se fosse um presente.

– Toque para nós – pediu.

Alexandra olhou lentamente do violino em suas mãos para o rosto dele.

– Não – sussurrou ela. – Ah, eu não consigo. Não na frente de todas essas pessoas!

Ele aproximou o instrumento dela.

– Não pense demais, apenas segure-o, feche os olhos por um segundo para se concentrar e depois toque.

Alexandra olhou para os outros ali reunidos. Viu que conversavam entre si e pareciam pouco interessados no que ela estava fazendo ou no que Bernard lhe dizia.

Ela fitou Bernard, questionando-o com o olhar.

Bernard não disse nada, mas avançou e deu-lhe um beijo na bochecha.

– Toque para você mesma, Alex. Toque como se estivesse sozinha em seu quarto, desejando que o mundo pudesse escutá-la. Feche os olhos se precisar, mas apenas me prometa abri-los antes de terminar.

Alexandra acabou concordando e pegou o violino, as mãos trêmulas. Caminhou lentamente até a frente da sala, onde o músico se posicionara. Todos ficaram em silêncio, e ela observou os rostos desconhecidos. Seus instintos a mandaram fugir, mas ela foi em frente. Não se permitiria escapar. Em vez disso, fez o que Bernard sugerira: fechou os olhos e os manteve assim ao erguer o arco, o violino posicionado em sua clavícula. Então começou a tocar a primeira música que lhe veio à mente.

Quando terminou e todos aplaudiram, Alexandra abriu os olhos e viu que Bernard a observava. Ele continuava batendo palmas quando deu um passo à frente, sua expressão ainda mais animada do que antes. Seus olhos estavam fixos nos dela.

– Foi brilhante, Alex. Brilhante de verdade – elogiou ele, estendendo as mãos para tocar os ombros dela. – Como está se sentindo?

Ela riu.

– Incrível. Na verdade estou me sentindo muito bem.

– Que bom – disse ele, tomando o violino das mãos dela e o devolvendo ao seu devido dono. – Agora venha comigo, há uma pessoa que quero te apresentar.

Depois de agradecer ao jovem por ter-lhe emprestado o instrumento, ela se inclinou na direção de Bernard. Adorava o jeito como o braço dele envolvia de forma tão natural a cintura dela, puxando-a para si.

– Alexandra, este é Franz – explicou ele, apresentando-a para um homem um pouco mais velho do que os outros. – Ele é professor de alguns dos melhores violinistas de Londres. Quero muito que você o conheça.

– Como vai? – cumprimentou ela, estendendo a mão.

– Minha querida, você precisa de instrução? – perguntou Franz. – Ou já está estudando com um de meus colegas?

Alexandra não conseguiu tirar o sorriso do rosto. E quando os dedos de Bernard roçaram os dela outra vez, teve certeza de que não foi por engano.

18

DIAS ATUAIS

Ella se afastou e passou as mãos na bermuda. Havia tinta sob as unhas, em suas roupas e provavelmente em seu rosto, mas nunca estivera tão satisfeita. Ela admirou seu trabalho. No fim das contas, pintar era como cavalgar: uma vez que se aprendia, nunca mais se esquecia. No momento em que segurou o pincel novamente, tudo voltou ao normal. E, embora aquele não fosse seu melhor trabalho, ela ficou animada só por ter criado algo.

Posicionara-se à sombra da bela glicínia florida, que crescia ao longo da pérgula de madeira. Porém, mesmo sem estar no sol, ela estava começando a ficar com calor. Moveu o cavalete mais para a sombra, admirando as pinceladas uma última vez, depois olhou para a vista que tentava recriar. *O azul ainda não está vívido o bastante, mas falta pouco.* Ela recolheu os pincéis para lavá-los e prometeu voltar a trabalhar nas cores no fim do dia. Estava pintando desde o início da manhã e, com apenas um café no estômago, já estava com fome.

Naquele dia, ela levaria uma sacola para fazer compras, o que significava que poderia comer em casa pela manhã. Também esperava encontrar alguma coisa deliciosa para almoçar e que a alimentasse até a noite. Juntou suas coisas e entrou no apartamento, primeiro dirigindo-se à pia para limpar os pincéis. Depois, tirou as roupas manchadas de tinta, tomou uma ducha e vestiu um simples vestido de verão. Prendeu o cabelo em um rabo de cavalo e passou um pouco de protetor solar e uma maquiagem leve, então procurou a sacola de compras. Foi aí que viu a caixinha, ao lado de sua cama. Ella hesitou por um momento antes de pegá-la e retirar a foto de dentro dela. Sabia que se arrependeria se não a levasse consigo. E se encontrasse alguém para quem pudesse mostrá-la?

Dez minutos depois, ela andava pelos estreitos caminhos de pedra, voltando para o único lugar que conhecia: a área à beira-mar onde descera do barco no dia anterior. Sabia que havia muito mais a ser explorado na ilha e assim que comesse alguma coisa caminharia um pouco.

Ella se viu em um restaurante pitoresco, cercada por outros turistas. Quando o garçom apareceu, ela sorriu e torceu para que ele falasse inglês.

– Preciso de ajuda com o cardápio – pediu ela, esperançosa.

– Posso ajudá-la a escolher? – perguntou ele em um inglês carregado de sotaque.

– Obrigada. Quero uma taça de vinho e uma comida boa. Você poderia fazer o pedido para mim?

Ele sorriu.

– Posso. Vou pedir meus pratos favoritos.

Ella lhe entregou o cardápio.

– Perfeito. Ah, mas antes de você ir...

Ele hesitou e se inclinou um pouco para a frente.

– Posso lhe mostrar esta foto? – indagou ela, tirando-a da bolsa e segurando-a para que ele pudesse ver. – Queria saber se você reconhece estas mulheres.

Mostrara a foto para a dona da loja de arte e parara algumas pessoas na rua, mas até agora ninguém conseguira ajudá-la.

Ele lhe lançou um olhar curioso e pegou a foto, mas logo balançou a cabeça.

– Não, não as reconheço, mas parece que a foto foi tirada em Escópelos.

Ella assentiu e agradeceu, deixando a fotografia sobre a mesa para examiná-la mais detidamente, como se ainda pudesse desvendar o mistério por si mesma, apenas olhando para a imagem. Concordou com o garçom: sem dúvida era Escópelos, disso tinha toda a certeza. Mas, alguns minutos depois, sentiu um tapinha no ombro. Virou-se e viu o garçom parado ali de novo, agora acompanhado por um homem mais velho.

– Este é Tobias, o dono do restaurante – apresentou o garçom. – Ele poderia ver a foto?

Ella pegou a fotografia e a entregou para Tobias, que disse algo em grego que ela não conseguiu entender. Porém, quando ele se sentou pesadamente na cadeira à sua frente e fez o sinal da cruz, soube que havia algo na foto que lhe devia ser familiar.

Tobias murmurou mais alguma coisa, então olhou para ela e apontou para a mulher mais velha na foto.

– O que ele está dizendo? – perguntou ela ao garçom, que se abaixou ao lado dela.

– Ele está dizendo que sabe quem é esta mulher.

O coração de Ella disparou.

– Sério?

Os dois homens conversaram em grego e Tobias lhe devolveu a foto, apontando para a mulher mais velha.

– Ele disse que essa mulher costumava passar férias aqui com a filha, antes da queda da monarquia. Ela era conhecida por todos os donos de restaurantes, e todos a adoravam. Embora muitos deles tenham votado a favor da deposição do rei.

– Desculpe, mas o que essa mulher tem a ver com o fato de o rei ter sido deposto? – perguntou Ella, franzindo a testa.

Lembrava-se de ter lido, anos antes, sobre o exílio da família real grega, algo sobre ainda residirem em Londres depois de todos aqueles anos, mas seu conhecimento sobre o assunto era limitado.

– A família dessa mulher era muito próxima da família real. Meu avô se lembra dela passando as férias com a rainha, quando ainda eram apenas duas meninas. Seu marido se tornou um conselheiro de confiança da monarquia, antes de seu fim.

– E o senhor tem certeza de que é ela na foto? – quis confirmar Ella, o coração voltando a disparar.

Certamente a mulher ligada à sua família não teria conexões com a realeza. Que escândalo teria sido para uma mulher de classe alta dar à luz uma bastarda!

– Ele quer saber por que você tem essa foto. Por que está fazendo perguntas sobre ela?

Do outro lado da mesa, o homem mais velho se inclinou na direção dela, parecendo examinar seus olhos. Ela ficou surpresa por um momento, ainda chocada por ele ter reconhecido as pessoas na imagem.

– Por favor, diga a ele que esta foto foi deixada para minha avó. Que acredito que esta mulher seja minha bisavó.

Ela fez uma pausa, respirando fundo.

– É por isso que vim para a Grécia. Estou procurando respostas.

O garçom se levantou lentamente, assim como Tobias. O senhor, porém, se inclinou para a frente e falou, as mãos retorcidas apoiadas na mesa:

– "Vá até o mercado hoje, fica a cinco minutos a pé daqui. Posso lhe desenhar um mapa simples para lá" – traduziu o garçom. – "A mulher que vende frutas talvez possa lhe dar mais informações."

– Obrigada – disse ela, levantando-se e segurando as mãos do homem mais velho. – Muito obrigada.

Ele deu um tapinha carinhoso em sua mão e voltou para a cozinha.

– Acho que agora ele vai lhe servir uma comida incrível. Espero que esteja com fome – comentou o garçom.

Ella voltou a se sentar, e seu olhar foi atraído mais uma vez para a foto. Teria enfim encontrado o elo entre a mulher e a menina que vinha observando havia tantas semanas? Mas não teve muito tempo para estudar a fotografia, pois uma taça de vinho branco foi colocada sobre a mesa, seguida pela mais incrível variedade de sardinhas grelhadas, polvo, berinjelas recheadas, azeitonas e pães que ela já vira. Agradeceu repetidamente ao garçom, então se perguntou como poderia ir até o mercado após um banquete como aquele.

* * *

Depois do almoço, Ella caminhou lentamente até o mercado, a sacola pendurada no ombro e a barriga tão cheia que achou que fosse explodir. Com tantos pratinhos de comida saindo da cozinha, ela não sabia se um dia aquilo acabaria. Naquele momento, sentia-se grata pela caminhada.

Não foi difícil localizar o mercado. Passeou pelas fileiras de barracas, observando o maior sortimento de azeitonas que já vira, assim como legumes, pães e até mesmo frutos do mar frescos. Por fim, parou quando chegou às barracas de frutas. Embora soubesse quem estava procurando, ainda não sabia ao certo o que diria. Ela pegou a fotografia no bolso, segurando-a contra o peito ao se aproximar da mulher atrás do estande.

– Com licença – chamou, sorrindo para uma mulher que não era muito mais velha que ela. – Me disseram que a senhora talvez pudesse reconhecer a mulher nesta fotografia.

Ella hesitou.

A mulher assentiu, pegando a foto das mãos dela.

– Você está procurando pela minha avó. Só um momento.

Ella ficou ali parada e olhou para os produtos, esperando nervosamente que a mulher voltasse. Não tinha uma cópia da fotografia, e desejou não tê-la entregado sem explicar sua importância. Outras pessoas se aglomeravam e examinavam as frutas. Algumas pegavam pêssegos e damascos para inspecioná-los mais de perto. Ella decidiu selecionar algumas para si mesma enquanto esperava, adorando a aparência dos figos frescos.

Quando ergueu os olhos, viu que agora havia três mulheres do outro lado da barraca, encarando-a – três gerações da mesma família, ao que parecia. De repente, esqueceu completamente os figos.

– É essa aí? – perguntou uma das mulheres, apontando para Ella.

A mais jovem anuiu e voltou a atender os fregueses. Ella colocou a fruta que havia escolhido de volta na caixa.

– Me disseram que a senhora talvez conhecesse a mulher e a garota na fotografia.

A avó ergueu a mão e fez um gesto para que Ella as acompanhasse. Ella as seguiu por alguns passos até pararem à sombra de uma porta.

– Esta é a minha avó, e ela gostaria de saber por que você está fazendo essa pergunta.

Ella respirou fundo, olhando para as duas mulheres.

– Acredito que esta senhora – disse ela, apontando para a fotografia que agora estava nas mãos da mulher mais velha – é a minha bisavó. Essa foto foi deixada pela mulher que deu à luz minha avó.

Esperou até que suas palavras fossem traduzidas, e ficou surpresa quando a velha senhora segurou a mão dela e a apertou.

– Ela quer que você saiba que a mulher na fotografia se chama Maria Konstantinidis.

– Me contaram que ela passava férias aqui com a família – disse Ella. – E que essa garota era a filha dela.

– Eles passavam as férias aqui com frequência. Mas Maria morreu tragicamente muitos anos atrás, quando a filha ainda era apenas uma criança.

Ella não conseguiu esconder a surpresa.

– Não entendo. Então essa foto foi tirada um pouco antes de sua morte?

Estava confusa: como essa mulher poderia ter morrido havia tanto tempo? Será que era tudo um engano? Se ela falecera logo depois que a foto fora tirada, quando sua filha ainda era uma menina, então como sua própria avó se encaixava na história?

– Foi uma tragédia terrível – revelou a mulher mais velha, de repente falando num inglês com forte sotaque. – A filha dela se chamava Alexandra, mas o pai fugiu da Grécia quando a família real foi forçada ao exílio. Era um conselheiro do rei, e ele e todos os outros que tinham conexões com a família foram embora do país.

– A senhora sabe o que aconteceu com a filha dela? Com Alexandra? – perguntou Ella, indicando a menina na fotografia. – O que aconteceu com ela depois que deixou a Grécia?

Naquele momento, as duas mulheres sorriram, mas foi a mais jovem que respondeu dessa vez:

– Alexandra Konstantinidis ficou fora por muitos anos, mas retornou ainda jovem, quando se casou. Alexandra voltou para casa.

Ella pegou a fotografia quando lhe devolveram.

– Para a Grécia?

– Para as ilhas – explicou a mulher mais velha. – Ela mora em Alónissos até hoje, em uma casa que originalmente foi dada à sua mãe pela família real. Não era nenhum segredo o fato de que, antes de morrer, Maria era uma das amigas mais próximas e confidente da rainha.

– Alónissos? – repetiu Ella, sem reconhecer o nome. – Fica longe daqui?

– Vinte minutos de balsa – informou a mais jovem.

Ella se virou quando a moça se aproximou e lhe estendeu um saco de nectarinas.

– A balsa passa três vezes por dia, e é impossível não encontrar a casa dela. É a maior da ilha.

Ella olhou para as três mulheres, pegou o saco de frutas e colocou a fotografia de volta na bolsa.

– Obrigada. Muito obrigada pelas frutas e por todas as informações. Significa muito para mim.

– Espero que encontre o que está procurando – declarou a mais jovem.
– Você se parece com ela, sabia? Há algo em você que me faz lembrar das mulheres Konstantinidis.

Ella não soube o que dizer, mas sorriu e se virou. Esqueceu-se de todos os outros mantimentos que planejara comprar para encher a geladeira e voltou apressada pelo caminho que viera.

Alexandra Konstantinidis. Qual poderia ser a ligação com essa mulher? E Ella poderia pular de ilha em ilha e aparecer em sua casa, com uma foto e nada mais? No entanto, se essa mulher fosse mesmo o elo com o passado secreto de sua família, o fato de Ella possuir a foto também significaria algo para essa Alexandra? Mas se a ligação fosse com a mãe da garota, talvez aquilo tudo se tornasse um mistério para ela também.

Ella pegou o celular para ver se Gabriel tinha respondido, mas ainda não recebera nenhuma mensagem dele. Colocou o aparelho de volta na bolsa, recusando-se a ficar desanimada. Tinham combinado que, logo depois da viagem e da turnê, continuariam de onde haviam parado. Ele estava ocupado se preparando para a maior oportunidade de sua carreira. Ela precisava se concentrar no motivo que a fizera viajar para a Grécia. Agora tinha um nome para seguir, o que significava que talvez conseguisse desvendar pelo menos parte do mistério enquanto estivesse ali. Mas quanto ao fato de se parecer com a mulher da foto e sua filha... Ella tocou seu cabelo, passando os dedos por ele. Podia até ter cabelos escuros, mas seria mesmo parente dessa Alexandra Konstantinidis? Não havia como se parecer com as duas.

Ou será que se parecia?

* * *

Gabriel?
– Gabriel!

Ela correu ao longo da orla e tirou os óculos escuros para ter certeza absoluta de que não estava vendo coisas. Mas pelo sorriso no rosto dele e pela maneira como abriu um dos braços para ela, segurando a mala na outra mão, teve certeza de que era ele. No caminho de volta para casa, havia parado para observar a balsa aportar e desembarcar os passageiros, imaginando qual delas poderia levá-la até Alónissos. Foi assim que acabou vendo Gabriel.

– Não acredito que você veio! – gritou ela ao se aproximar dele.

– Uma linda garota me convida para visitá-la nas ilhas gregas... Como eu poderia recusar?

Ella correu para os braços dele e enlaçou seu pescoço, abraçando-o. Depois, se afastou um pouco. Ele a beijou sem hesitar, os lábios tão macios e quentes quanto os raios de sol que se lançavam sobre eles. Ela levantou a mão e encostou a palma na bochecha dele, mal conseguindo acreditar que Gabriel estava ali. Momentos antes, sentira-se frustrada, imaginando que talvez ele não sentisse o mesmo que ela sentia por ele. No entanto, ali estava Gabriel em carne e osso.

– Tenho tanta coisa para te contar! Fiz grandes descobertas em relação à foto, mas...

O sorriso de Gabriel a interrompeu.

– Por que está sorrindo para mim desse jeito?

– Porque acho que descobri quem é o seu misterioso B.

Ella colocou as mãos nos quadris.

– Não acredito!

– Não vim até aqui só para tirar férias – disse ele, colocando um braço ao redor dos ombros dela. – Passei os últimos dias perguntando a todos que conheço se reconheciam o bilhete. Hoje de manhã finalmente encontrei alguém que pode resolver pelo menos parte do quebra-cabeça.

19

—Então, você vai me deixar curiosa?

Ella e Gabriel caminhavam lado a lado à beira-mar, voltando para a casa. Ela não conseguia parar de observá-lo de relance, achando difícil acreditar que ele de fato estava ali. E achara que tinha ido longe demais ao pedir que se juntasse a ela... Por que chegara a duvidar que Gabriel quisesse ficar com ela tanto quanto ela queria ficar com ele?

– Você lembra que eu te contei que o nosso *spalla* precisou se afastar por motivos de saúde?

Ela assentiu.

– Sim, e que você iria pedir que ele desse uma olhada na partitura ao retornar.

Gabriel abriu um largo sorriso.

– Sabe, ele é mais velho do que muitos dos outros músicos. Acho que deve estar na casa dos 60 anos.

Ele fez uma pausa.

– Você está com a partitura?

– Apenas com a foto. Deixei a partitura em casa.

– Bem, ele acredita que o B. pode ser um violoncelista que ficou muito famoso entre os anos 1970 e 1980, chamado Bernard Goldman. Ele foi integrante do London Luminary Ensemble, depois ficou na Orquestra Sinfônica de Londres por mais de duas décadas. Quando se aposentou, começou a dar aulas para violoncelistas jovens e talentosos. Nosso violinista principal me colocou em contato com um velho amigo dele, que confirmou que essa letra era mesmo de Bernard.

Ella parou, erguendo a mão para proteger os olhos do sol, e encarou Gabriel.

– Você está falando sério? Acredita que esse B. seja ele mesmo? Um violoncelista famoso chamado Bernard?

– Acredito. Ele reconheceu a caligrafia e o uso da inicial B. assinando a mensagem. Disse que Bernard costumava escrever notas nas partituras de todos os seus alunos, especialmente se estivessem se preparando para uma audição ou um concerto importante. O cara entrou em contato com um velho amigo que ainda tinha uma partitura guardada, com um bilhete no canto.

Gabriel sorriu.

– Comparei a letra lado a lado e uma claramente correspondia à outra.

Ella sabia que estava de queixo caído.

– Mal posso acreditar! Sinceramente, não acredito que você conseguiu encontrar a conexão.

– Eu também, mas tem que ser ele, não acha? Seria muita coincidência se não fosse.

– E essa pessoa sabia mais alguma coisa sobre Bernard? O lugar onde morava, informações sobre a família, ou...

– Não. Ele disse que a última vez que o viu foi em uma festa que lhe deram antes da aposentadoria, há pelo menos dez anos, em Londres – explicou Gabriel. – A única coisa que ele contou foi que todos os alunos o adoravam, que ele tinha um jeito muito calmo, sempre os incentivava, e que, quando tocava, ninguém conseguia tirar os olhos dele.

Ella começou a rir. Como foi que passou a ter duas pistas consistentes em tão poucas horas?

– Parecia que eu tinha encontrado a agulha no palheiro. Dá para acreditar?

Ela assentiu.

– Tanto quanto acredito que estou a apenas algumas ilhas de distância da mulher da foto.

Os olhos de Gabriel se arregalaram.

– Você descobriu quem ela é?

Ella enlaçou o braço no de Gabriel quando recomeçaram a andar, encostando a cabeça no ombro dele.

– Descobri. Ou, pelo menos, acho que sim, se os moradores com quem falei estiverem certos.

– Nem acredito que tudo esteja se encaixando, Ella. Isso é incrível. Vir para a Grécia foi a melhor coisa que você poderia ter feito.

Ela sorriu e o abraçou ainda mais forte.

– Acredite em mim, eu também não esperava por essa.

Quando chegassem à casa, ela pretendia pesquisar essa família no Google, para descobrir tudo sobre as mulheres Konstantinidis. E agora teria que pesquisar sobre Bernard Goldman também. Não fazia ideia de como os dois poderiam estar relacionados, mas estava determinada a descobrir.

* * *

Acontece que procurar no Google não foi a *primeira* coisa que Ella fez quando voltou para casa. Mais ou menos uma hora depois, ela estava na cama quando fez a pesquisa, os lençóis enrolados em volta da cintura, os travesseiros apoiados atrás dela e o telefone na mão. Gabriel estava meio adormecido ao lado dela, a mão sobre sua perna. Ella percorria página após página sobre a monarquia grega e sua derrocada final.

– Alguma coisa interessante? – perguntou ele.

Gabriel bocejou e rolou para se aproximar dela.

– Bem, nada além do fato de que a família real e aqueles mais próximos a ela foram forçados a deixar a Grécia, e que a monarquia acabou sendo totalmente abolida.

Os dedos de Gabriel percorriam seu braço de cima a baixo.

– Ah, era isso que eu estava procurando.

Gabriel se sentou e se inclinou sobre o ombro dela para ver a tela.

– "A mulher de Nicholas Konstantinidis, um dos conselheiros de confiança do rei, morreu em um trágico acidente de cavalo ontem à tarde. Não tendo retornado à casa, foi encontrada por seu cavalariço de longa data. Maria Konstantinidis foi campeã de saltos ornamentais e enfrentou todas as adversidades para vencer inúmeros competidores do sexo masculino. Deu a declaração famosa de que não desistiria do esporte por ninguém, nem mesmo pelo marido, embora de fato tenha parado de competir depois que deu à luz" – leu em voz alta. – "Deixa uma única filha de 12 anos, Alexandra, que, segundo relatos, não estava com a mãe no momento do acidente fatal. Antes, mãe e filha teriam sido vistas nos estábulos, mas parece que a Srta. Konstantinidis não competia no hipismo."

Gabriel se afastou por um momento. Quando Ella olhou de relance, viu que ele estava pegando a fotografia que deixara ao lado da cama.

– É ela nesta foto? – perguntou ele. – A mais velha?

Ella clicou na imagem em sua tela e segurou o telefone ao lado da fotografia.

– Acho que sim. Quer dizer, nesta foto do site ela está toda arrumada. Na minha, aparece bem à vontade, de férias. Mas acho que se trata da mesma mulher.

Ella fitou os olhos da mãe e da filha, triste agora que ficara sabendo da tragédia que havia ocorrido. Mas se a mulher morrera, então qual seria a relação entre aquelas duas e sua avó? Era como se a trama do mistério tivesse se adensado – não se sentia mais na iminência de resolvê-lo, apesar das descobertas que fizeram.

Gabriel se inclinou para a frente e as observou.

– É ela, com certeza. Teríamos que procurar uma foto da filha, mas...

Ella clicou na foto seguinte e a mostrou para ele. Eram, sem dúvida, mãe e filha.

– Eu nem as conheço, mas fico muito triste sabendo que ela não viu a filha crescer.

Ella colocou a foto na mesa e começou a percorrer mais sites sobre a família Konstantinidis, querendo saber o máximo que pudesse sobre eles.

– Por que você não faz uma pesquisa sobre esse músico, Bernard, e vê o que consegue descobrir? Quero saber tudo o que pudermos sobre os dois.

Gabriel arrancou o celular da mão dela e segurou seus braços, prendendo-os acima da cabeça ao empurrá-la para baixo.

– Sabe de uma coisa?

– O quê? – perguntou ela, mordendo o lábio inferior para evitar rir.

– Acho que há coisas melhores para se fazer.

– É mesmo? – questionou ela, rindo.

Gabriel abaixou a cabeça na direção da clavícula dela, distribuindo beijos pelo seu pescoço.

Ele soltou um pouco os pulsos dela, mas Ella os manteve sobre o travesseiro, satisfeita em sentir seu toque leve como pluma.

– Eu te contei que ficarei aqui apenas por três noites? – murmurou ele. – Depois disso terei que voltar a Londres para pegar um voo. Acho que a pesquisa pode esperar.

Ella suspirou ao envolvê-lo em seus braços. Sabendo que o teria por apenas alguns dias, não tinha intenção de resistir. As pistas não iriam a lugar algum.

* * *

Ella saiu do banheiro com uma toalha enrolada no corpo e os cabelos molhados sobre os ombros. Gabriel deixara o quarto para fazer café, mas, em vez de levar uma caneca fumegante para ela no andar de cima, ele parecia ter desaparecido.

Desceu as escadas e andou pela casa, mas, ao ver que ele não se encontrava na cozinha, descobriu que ele estava do lado de fora, olhando para a pintura dela.

– O que acha? – perguntou, surpresa com sua timidez ao vê-lo observar seu trabalho.

Gabriel se virou, os olhos brilhantes.

– É incrível. Fico muito feliz em saber que você criou algo tão maravilhoso enquanto esteve aqui – comentou ele, sorrindo. – A sensação de voltar a pintar é tão boa quanto você imaginava?

Ela parou ao lado dele, olhando para a pintura que criara.

– Foi como se eu tivesse me contido por tanto tempo que, quando finalmente peguei um pincel, não consegui parar.

– É lindo, Ella. Lindo demais.

– Obrigada.

Eles ficaram parados por mais um momento, olhando para a pintura.

– Eu devo isso a você – declarou ela por fim. – Por ter me dito para vir até aqui, por ter me incentivado a correr atrás dos meus sonhos...

Ela suspirou profundamente.

– Por acreditar em mim.

Ele se virou e apoiou as mãos em seus ombros nus.

– Me diga que você já não tinha pensado em vir para cá muito antes de eu sugerir.

Ella riu.

– Eu tinha *pensado* nisso, mas nunca teria vindo sem o seu incentivo.

– Bem, espero que esteja planejando pintar enquanto estiver aqui, porque o que você criou até agora é muito especial – disse ele. – Vai exibi-lo na galeria quando voltar?

– Na galeria?

Sua reação soou mais como um uivo do que como uma pergunta.

– Não, claro que não. Sou uma artista amadora, nada mais.

Ele balançou a cabeça.

– Você é muito crítica consigo mesma, Ella. Você tem um talento que merece ser explorado e exibido para o mundo todo.

Ella voltou a olhar para sua pintura, digerindo as palavras dele. Se ao menos fosse corajosa o suficiente para acreditar em Gabriel...

– Acho que eu preferia quando estávamos falando sobre o mistério da minha família.

Ele deu uma risadinha.

– Bem, falando nisso, tive outra grande ideia.

Ella chiou.

– O que foi dessa vez?

Ele a envolveu com o braço e a conduziu para longe da pintura e das lindas glicínias. Agora os dois encaravam o mar. Era o azul mais mágico que ela já vira, mais vívido do que imaginara antes de visitar a Grécia. O tipo de vista em que era possível se perder e que se podia contemplar por horas.

– Você me disse que Alexandra Konstantinidis mora a menos de vinte minutos de balsa daqui – comentou ele, se posicionando atrás dela e pousando o queixo em seu ombro ao observarem o mar juntos. – Acho que você deveria ir até lá e lhe fazer uma visita.

Ella ficou em silêncio, recostando-se em Gabriel. Ele não estava errado. Pensara a mesma coisa assim que descobriu quanto estava perto.

– Esta é a sua chance de solucionar o mistério de uma vez por todas

– disse ele. – Acho que você vai se arrepender para sempre se não tentar encaixar esta última peça do quebra-cabeça. Quem sabe? Talvez ela possa esclarecer a conexão e lhe dizer como sua família se relaciona com a dela.

– Ou pode bater a porta na minha cara, achando que sou louca.

Gabriel beijou-lhe a bochecha.

– Pode ser que sim. Mas não vale arriscar?

Ele estava certo, é claro. Porém, a ideia de aparecer sem avisar na porta de uma estranha e lhe dizer que achava que poderiam ser parentes... Ela suspirou e se virou nos braços de Gabriel, decidindo aproveitar cada oportunidade que tivesse com ele.

Decidiria no dia seguinte. Por enquanto, aproveitaria cada momento que tivesse com o homem que largara tudo e viajara para a Grécia apenas para estar ao seu lado por 72 horas.

20

LONDRES, 1973

Alexandra passou os dedos pelo peito nu de Bernard, acariciando os tufos de pelos e depois o ombro, explorando a pele. Ele estava apoiado em um cotovelo, olhando para ela. Quando os dedos dela pararam, ele beijou seus lábios. Antes dele, ela nunca estivera com um homem, e sabia que poderia se deleitar por horas com a atenção e a adoração que ele lhe dedicava. Ficava satisfeita apenas por estar aninhada ao lado dele.

Teria que ir embora logo, para chegar em casa a tempo do toque de recolher, mas tudo o que queria era ficar envolta nos braços dele. Disseram à tia dela que iriam jantar com os amigos de Bernard, mas, em vez disso, foram para o apartamento dele. Preferiam aproveitar sozinhos cada momento que pudessem.

– Ouvi dizer que seu avanço nas aulas está incrível – mencionou ele, entre beijos. – Você está se tornando uma estrela.

– Acho que você está exagerando. Quem te contou isso?

Ela lhe deu um tapinha, as bochechas coradas depois de ter ouvido o elogio.

– Seu professor – explicou ele com uma risada, ainda passando os dedos sobre a pele dela. – Então não pode estar errado. Ele disse que está surpreso com o fato de sua professora anterior não ter reconhecido seu talento. Para ser sincero, eu também estou.

Alexandra não comentou nada. Sua professora fora boa o suficiente, mas as aulas dela não chegavam aos pés da instrução que Bernard lhe arranjara. Alexandra tinha aulas com Franz duas vezes por semana, e ele não esperava nada além da perfeição. Sempre a incentivava a tentar tocar composições mais difíceis, que exigiam que ela praticasse todos os dias durante muitas horas. Nunca estivera tão feliz, estudando algo que realmente amava, embora não tivesse certeza se os elogios que recebia eram garantia de progresso. Havia sempre uma vozinha em sua cabeça lhe dizendo que Franz só se importava com ela porque estaria, na verdade, prestando um favor a Bernard.

– Um dia, todas as orquestras do mundo abrirão vagas para musicistas mulheres, e poderemos viajar juntos numa turnê mundial – declarou Bernard, acariciando os cabelos dela. – Poderemos escolher o país que quisermos e tocar em alguns dos mais belos locais. Já estou até vendo nós dois, a dupla musical perfeita.

– Sempre quis conhecer Viena – admitiu Alexandra, o pensamento acelerado, contemplando todos os lugares para os quais gostaria de viajar. – Me parece uma das cidades mais românticas do mundo.

– Então vamos nos concentrar na Orquestra Filarmônica de Viena e morar em um apartamento com vista para a praça Karlsplatz.

Alexandra gemeu e se deitou de costas, olhando para o teto.

– Você não deveria encher minha cabeça de fantasias. É injusto.

Bernard puxou os lençóis para cobri-los e rolou sobre ela, apoiando-se nos cotovelos. Encarou Alexandra, os braços emoldurando o rosto dela.

– Não é uma fantasia, Alex. Não teremos nenhuma outra responsabilidade, nada vai nos impedir de ir aonde e quando quisermos. Seremos só você e eu, e o mundo estará em nossas mãos. – Ele balançou a cabeça ligeiramente. – Eu gostaria que acreditasse em mim quando digo que um dia você poderá ser uma das violinistas mais talentosas de Londres.

Ele a beijou sem pressa, enquanto ela o olhava fixamente. Sabia que ele de fato acreditava no que dissera, ela concordando ou não. Ela se perdeu nos olhos dele. Tinha certeza de que, naquela noite, quando fechasse os seus e adormecesse, ainda se lembraria do jeito como ele olhava para ela. Suas íris eram castanhas, salpicadas de verde – uma cor de avelã bastante peculiar. Parecia que os olhos de Bernard sempre dançavam quando a encaravam.

– B, e se eu não for tão talentosa quanto você acha? – perguntou ela. – E se você estiver agindo como um pai ou uma mãe que pensa que sua criança é a melhor de todas, quando na verdade ela é apenas mediana?

Bernard se limitou a rir desse comentário, como se fosse a maior tolice do mundo.

– Por que é tão difícil acreditar no seu talento? Você é uma das violinistas mais brilhantes que já vi tocar, Alex. Você se entrega à música de corpo e alma. Franz não a ensinaria se não concordasse comigo. Não sei quando foi a última vez que ele aceitou um aluno novo, mas ele não perde tempo com violinistas nos quais não enxerga uma grande promessa.

Ela o fitou e estendeu a mão, passando os dedos pelo cabelo dele. Depois, puxou-o de volta para si para que pudesse beijá-lo. Às vezes, Alexandra acreditava em si mesma. Às vezes, se permitia imaginar que era realmente tão talentosa quanto Bernard insistia. Porém, na maior parte do tempo, dizia a si mesma que ele estava apenas sendo gentil.

– Pare de pensar demais – sussurrou Bernard, lançando beijos pelo pescoço e pela clavícula dela, na junção onde ela apoiava o violino. – Apenas acredite em mim quando digo que, um dia, você estará no palco, fazendo a apresentação da sua vida. Ninguém na plateia será capaz de tirar os olhos de você.

– Pare – sussurrou ela.

Alexandra balançou a cabeça, sem acreditar nele.

– Não vou parar, não até que você consiga se enxergar como eu a enxergo. Como os outros te enxergam.

Seus beijos se tornaram mais intensos. Ela envolveu os braços ao redor do pescoço dele, para aproximá-lo de si outra vez.

– Preciso ir – resmungou Alexandra. – Você sabe que meu tio nunca mais me deixará vê-lo se não me levar para casa antes do toque de recolher.

Bernard ignorou o que ela dizia, e logo Alexandra se esqueceu da hora. Estava absorta no toque da ponta dos dedos de Bernard em sua pele e nos lábios dele, que haviam reencontrado o caminho até sua boca.

21

No dia seguinte, Alexandra desceu as escadas deslizando a mão suavemente pelo topo do corrimão. Sorriu ao lembrar que, anos antes, deslizara sem sucesso por ele, tentando a qualquer custo vencer os primos, que já estavam bem acostumados a fazer isso. Ela aterrissara de maneira desajeitada no fim da escada, com um baque muito alto. Ainda se lembrava da maneira como o tio saiu da sala de jantar, deu-lhe uma cutucada e depois lhe disse que deveria melhorar a aterrissagem. Seu próprio pai teria ficado vermelho de raiva e a colocado de castigo no quarto, por tempo indefinido. Era sobre essas diferenças entre os dois homens em sua vida que ela sempre ponderava.

– Alex?

Apressou-se a atravessar o final do saguão e encontrou os tios já sentados à mesa de jantar. Eles geralmente chegavam cedo para tomar um drinque antes da refeição. Ela sempre adorava ouvi-los rir e falar sobre o dia, mas naquela noite não pareciam tão animados como de costume.

– Está tudo bem? – perguntou ela. – Espero que eu não esteja atrasada para o jantar.

Belle ainda não estava lá, mas sua prima tinha a tendência de chegar atrasada a quase tudo.

– Não, é claro que não. Só queríamos mantê-la a par do que está acontecendo na Grécia – disse a tia.

– Ah!

Alexandra se sentou à mesa diante deles, estudando suas fisionomias. Estava surpresa ao ver que eles trocavam olhares bastante graves, como se tentassem decidir qual dos dois deveria lhe dar a notícia. Foi então que o tio pigarreou e começou a falar:

– Alex, aconteceu algo bastante significativo envolvendo a monarquia. Você leu alguma notícia sobre o que está ocorrendo na Grécia, na esfera política?

Ela se reclinou na cadeira, satisfeita ao ver que as preocupações deles diziam respeito a um país inteiro, e não a ela ou aos primos especificamente.

– Não, não cheguei a ler. Aliás, confesso que não tenho acompanhado o cenário político, nem o daqui nem o da Grécia.

– Um referendo foi realizado, e a maioria esmagadora foi favorável à abolição da monarquia e à instauração de uma república – explicou o tio. – O rei Teodoro fará um discurso ao vivo esta noite em rede nacional, que será transmitido para toda a Grécia. Mas, minha querida, ele será destituído de seu título. A monarquia na Grécia acabou de fato.

Alexandra digeriu a novidade, lamentando um pouco pelo rei, que sempre fora gentil com ela nas ocasiões em que se encontraram. Perguntou-se como ficaria a vida da família dele depois de receber essa notícia.

– Então eles vão permanecer em Londres? – perguntou, ainda sem saber ao certo o que tudo isso tinha a ver com ela.

– Imagino que sim, embora o rei tenha expressado o desejo de retornar à Grécia apesar de tudo – respondeu a tia. – Parece que ele só quer voltar para casa, não importa como.

– Embora ele tenha sido aconselhado publicamente de que não seria sensato retornar ao país, pelo menos por um tempo. Muitos gregos estão felizes pelo fato de que o rei e sua família não voltarão. Houve comemorações em ruas e praças de cidades do país inteiro.

– Imagino que isso seria um grande choque para a família – disse Alexandra com cuidado, revezando o olhar entre a tia e o tio –, mas vocês também parecem preocupados. Acham que haverá implicações para mim? Meu pai ainda é conselheiro do rei depois de todo esse tempo?

Pensara com frequência em voltar a Atenas, se perguntando se poderia viajar com a tia e o tio para ver sua velha casa e explorar os lugares de sua infância. Visitar o túmulo da mãe, ver se os cavalos ainda estavam nos mesmos estábulos, pegar algumas coisas que abandonara anos antes, quando partiram às pressas. Se ainda fosse possível, é claro.

– Nós dois estamos muito preocupados com a possibilidade de isso afetar seu pai – disse a tia.

– Meu pai?

Alexandra certamente não iria se preocupar com o pai, não depois de ele ter deixado muito claro que não pretendia se preocupar com ela.

– Sei que ele não manteve contato com você, mas sempre fizemos um esforço conjunto para saber por onde ele andava.

– E por onde ele *anda*? – provocou ela. – Por favor, não perca seu tempo se preocupando logo com ele. Eu não me preocupo, não depois de todos esses anos.

– Alex, isso pode afetá-lo financeiramente. Sem falar que também pode impedi-lo de voltar para a Grécia – explicou o tio. – Detestaríamos que ele a envolvesse nisso para poder retornar, porque, bem, de repente ele poderia precisar da sua ajuda... Conhecendo a ambição dele, imagino que esteja tentando fazer alguma coisa para se reintegrar, talvez com o novo governo.

– Minha ajuda? – perguntou ela, perplexa. – O que quer dizer? Como eu poderia ajudá-lo?

– Bem... – disse a tia, enquanto se servia de outra bebida. – Certa vez, quando você era mais nova, ele aborreceu demais a sua mãe ao sugerir que garantiria um bom casamento para você. Ou, devo dizer, um que fosse financeiramente lucrativo. Que o beneficiasse.

– Ele pensou em me usar como barganha, como fazem com cavalos? – indagou ela, rindo. – Não, obrigada, mas nem pensar.

Sua tia sorriu.

– Acho que sua mãe também disse alguma coisa nesse sentido, mas as palavras que ela usou talvez tenham sido mais exaltadas.

– A última coisa que queremos é deixá-la preocupada – prosseguiu o tio. – Mas precisamos estar preparados caso seu pai apareça de forma inesperada. Se ele pedir que você parta com ele ou mesmo se tentar voltar para a Grécia e quiser sua única filha ao seu lado, caberá a você decidir. Qualquer que seja a decisão que você tomar, nós a apoiaremos. Mas sua mãe era muito conhecida e altamente respeitada em Atenas, e pode ser que ele tenha a intenção de lembrar a todos disso.

– Você se parece tanto com ela, Alex – murmurou a tia. – Às vezes preciso lembrar a mim mesma de que você não é ela.

Alexandra não precisou de tempo para considerar as palavras dela.

– Este é o meu lar agora – declarou com firmeza. – É o único lugar em que me sinto acolhida e fazendo parte de uma família, não importa o que meu pai alegue precisar. Não irei a lugar algum com ele, e não serei usada para que obtenha uma posição mais proeminente na sociedade.

A tia sorriu para ela do outro lado da mesa, e o tio afagou o bigode, mas Alexandra sabia que estavam tentando esconder suas preocupações. Eles fizeram muito por ela e continuavam a fazê-lo, e nunca saberia como agradecer a eles pela generosidade.

– O que foi que eu perdi?

Belle entrou na sala com um olhar dramático, como se tivesse perdido uma festa importante.

– Por que estão com essas caras? Alguém morreu?

– A monarquia foi abolida na Grécia – informou Alexandra quando Belle se sentou ao lado dela.

– Ah, que pena.

Belle não pareceu estar muito interessada, o que apenas fez com que Alex a amasse ainda mais por sua indiferença.

– Sabem se Will se juntará a nós hoje à noite? – perguntou a tia.

Alexandra e Belle deram de ombros.

– Bem, vamos jantar. Se ele chegar, arrumamos um lugar à mesa.

Alexandra se recostou e ficou ouvindo Belle e o pai começarem a discutir sobre algum assunto. Sorriu para a tia enquanto ela bebia o vinho e a encarava de volta. Elizabeth não costumava se preocupar com facilidade, mas algo a respeito do anúncio daquela noite a perturbara.

Quando Alexandra pensava no pai, era como se alguém lhe desse um soco no estômago. Às vezes, quase perdia o fôlego ao pensar que ele voltaria para buscá-la, porém, com o passar dos anos, ela parou de se preocupar com a possibilidade de ele fazer isso. No começo, ela ficava com medo toda vez que a campainha tocava, mas, quando completou 18 anos, passou a acreditar que ele não poderia mais forçá-la a partir ou fazer qualquer coisa contra a sua vontade. Só esperava que suas crenças não tivessem sido ingênuas, pois se ele voltasse para buscá-la naquele momento, teria que levá-la aos pontapés e aos gritos, independentemente de suas intenções.

* * *

Na noite seguinte, Alexandra assistiu à orquestra. Seus olhos estavam fixos em Bernard. Sentia-se incapaz de desviar o olhar enquanto o observava tocar. Parecia arte a maneira como ele se perdia na música, como todo o seu corpo parecia reviver a melodia. Quando terminou, ela olhou em volta, para as outras pessoas na plateia, notando como conversavam e riam enquanto se levantavam. Perguntou-se se eles se sentiam tão revigorados e animados quanto ela. Se experimentaram verdadeiramente a companhia da música.

Alexandra acabou seguindo todos até o *foyer* e ficou esperando perto da recepção para que Bernard a encontrasse. Tivera sorte naquela noite, porque ele conseguira um ingresso – o concerto não estava lotado e ele fingiu que ela era da família – para que ela pudesse observar e aprender ao máximo. Ela não lhe diria que mal notara os violinistas, pois ficara ocupada demais olhando para ele.

– Aí está você.

Ela se virou e se viu nos braços de Bernard. A boca dele encontrou a dela num beijo delicado. Alexandra deslizou as mãos pela frente da camisa dele e o puxou, fitando seus olhos.

– Você estava incrível – sussurrou ela. – Como sempre.

Naquele momento, o *foyer* estava quase vazio. Bernard a beijou de novo, pegou a mão dela e a conduziu até a saída.

– Venha, vamos sair para beber alguma coisa e aproveitar esta noite de sábado.

Alexandra adorava quando saíam depois do concerto. Estava feliz ao lado dele quando deixaram o *foyer* para encontrar alguns dos outros músicos.

– Se não são os nossos pombinhos apaixonados! – exclamou um deles, assobiando. – Ah, o amor, hein?

Ela sorriu para Bernard, e ele lhe deu uma piscadela.

– Para onde estamos indo? – perguntou ela.

– Para um lugar novo. Há uma banda de jazz tocando, e pensamos em tentar pegar a última parte.

Alexandra assentiu, disposta a ir aonde ele a levasse.

– Você parece distraída – comentou Bernard, o polegar roçando a mão dela.

Alexandra sabia que não deveria fingir que estava bem, pois ele enxergaria a verdade.

– Estou pensando numa coisa que minha tia e meu tio mencionaram ontem à noite, só isso.

As sobrancelhas de Bernard se ergueram.

– Está tudo bem?

– A monarquia grega foi oficialmente deposta – contou. – Assisti ao discurso que o rei fez à nação, e foi muito triste vê-lo derrotado. Na verdade, havia pessoas na rua dizendo coisas horríveis sobre ele. Mas ele foi muito gentil e disse que, se o povo queria uma república, então tinham direito a uma.

– Sinto muito por tudo isso. Você nunca falou sobre sua ligação com a família real, mas me lembro de ter ouvido que eles moram em Londres agora.

Ela assentiu.

– E o que está incomodando seus tios? Eles se preocupam que você possa ser implicada nisso de alguma forma?

Alexandra suspirou.

– Eles estão preocupados com a possibilidade de meu pai voltar para me pegar. Receiam que ele queira que voltemos para a Grécia, para reconstruir nossas vidas lá.

Bernard riu.

– Querida, você já tem 18 anos. Seu pai não pode voltar e buscar você como se ainda fosse uma criança.

– Eu sei, é claro, mas meu pai...

– É um homem difícil. Assim como o meu – interveio Bernard. – Mas podemos construir uma vida sem a aprovação ou o apoio de nossos pais, Alex. Juro que podemos.

Ela apertou a mão dele com mais força.

– Não sei por que estou tão angustiada. Acho que é por causa de uma coisa que disseram. Que ele talvez esteja precisando de dinheiro ou queira ganhar status junto ao novo governo...

Bernard ergueu a mão dela e beijou seus dedos.

– Basta de preocupação. Quero ver seus pensamentos tomados pela música, não por preocupações. Tire isso da cabeça. Vamos lidar com seu pai se, e quando, ele retornar.

Ele a observou por mais um instante.

– Não podemos escolher nossa família, Alexandra, mas podemos escolher o que fazer das nossas vidas. Nunca se esqueça disso.

Quando foram embora, Alexandra tentou colocar em prática o que Bernard sugerira, mas era impossível tirar o pai de seus pensamentos. Também não esperava que seus tios ficassem com ela para sempre, portanto, se ia cortar todos os laços com ele, precisava encontrar uma maneira de se sustentar financeiramente.

Além disso, era muito fácil para Bernard dizer que poderiam escolher o que fazer com suas próprias vidas – ele era um homem.

* * *

O jazz era tão bom quanto Bernard prometera. Alexandra acabou se esquecendo de todas as suas preocupações enquanto dançavam, riam e bebiam muito vinho.

– Como você aprendeu a dançar assim? – perguntou ela, ofegante.

Bernard a pegou pela cintura e a puxou contra seu corpo. Ela se reclinou, rindo. A música parecia ficar mais alta e mais acelerada, quase como se estivesse dançando em sua pele. Depois de terem dançado uma música atrás da outra na pista, seu rosto estava úmido de suor e sua garganta estava seca.

– Já trabalhei em um bar que tocava jazz – contou ele, o hálito quente contra a bochecha dela ao se aproximar. – Tive muito tempo para observar enquanto servia as mesas.

– Eu não sabia disso – replicou ela, e a música chegou ao fim.

– Tive que me sustentar quando saí de casa. Eu trabalhava em um bar e dava aulas para músicos jovens. Fazia qualquer coisa para pagar a faculdade. Não ia voltar para casa com o rabo entre as pernas.

Alexandra nunca precisara se virar sozinha, mas ouvir a realidade do que Bernard enfrentara foi, no mínimo, preocupante.

– Veja seu rosto! Querida, não foi como se eu tivesse sido forçado a viver nas ruas! Venha, vamos tomar outro drinque.

Ela deixou que ele pegasse sua mão e eles passaram pelos casais ao redor para chegar ao bar. Mas quando Alexandra se sentou e olhou em volta, esperando Bernard pegar as bebidas, viu um homem idêntico ao seu pai. Ela piscou, semicerrando os olhos através da névoa de fumaça ao observar o local onde vira o homem.

– Parece que você viu um fantasma – disse Bernard, passando-lhe uma taça de champanhe.

Quando ela olhou novamente, o homem havia desaparecido. Alexandra balançou a cabeça, convencida de que estava vendo coisas. Se o pai dela estivesse em Londres, ela saberia, certo? Ou pelo menos seus tios saberiam, não é mesmo? Eles disseram que estavam de olho nele, afinal de contas.

– Alexandra – chamou Bernard. – Quero que você feche os olhos por um momento e ouça a música.

Ela lhe lançou um olhar de dúvida, mas seguiu as instruções e fechou os olhos. Bernard se pôs atrás dela e a envolveu em seus braços.

– Sinta a música – sussurrou ele. – Ela deve ser como um organismo vivo, respirando ao seu redor, atraindo você.

Alexandra soltou o ar e se inclinou contra ele, segurando-se em seus braços, a cabeça inclinada para trás a fim de descansar em seu peito. Ela se esqueceu de tudo, pois a música animada, tão diferente da que a orquestra tocara, parecia ecoar em seu coração.

– Agora abra os olhos – pediu ele, diretamente em seu ouvido. – E venha comigo.

Os olhos dela se abriram.

– Aonde vamos?

Alexandra percebeu que alguns de seus colegas os observavam, sorrindo para ela. Quando olhou para Bernard, ele tinha o mesmo sorriso travesso no rosto.

– Bernard? O que está acontecendo?

– Você confia em mim?

Ela assentiu.

– Claro que sim.

– Então venha comigo. Organizei algo especial para você esta noite.

Alexandra teria seguido Bernard até o fim do mundo se ele tivesse pedido – confiar nele não era o problema. A questão era querer saber todos os detalhes do plano, porque não se sentia nada confortável com surpresas!

A mão de Bernard estava firme na dela enquanto ele a conduzia por entre as mesas e os dançarinos, até subirem ao palco. A banda terminou uma música, e Alexandra observou quando a vocalista sorriu para ela. A mulher pareceu lançar um breve aceno para Bernard.

– Você a conhece? – perguntou Alexandra.

Sentiu uma estranha pontada de ciúme por ele conhecer a cantora loura.

– Conheço muita gente no mundo da música – disse ele, lhe dando um beijo rápido na bochecha. – É só isso.

Ela estava prestes a abrir a boca outra vez, mas ele balançou a cabeça e a cutucou para que olhasse para cima.

– Temos uma convidada muito especial que se juntará a nós no palco esta noite – disse a cantora. – Alexandra, você gostaria de subir e se apresentar?

Ela congelou. *Alexandra? Por que a mulher no palco acabara de dizer seu nome?*

– Bernard, ela disse meu nome – balbuciou.

– Vá em frente.

– O que você quer dizer com isso?

Antes que pudesse esperar pela resposta, a cantora desceu do palco e estendeu a mão. As luzes eram brilhantes, e, parada ali de pé, Alexandra se sentiu como uma corça capturada por faróis, sem saber o que fazer.

– Isto é para você – disse o músico, segurando um violino.

– Mas…

– Vamos tocar algo um pouco diferente: "Fly Me to the Moon". Me disseram que você conhece essa música – disse a cantora, e estendeu a mão. – A propósito, eu sou Gigi.

Alexandra assentiu, ainda atordoada, e apertou a mão de Gigi.

– Como você, quer dizer, o que…

– Agradeça ao seu namorado lá embaixo – disse Gigi. – Ele me disse que você sonha em ser musicista, e queria que você soubesse como é se apresentar ao vivo.

– Não acredito que ele fez isso.

Gigi sorriu.

– Pronta?

Alexandra não conseguia nem ver Bernard em meio às luzes brilhantes, mas sabia que ele estava assistindo. Se ele acreditava tanto nela, então supunha que teria que acreditar em si mesma, estando pronta ou não para tocar ao vivo.

– Pronta.

Respirou fundo e levantou o violino.

Depois de tocar as primeiras notas, quando a banda inteira começou a acompanhá-la e Gigi entoou a canção, Alexandra mal conseguiu tirar o sorriso do rosto. Se o objetivo de Bernard era fazer com que ela se sentisse mais viva do que nunca, com que se apaixonasse ainda mais pela música e acreditasse que seu lugar era no palco, então ele definitivamente tinha conseguido.

22

—Alexandra!

Ela havia adormecido na cama de Bernard. Alexandra se sentou e esfregou os olhos. Por um momento ficou desorientada, olhando ao redor. Seu violino ainda estava na cadeira, partituras espalhavam-se por toda parte, e Bernard estava parado no limiar da porta.

– Que horas são? – perguntou ela, quando ele veio se sentar ao seu lado. – E por que você parece estar tão animado?

Seus olhos estavam arregalados, e ele não conseguia parar de sorrir.

– É realmente tão incrível me encontrar na sua cama?

Bernard se inclinou para a frente e tomou a boca dela com um beijo.

– Sim, é de fato muito incrível encontrar você aqui, toda amarrotada de sono, mas não é por isso que estou sorrindo.

Ela o puxou pela nuca, dando-lhe mais um beijo.

– Alex, tenho novidades.

Com relutância, ela o soltou.

– Me conte. Vejo que você está prestes a explodir.

– A orquestra fará uma audição no mês que vem para novos membros do naipe de cordas – explicou ele, sorrindo. – E, pela primeira vez, abrirão vagas especialmente para musicistas do sexo feminino.

Alexandra o encarou, e seu coração logo disparou.

– Não – sussurrou ela. – Não acredito em você.

– Alex, eu não diria algo assim se não fosse verdade.

Ele afastou uma mecha de cabelo que caía no rosto dela.

– Você poderia fazer um teste.

– Não! – exclamou ela, ofegante. – Não sou nem de longe boa o suficiente, eu sou...

– Uma das violinistas mais talentosas que já ouvi tocar – interrompeu ele. – Eu só queria que você se visse pelos meus olhos. Alex, você tem tanta chance quanto qualquer outra pessoa.

– Você realmente acredita nisso?

– Acredito. E no mínimo eles ficarão sabendo de você.

A mão dele repousou sobre a perna dela, os olhos fixos nos dela.

– Essa é a oportunidade que você estava esperando, que *nós* estávamos esperando.

Ela engoliu em seco, a mente subitamente acelerada.

– Qual peça eu tocaria? Quantas peças eu teria que tocar? Quando...

– Calma – disse ele com um sorriso. – Vou descobrir tudo o que puder amanhã. Também podemos conversar com os outros violinistas para ver o que poderá impressionar o júri.

Alexandra se recostou nos travesseiros, gemendo e cobrindo o rosto com as mãos.

– Eu nem sei se conseguiria subir no palco. Você tem tanta confiança em mim, mas...

– Pare – interrompeu Bernard. – Em algum momento, você terá que acreditar em si mesma. Você é uma musicista, Alexandra, e músicos têm a obrigação de compartilhar seu talento com o mundo.

– Ah, é mesmo? – perguntou ela, rindo da expressão séria no rosto dele.

– Sim – respondeu ele, sorrindo de volta. – Mas a outra obrigação que você tem agora é a de ir para casa, para que seu tio não envie um grupo de busca atrás de você. Ele vai colocar minha cabeça num espeto se descobrir que você passou a noite aqui.

– Você não me disse que horas são.

– Já passou da hora do almoço.

Bernard saiu do caminho quando ela deu um pulo, recolheu seus papéis, colocou o violino no estojo e se vestiu rapidamente.

– Eu te vejo hoje à noite? – perguntou ela, alisando as roupas amarrotadas e ajeitando o cabelo no espelho.

Estava começando a crescer, o corte não era mais um bob bem aparado e voltava ao estilo mais desgrenhado e longo que ela sempre tivera.

Bernard se aproximou por trás dela e afastou o cabelo de seu pescoço, pousando os lábios sobre ele. Ela se inclinou na direção dele, sorrindo enquanto ele beijava sua pele.

– Olhe para você, Alexandra – murmurou ele.

Ela abriu os olhos, encarando o reflexo dele no espelho e lentamente voltando o olhar para si mesma. O corpo de Bernard estava rente ao dela, e ele colocou as mãos em seus ombros enquanto lhe sorria.

– Você é linda e talentosa. Mesmo que não seja escolhida desta vez, o fato de a orquestra estar aberta a admitir mulheres muda tudo.

Ela se analisou: olhou para sua pele, para a maneira como se portava. Alexandra ficou um pouco mais ereta e endireitou os ombros, inclinando levemente o queixo para cima, tentando parecer mais confiante.

– Se essa é a vida que você enxerga para si mesma, esta é a sua chance – sussurrou ele. – Imagine nós dois na orquestra, vivendo nosso sonho, juntos. Só nós dois.

Alexandra assentiu, conseguindo visualizar a vida que ele descrevia. Nunca entenderia como conhecera um homem como Bernard.

– Eu amo você.

As palavras escaparam de sua boca quando ela ergueu os olhos para ver Bernard pelo espelho.

Ele a girou lentamente nos braços, as mãos deslizando pelo corpo dela e pousando em sua cintura.

– Eu também amo você – declarou ele.

Alexandra ficou na ponta dos pés e o beijou, sorrindo contra a boca dele. Os dois começaram a rir. Ela pensara naquelas palavras centenas de vezes, mas nunca tivera coragem para pronunciá-las. Até agora.

– Preciso ir – reclamou ela, beijando-o mais uma vez.

– Então vá. Mas esteja pronta hoje à noite. Vamos jantar aqui e depois repassar algumas composições. Falarei com seu professor hoje, para que ele saiba das boas-novas.

Alexandra pegou suas coisas e desceu correndo as escadas, esperando voltar logo para casa. Naquele momento, deveria estar almoçando com Belle. A prima já estava irritada por Alexandra passar tanto tempo com Bernard.

Vou fazer uma audição para a orquestra. Ela mordeu o lábio inferior para evitar sorrir, sabendo como devia parecer ridícula correndo pela rua com um sorriso tão grande no rosto.

Quando chegara a Londres, pensou que seria o fim do mundo. Mas agora, por mais que parte dela ainda desejasse voltar à Grécia, Alexandra estava começando a perceber que deveria agradecer ao pai por uma coisa. Porque se não tivesse vindo para Londres, nunca teria conhecido Bernard, e ele foi sem dúvida a coisa mais incrível que já lhe acontecera.

* * *

– Nem pense que você vai conseguir se esgueirar pelo corredor sem ser notada.

Alexandra se encolheu e recuou alguns passos. Belle estava sentada na sala de estar, os braços cruzados sobre o peito. Ela não estava acostumada a ver a prima zangada.

– Me desculpe por estar tão atrasada. Só me deixe guardar minhas coisas e podemos sair para almoçar.

As sobrancelhas de Belle se ergueram.

– Atrasada? Então vamos fingir que você voltou para casa ontem à noite?

Alexandra sabia que suas bochechas haviam ficado vermelhas, mas não mentiria para Belle.

– Sua mãe reparou?

Belle suspirou e se aproximou dela.

– Se ela tivesse reparado, você saberia.

– Então o almoço ainda está de pé?

– Sim – respondeu Belle. – Mas espero que você vá às compras comigo depois, como castigo por ter me deixado esperando.

Alexandra sorriu.

– Farei qualquer coisa, apenas não conte para ninguém que eu não dormi aqui ontem à noite, por favor.

Elas subiram as escadas juntas. Alexandra bocejou, desejando poder ir para o quarto dormir um pouco em vez de sair direto.

– Quem diria que, de nós duas, você é a que viveria um tórrido caso de amor – comentou Belle com um suspiro profundo. – Teria apostado minha mesada que eu seria a danadinha.

Alexandra revirou os olhos e se voltou para a prima quando chegaram ao topo da escada.

– Não é um "tórrido caso de amor", Belle. Ele é gentil, doce e entende muito de música...

– Você está apaixonada por ele, não está? Você está realmente apaixonada por ele!

Ela queria que Belle falasse mais baixo. E também detestava o fato de que suas bochechas tinham voltado a ficar vermelhas como um tomate.

– Talvez eu esteja – confessou Alexandra finalmente, pigarreando.

Eu também amo você. Ela se lembrou das palavras que ele repetira para ela, da maneira como se sentiu quando ele a encarou depois.

– Qual é a sensação de estar apaixonada? – perguntou Belle, seguindo Alexandra até o quarto. – Estou falando sério, qual é a sensação?

Alexandra fechou a porta atrás de si. Não queria que ninguém entreouvisse a conversa. As duas se jogaram na cama e olharam fixamente para o teto, deitadas lado a lado.

– É a sensação mais incrível do mundo – admitiu. – Eu só... não consigo imaginar uma vida sem ele. Sei que isso soa ridículo, mas...

– Você está apaixonada – concluiu Belle. – Não é ridículo. É com isso que todos nós sonhamos.

Alexandra entrelaçou os dedos nos dela e girou a cabeça para encarar Belle.

– Hoje aconteceu uma coisa que acho que poderia mudar tudo para mim.

Belle se sentou e ficou olhando para ela.

– O quê?

Alexandra também se sentou, abraçando os joelhos.

– Vou fazer uma audição para o London Luminary Ensemble. Sei que isso significa que, se eu for escolhida, não poderemos ir para a universidade juntas no ano que vem, mas...

Belle a abraçou com força.

– Pare. Eu estava planejando tirar outro ano sabático de qualquer maneira, e se é o que você realmente quer...

A prima balançou a cabeça e sorriu.

– Estou muito feliz por você, Alex. Você merece tudo de incrível que está acontecendo na sua vida.

– Fico imaginando eu e Bernard morando juntos em um apartamento lindo, com partituras presas às paredes e os amigos aparecendo para ensaiar – comentou Alexandra, suspirando. – Eu sei, estou me empolgando. Mas é tão bom sonhar.

– Então sonhe – incentivou Belle. – Mas agora você vai se preparar para almoçar com sua prima, que, para constar, era sua melhor amiga *antes* que você ficasse famosa.

As duas riram e Belle arrastou Alexandra da cama. Alguém bateu na porta, que se abriu o suficiente para que sua tia espiasse pela fresta.

– Meninas? Por que todo esse entusiasmo?

– Bem – disse Belle, com um sorriso conspiratório –, Alex está apaixonada e fará uma audição para tocar na orquestra.

– Ora, que beleza! – exclamou a tia. – Quer dizer, a parte de estar apaixonada não é exatamente uma surpresa, mas a orquestra? Isso é esplêndido. Você tem se esforçado muito em sua música, Alexandra. Estamos todos muito orgulhosos.

– Obrigada – respondeu Alexandra. – Tenho um longo caminho a percorrer. Preciso escolher a peça que vou tocar, e também ensaiá-la, mas estou muito animada com essa oportunidade. Eles nunca consideraram contratar musicistas mulheres.

Ela hesitou.

– Durante todos esses anos, nunca te agradeci por ter me apresentado à música. Não consigo imaginar como seria minha vida sem ela agora, portanto, obrigada, tia Elizabeth. Significa muito para mim.

Sua tia abriu um sorriso sereno, mas havia lágrimas brilhando em seus olhos. Alex desejou ter agradecido antes.

– Não tem de quê. O talento é todo seu, mas acho que deveríamos comemorar. Posso me juntar a vocês para o almoço?

Alexandra assentiu para a tia e Belle se afastou, provavelmente para se preparar para sair.

– Ah... Alex?

Ela se virou e sorriu, esperando a tia falar.

– Apaixonada ou não, seria bom saber que você dormiu em sua própria cama à noite. Eu detestaria ter que restringir seu tempo com Bernard.

Sua tia lhe lançou um olhar firme antes de sair. Alexandra ficou imóvel, morrendo de vergonha. E chegara a pensar que a tia não tivesse notado sua ausência.

Ela se virou e olhou para o violino sobre a cama, desejando poder pegá-lo naquele instante e começar a ensaiar, a trabalhar na peça que tocaria em sua audição. Mas, acima de tudo, desejou estar no apartamento de Bernard, com ele enroscado na cama observando-a tocar.

23

QUATRO MESES DEPOIS

Alexandra fechou os olhos e, ofegante, tensionou os dedos em volta do violino. Preparando-se para o que estava por vir, ergueu o queixo e ensaiou mentalmente. Tentou não escutar a apresentação impecável do violinista antes dela para não se comparar com ele.

Não vou conseguir.

O medo cresceu dentro dela, uma linha de suor se formou sobre o lábio superior e seu coração começou a martelar. Por um breve instante, pensou em simplesmente juntar suas coisas e sair correndo dali, para evitar a aflição pela qual estava prestes a passar. Pensou que, para início de conversa, ela nem deveria estar ali.

– Alex.

Uma mão pressionou seu ombro de modo delicado e reconfortante. Ela abriu os olhos e se virou, deparando-se com Bernard. Sua espessa cabeleira preta caía sobre a testa e seus afáveis olhos castanhos a tranquilizavam – ali estava o homem que possibilitara tudo aquilo.

– Chegou a hora de mostrar ao mundo quem você é de verdade – sussurrou ele, pressionando as mãos suavemente nas costas dela para aproximá-la de si.

Alex encostou o violino no peito e o encarou.

– Você *merece* estar aqui, Alex. Merece tudo que a fez chegar até este momento.

Os lábios dele roçaram os dela. Quando ele se afastou, encostou suavemente a testa na dela, acariciando com cuidado os cabelos de Alex. A respiração de Bernard estava quente contra a sua pele. A sensação de tê-lo assim tão próximo a fez se lembrar do longo caminho que percorrera, da oportunidade que lhe fora concedida, do presente que ele lhe dera.

– Depois de hoje, nada será como antes – sussurrou ele. – Hoje é o seu dia, minha querida.

Alex ergueu o olhar quando ele deu um passo para trás. Bernard tomou-lhe a mão que segurava o arco e ergueu-a com delicadeza, beijando sua pele enquanto ela fitava os olhos dele – olhos que diziam acreditar nela.

– Obrigada – sussurrou Alex, engolindo o medo e preferindo acreditar nas palavras do homem que a amava.

Em seguida, ela foi chamada e Bernard se esgueirou para as coxias. Alexandra se levantou e deu o primeiro passo em direção ao palco, os saltos estalando no chão enquanto tudo ao redor silenciava.

Bernard estava certo. Chegara a hora de mostrar ao mundo quem ela era de verdade.

* * *

Alexandra só precisou de alguns segundos para atravessar o palco. Ela ficou de pé e tentou não segurar o violino com muita força, não encolher os ombros e respirar com calma. Se quisesse fazer parte da orquestra, teria que ser confiante. Teria que se concentrar em sua música para que não vacilasse sob as luzes brilhantes nem ficasse confusa com a multidão.

– Nome?

Ela tentou não estreitar os olhos ao fitar o pequeno grupo de homens que aguardavam para avaliá-la. Sabia que um deles era o atual regente da orquestra, assim como o *spalla*.

Alexandra endireitou os ombros e assegurou-se de que sua voz saísse alta o suficiente para alcançá-los.

– Alexandra Konstantinidis – respondeu.

– Por favor, informe o que vai apresentar hoje.

– Tocarei o "Cânone em Ré Maior", de Pachelbel.

Não houve mais perguntas. Alexandra esperou um momento, se recompondo. Foi então que um movimento capturou seu olhar, alguém entrando pela porta dos fundos. Só poderia ser a única outra pessoa no teatro além daqueles que estavam diante dela.

Bernard. Era impossível vê-lo àquela distância, as luzes eram brilhantes demais, mas ela podia senti-lo. Sabia que era ele.

Toque para mim, dissera ele. *Imagine que você está tocando para mim, apenas para mim.*

Um sorriso tremia em seus lábios quando ela levantou o violino e o posicionou entre o queixo e o ombro. Manteve os braços leves e soltou o ar suavemente.

E assim ela começou. O arco dançou pelas cordas. A música ganhou vida enquanto Alexandra tocava com toda a emoção, enquanto sorria para Bernard em sua mente e imaginava estar no quarto dele – ele sentado na cama, compondo sua plateia de uma pessoa só.

A transpiração brotou em sua testa e no lábio superior, mas Alexandra não estava nervosa. Não naquele momento. Bernard estava certo quando lhe dissera que era a hora de mostrar ao mundo quem ela era. Durante todos aqueles anos, se perguntara como seria se apresentar no palco, e ali estava ela, tocando com todo o seu coração.

Quando tocou a última nota, ela fez uma pausa, a respiração ofegante ao fechar os olhos. Queria absorver a sensação de estar no palco, para se lembrar dela para sempre. Ela meio que esperava que alguém aplaudisse, mas, em vez disso, foi recebida com silêncio.

Abaixou o instrumento e deu um passo à frente, esperando elogios, mas não os recebeu.

– Obrigado, Srta. Konstantinidis.

Alexandra assentiu e saiu do palco tranquila e confiante, como se não estivesse aterrorizada, como se suas mãos não estivessem tremendo por causa da adrenalina que percorria seu corpo. Suas pernas pareciam as de um potro recém-nascido, prontas a ceder a cada passo instável.

Mas, quando desapareceu de vista e o músico que se apresentaria depois passou por ela em direção ao palco, Alexandra desabou contra a parede.

Eu consegui. Eu realmente consegui! Se eles não me acharem boa o suficiente, que assim seja, porque toquei com todo o meu coração.

Alexandra sabia que fora a melhor apresentação que já fizera. Ela tocara como se sua vida dependesse disso.

– Alex!

O sussurro animado de Bernard a envolveu.

– Por favor, me diga que toquei bem – pediu ela.

Bernard pegou sua mão e a conduziu pela porta dos fundos para tomar ar fresco.

– Bem? – indagou ele, tomando-a nos braços e girando-a pelos ares. – Alex, você foi fenomenal! Precisei de toda a minha força de vontade para não aplaudir e assobiar quando você terminou.

– De verdade? – insistiu ela, quando ele finalmente a colocou no chão.

– De verdade. Se não a convidarem para integrar a orquestra, é porque estão loucos.

Alexandra sabia que, para ser selecionada, teria que ser muito melhor do que todos os outros ali. Para começar, ela era mulher, o que significava que tinha que ser melhor do que qualquer homem. Além disso, havia a questão da idade, embora não tivesse certeza se isso seria levado em consideração. Imaginava que seu sexo era provavelmente a única coisa que poderia impedi-la.

Bernard beijou sua testa.

– Espere aqui. Vou voltar e pegar seu estojo.

Estava prestes a protestar e dizer que ela mesma pegaria, mas alguma coisa a impediu. Na verdade, queria dispor de um momento para si mesma, a fim de repassar a audição em seus pensamentos e se lembrar da sensação de estar no palco.

No entanto, Bernard só se ausentou por um instante e, quando voltou, ajoelhou-se e abriu o estojo para ela. Alexandra abriu a boca para impedi-lo, abaixou-se para tentar evitar que ele o abrisse, mas já era tarde demais.

– O que é isso? – perguntou ele, tirando um dos pedaços de papel dobrados.

– Por favor, não... – pediu ela, tentando arrancá-lo dele.

Mas os braços de Bernard eram mais longos que os dela e ele o abriu sem que ela conseguisse impedi-lo. Sorriu para Alex ao ler o bilhete.

– Não acredito que você guardou isso.

Ela corou, detestando sentir como suas bochechas estavam quentes.

– Foi o primeiro bilhete que você me escreveu. É claro que guardei!

– E este?

Alexandra nem se deu ao trabalho de tentar impedi-lo desta vez. Bernard desdobrou a partitura.

– Isso foi no dia em que você me disse o que iria tocar... – afirmou ele.

– Eu escrevi nessa folha.

– Você a deixou no travesseiro ao lado da minha cama – murmurou ela. – Trabalhei na peça a noite toda, tentando entender cada parte e a complexidade da composição.

Bernard encostou a palma da mão na bochecha dela, e ela se viu olhando para a boca dele.

– Meu maior medo era que você não acreditasse em si mesma – sussurrou ele.

– E meu maior medo é perder você.

As palavras escaparam de seus lábios antes que pudesse impedi-las. De repente, tudo o que ela desejou foi retirá-las. Mas Bernard não vacilou.

– Não há nada que você possa fazer, nada que possa acontecer, que vá tornar isso realidade.

Antes que Alexandra pudesse responder, ele a beijou delicadamente, apenas um roçar de lábios. Ela não iria estragar aquele momento dizendo a ele todas as coisas que poderiam afastá-los, mas mesmo o beijo foi apenas o suficiente para distraí-la, não para fazê-la esquecer. Nunca considerou que era algo natural ficar com Bernard, e às vezes se perguntava o que ele via nela.

Desviou o olhar, colocou o violino no estojo, guardou o arco com cuidado, e depois os papéis que Bernard retirara. Ela os pegou da mão dele e os colocou em seus devidos lugares.

– Tem certeza de que não há nenhum outro tesouro escondido aí? – provocou ele.

– Bem, se você não contar as cartas de meus amantes anteriores...

Bernard riu, jogando a cabeça para trás. Os dois se levantaram e começaram a caminhar.

– Você será a nova integrante mais fabulosa da orquestra – disse ele, aproximando-se e a envolvendo com o braço. – Sua família ficará muito orgulhosa de você.

Alexandra suspirou. Era verdade: a tia, o tio e os primos ficariam imensamente orgulhosos. Mas seu pai era outra história, se é que ele se daria ao trabalho de lembrar que tinha uma filha.

– Você acha que não?

– A família que você conhece ficará, é claro que sim, mas meu pai...

Bernard a encarou e ela abriu um sorriso. Ele era uma das poucas pessoas em sua vida que realmente entendiam como ela se sentia.

– Você acha que seus pais algum dia assistirão a uma apresentação sua? – perguntou ela.

Bernard balançou a cabeça, desviando o olhar.

– Minha mãe viria. Se ela pudesse tomar decisões por conta própria, sei que viria. Mas, quando meu pai me deserdou, determinou que eu nunca mais veria nenhum dos dois, e ele tem sido fiel à sua palavra.

Lágrimas brotaram nos olhos de Alexandra.

– Sua mãe é única. Por favor, Bernard, não podemos pelo menos tentar vê-la?

Bernard começou a andar mais rápido. Sua passada era larga demais para que ela pudesse acompanhar.

– Bernard! Desculpe-me, eu não deveria ter dito nada.

Quando ela o alcançou, o sorriso dele já retornara ao rosto e ela enroscou os dedos em seu braço.

– Acho que deveríamos comemorar – disse Bernard. – Não é todo dia que se faz uma audição para o London Luminary Ensemble.

– Você gostaria de vir para casa comigo? Tenho certeza de que meus tios ficariam mais do que felizes em nos receber.

Pelo sorriso, dava para ver que Bernard concordou com o convite. Assim, eles continuaram caminhando, os raios de sol aquecendo seus ombros à medida que entravam em uma cadência ritmada e em uma conversa tranquila sobre a música que ambos amavam.

* * *

– Querida, por que não nos contou que a audição era hoje?

A tia de Alexandra jogou as mãos para o alto enquanto o tio servia champanhe naquela noite.

– Você não disse nada hoje de manhã.

– Temos um ótimo motivo para comemorar – declarou o tio. – Soube que foi você quem incentivou nossa Alexandra a decidir fazer o teste, portanto temos uma dívida de gratidão com você, meu jovem.

Alexandra se viu sorrindo para Bernard, mal conseguindo tirar os olhos dele. Sabia que sua tia havia notado. Ela estava olhando para Alex com as sobrancelhas arqueadas, como se tivesse acabado de descobrir um segredo.

Ela ergueu a taça quando os outros o fizeram, e todos se juntaram em um brinde. Alexandra tomou um gole, as bolhas fazendo cócegas em seu nariz.

– Conte-nos, como ela estava no palco? – perguntou sua tia.

– Hipnotizante – respondeu Bernard, sem deixar de fitar os olhos de Alexandra. – Se eles não lhe oferecerem um lugar na orquestra, estão loucos.

– Tenho certeza de que oferecerão – disse o tio, colocando um pouco mais de champanhe em cada taça. – Quem não gostaria de ter nossa querida Alexandra?

Ela levantou a taça para tomar outro gole, mas, quando engoliu desta vez, seu estômago se revirou. Alexandra colocou a mão sobre a barriga, porém, de repente, teve uma forte sensação de que ia vomitar.

– Me desculpem, eu...

Alexandra empurrou a taça para Bernard e saiu correndo da sala, a mão cobrindo a boca enquanto corria.

Mal conseguiu chegar ao banheiro, fechando a porta atrás de si, quando se inclinou sobre a pia e abriu a torneira. Ela vomitou uma, depois duas, e então pela terceira vez, até que não restou absolutamente nada dentro dela.

Tentou limpar a bagunça com a água e desejou ter dado mais alguns passos para alcançar o vaso sanitário. Minutos depois, ela ainda estava se sentindo tonta e indisposta. Abaixou-se até se sentar nos ladrilhos frios do chão, pensando por um momento se não deveria se deitar.

– Alexandra?

Seu nome foi seguido por uma batida suave na porta.

– Está tudo bem?

– Sim – respondeu ela, detestando o fato de sua voz ter soado fraca.

– Posso entrar?

A porta se abriu um pouco e sua tia apareceu, olhando para dentro do banheiro. Quando a viu no chão, abriu mais a porta e entrou.

– Querida, o que está acontecendo?

– Acho que foi algo que comi – disse Alexandra. – Graças a Deus, não aconteceu quando eu estava no palco.

Sua tia tocou sua testa.

– Você está um pouco suada. Devo dizer a Bernard que você não está se sentindo bem? Podemos comemorar outro dia.

– Não, eu ficarei bem – afirmou ela, forçando-se a ficar de pé.

O banheiro pareceu girar e Alexandra se segurou na pia para evitar cair.

– Você não me parece nada bem – murmurou a tia.

– Eu estou, sim – insistiu Alexandra, sem querer estragar a noite com Bernard.

Ele precisava disso tanto quanto ela. Uma noite para comemorar com sua família, para sentir que ele fazia parte dela, que podia se orgulhar de quem era e da maneira como escolhera viver sua vida.

– Alexandra?

Ela ergueu as mãos e deu uma giradinha, rezando para não cair.

– Estou bem. Agora, por favor, podemos ir comemorar?

Sua tia suspirou, mas em poucos minutos as duas estavam de volta à sala de estar, as taças de champanhe na mão ao se juntarem aos homens. Só que Alexandra não tomou nem um gole. Até o aroma das bolhas fazia seu estômago revirar, e não tinha a menor ideia do porquê.

24

DIAS ATUAIS

Ella desceu da embarcação e pegou o mapa, tentando descobrir onde estava e para onde tinha que ir. Na balsa, conseguiu encontrar um homem gentil, que falava um pouco de inglês, e ele marcou claramente o caminho que ela precisava seguir – parecia que todos conheciam a casa que procurava. Pelo jeito, ela poderia apenas caminhar até lá, mas primeiro decidiu parar e tomar um café. Não tinha certeza se era porque necessitava da cafeína ou porque estava grata por qualquer coisa que atrasasse sua jornada. De qualquer forma, não precisou de muito convencimento para fazer essa pausa. Ella também estava pensando em Gabriel e em como fora bom tê-lo nas férias com ela. Ele partira em uma balsa para voltar a Londres, enquanto ela embarcara em outra para ir a Alónissos.

Pediu um café e se sentou ao sol. Tirou a foto esmaecida da caixinha em sua bolsa e olhou para a mulher e a menina, como já fizera tantas vezes desde que recebera as pistas. Parte dela se perguntava se não estava perdendo tempo com besteiras. Quais eram as chances de aquela mulher ser o elo com o passado de sua avó? Quanto mais tempo pensava nisso, menos provável lhe parecia. Ella suspirou, ainda olhando para a foto em suas mãos, em dúvida sobre seguir com seus planos.

– Você as conhece?

Ella tomou um susto e quase derrubou o café das mãos do garçom. Não percebera que ele estava parado ao lado dela.

– Desculpe, eu estava perdida em pensamentos.

O garçom pousou o café e se apoiou na cadeira ao lado dela, apontando para a foto.

– Como você as conhece?

Ela olhou para cima, protegendo os olhos do sol.

– Acho que uma delas pode ser minha bisavó.

O garçom fez uma careta como se não estivesse convencido.

– Você sabe quem são elas?

– Sim – respondeu ela, lentamente. – Bem, me disseram quem poderiam ser, mas...

Por que estou tendo essa conversa com um estranho?

– Desculpe, você as conhece? São familiares para você?

Ele sorriu.

– Eu conheço Alexandra, todos conhecemos. Ela vem aqui todas as manhãs para tomar café.

– É mesmo?

Bem, pelo menos isso significava que estava na ilha certa. As informações que descobrira nos últimos dias obviamente estavam corretas.

– Ela toma café com três gotas de leite, e ao lado sempre tem uma compota de frutas.

Ele sorriu e se afastou da cadeira, deixando-a com seus pensamentos e o café. Ella estava se acostumando com o café forte que lhe serviam na Grécia desde que chegara. Porém, conseguia entender por que os doces ou o manjar turco eram tão popularmente consumidos junto com a bebida – eles acrescentavam doçura àquele sabor amargo.

Depois de terminar, Ella se levantou e deslizou a foto pelo mapa, decidindo levar os dois ao tentar procurar a casa. Quando chegasse, mostraria a foto para Alexandra se ela a recebesse. Afinal, se tivesse algo para lhe dar, isso poderia evitar que ela batesse a porta na sua cara.

* * *

Quinze minutos depois, Ella estava diante de uma casa muito grande e agradável no meio da colina. Os caminhos de paralelepípedos e as belas casas com venezianas lembravam Escópelos – para onde quer que olhasse, havia uma cena digna de cartão-postal. Até visitar a ilha, se perguntara se o lugar era mesmo tão bonito quanto as fotos mostravam. Mas com certeza a cidade correspondia às expectativas.

Ella ergueu a mão, respirou fundo e bateu três vezes na porta de madeira.

Esperou, tentando se concentrar em respirar com calma, e bateu novamente. Não tinha pensado no que faria se ninguém estivesse em casa. Será que voltaria no dia seguinte? Olhou em volta para ver se alguém observava das outras casas, se perguntando se poderia mostrar a foto a um dos vizinhos para ver se estava na casa certa, quando alguém gritou lá dentro.

Ella não tinha certeza do que disseram, mas esperou.

A voz não soara tão velha quanto esperava, e ela se perguntou se poderia ser uma governanta. Ou se estaria na casa errada. Era só o que faltava ter batido na porta errada.

Mas quando finalmente abriram, sua respiração ficou presa e ela se viu sem palavras. A mulher tinha cabelos pretos com mechas grisalhas, presos em um coque, e parecia ainda mais jovem do que a própria avó de Ella. Usava o mínimo de maquiagem, além de um batom vermelho-claro que a fazia parecer elegante sem esforço. Vestia apenas uma camiseta de seda e uma calça. Ao olhá-la, Ella conseguia perceber que aquela mulher viera de um ambiente privilegiado – sua presença chamava a atenção, apesar da idade.

– Posso ajudá-la? – perguntou ela em um inglês perfeito, que mal revelava um leve sotaque.

Ella pigarreou. Não estava acostumada a se ver sem palavras.

– Alexandra? – perguntou ela. – Alexandra Konstantinidis?

A mulher piscou de volta para ela, e assentiu de leve.

– Meu nome é Ella. Sei que isso provavelmente será um choque, e posso estar errada, mas recebi esta foto. Pelo que pude perceber, parece ser uma fotografia sua e de sua mãe, tirada há muitos anos.

Ella estendeu a foto e observou a mulher hesitar de início, como se não tivesse certeza de que a seguraria. Ela prendeu a respiração, tentando falar mais devagar.

– Alexandra, acredito que uma das pessoas nesta foto pode ser minha bisavó. Talvez a senhora seja minha parente?

A mulher pegou a foto, a mão trêmula, olhando para ela. Quando finalmente ergueu os olhos, seu lábio inferior também tremia e seus olhos estavam marejados.

– Você *é* Alexandra Konstantinidis? – perguntou Ella. – A garota da fotografia? Ou eu cometi um erro terrível ao bater na sua porta?

Ella franziu a testa ao fitar a mulher. Esperara que ela fosse muito mais velha. Não era possível que fosse sua bisavó.

Ella começou a se afastar.

– Me desculpe por tê-la incomodado, eu...

– Sempre me perguntei se este dia chegaria – disse a mulher finalmente, estendendo a mão e segurando a de Ella, apertando os dedos dela com força. – Imaginei milhares de vezes como seria este momento.

Alexandra soltou a mão dela e ergueu a própria, tocando o rosto de Ella, estudando-a como se ela fosse um mapa que precisasse ser memorizado.

– Você estava esperando que alguém a encontrasse? – perguntou Ella, intrigada com a maneira como a mulher elegante e bonita sorria para ela enquanto a segurava. – Por causa da foto?

– Bem, eu esperava que minha filha procurasse por mim, não a minha neta. Mas, sim, todos os dias nos últimos cinquenta anos eu meio que esperei que alguém viesse. E esta é de fato uma foto minha com minha mãe, tirada há muitos anos.

A mulher soltou Ella apenas para enxugar os olhos, ainda segurando a fotografia com a outra mão.

– Desculpe, mas há anos perdi a esperança de que isso acontecesse. Durante muito tempo, imaginava constantemente como seria e, então, aos poucos, comecei a perder a esperança de reencontrar minha filha.

– Posso entrar? – perguntou Ella.

Alexandra assentiu. Porém, deu um passo à frente e abraçou Ella, segurando-a delicadamente nos braços como se não soubesse se era a coisa certa a fazer. A mulher a envolveu por um longo momento, e Ella sentiu seu corpo amolecer, abraçando-a de volta.

– Eu gostaria muito que você entrasse – disse Alexandra quando finalmente a soltou. – Foi tudo tão inesperado, ver você aqui com essa fotografia.

– Foi inesperado para mim também, perceber que eu conseguira encontrar o caminho até a senhora – comentou Ella. – Até a pessoa da foto. Estou encarando essa imagem desde que recebi a caixa, e fiquei doida imaginando qual seria a ligação com a minha família.

– Me desculpe por não ter escrito algo no verso da foto – falou Alexandra, olhando para Ella por cima do ombro enquanto caminhava. – Na época foi tudo tão angustiante. Há décadas que questiono minhas escolhas, desejando poder voltar no tempo e deixar algo mais óbvio como pista.

Ella a seguiu e entrou na casa, que parecia ser tão elegante quanto sua proprietária. Ficou maravilhada com as paredes de pedra pintadas com o mesmo branco quente do exterior, com o teto de madeira aparente e o assoalho de madeira combinando. As janelas de madeira pareciam molduras para a vista do oceano, com cortinas brancas que esvoaçavam ao sopro da brisa e aumentavam a sensação de luxo e descontração da casa. Era impressionante.

Quando Ella se virou, viu que Alexandra a observava com um olhar curioso, mas, a princípio, nenhuma das duas falou nada.

– Por favor, sente-se – ofereceu por fim Alexandra, ao sentar-se em uma das cadeiras brancas perto da janela.

Ella seguiu seu exemplo e se acomodou diante dela. Havia pensado muito no que dizer quando chegasse à soleira da porta, mas planejara muito pouco depois disso. Parecia quase impossível acreditar que realmente encontrara a menina da foto.

– Talvez você possa me dizer como encontrou essa fotografia – pediu Alexandra. – Quer dizer, acho que sei, mas já faz muito tempo. Ela foi entregue à sua mãe há muitos anos?

– Na verdade, não. Recentemente recebemos um telefonema de um advogado que representava um lugar chamado Hope's House.

Ella observou Alexandra fechar os olhos, balançando a cabeça como se estivesse revivendo uma lembrança.

– Havia uma caixa com o nome da minha avó e, como ela tinha falecido há pouco tempo, fui buscá-la, pensando que era algo para o seu espólio. Faz apenas seis semanas, mais ou menos, que estou com a caixa.

– Acho que você vai descobrir que era o nome da sua mãe que estava na caixa – disse Alexandra. – O nome da minha filha. Fui eu quem a deixou lá para ela.

Ella balançou a cabeça.

– Não, isso não pode estar certo. Tenho certeza de que foi minha avó que foi adotada.

Ella fez uma pausa.

– Minha avó poderia ter sido filha da sua mãe? Isso não faz muito sentido para mim.

Não havia como a mãe de Ella ter sido adotada. Ela não saberia disso?

Alexandra se inclinou para a frente em sua cadeira.

– Eu dei à sua mãe o nome dela, Madeline, e meu único pedido foi que os pais adotivos continuassem a usá-lo. Eu a batizei quando ela nasceu, pois era um nome que minha própria mãe sempre adorou. Talvez você tenha se confundido com as iniciais na caixa?

M James. É claro, a mãe e a avó dela tinham as mesmas iniciais.

– Mas...

– Hope não quis me contar muito sobre ela, mesmo quando lhe implorei por detalhes. A única coisa que ela me disse foi que eles respeitaram meu desejo e mantiveram o nome.

– O nome da minha avó era Maria – murmurou Ella. – Por isso presumimos que a inicial *M* era para ela.

Então, a mulher sentada à sua frente, Alexandra, era a sua própria avó? Seu coração acelerou. Essa era a mãe biológica de sua mãe. Era quase impossível acreditar.

– Quando fui contatada pelo advogado, que me disse que algo tinha sido deixado para o espólio da minha avó, nem pensei em questionar se o destinatário estava correto. Era para minha mãe o tempo todo.

Logo sua mãe, que parecia ser a única pessoa completamente desinteressada na história da caixa ou no que ela continha.

– Tenho pensado no conteúdo daquela caixinha todos os dias nos últimos cinquenta anos, desejando ter sido menos enigmática com minhas pistas – contou Alexandra, as lágrimas rolando por suas bochechas. – Não houve um único dia em que eu não rezasse para que minha filha me perdoasse pela coisa terrível que fiz, entregando-a para adoção.

– Minha mãe não sabe – disse Ella. – Todos nós presumimos que minha avó fosse adotada, que isso havia sido mantido em segredo por causa da época. Mas você é tão jovem, deve ter engravidado no início dos anos 1970, não é?

– Sim. E eu sei o que você está pensando: que naquela época o mundo tinha ficado mais progressista e as mulheres jovens não eram forçadas a abrir mão de seus bebês. Mas eu vim de uma família muito conservadora. Teria sido uma grande vergonha para a família do meu pai se alguém descobrisse que eu estava grávida.

Ella só podia imaginar como devia ter sido. Enfiou a mão na bolsa e tirou a partitura, pois se esquecera dela quando chegou.

– Você deixou outra coisa na caixa. Que também me ajudou a encontrá-la.

– A partitura – respondeu Alexandra, a mão sobre o coração. – Não sei nem dizer como foi difícil deixá-la para trás.

– Por favor – disse Ella. – Fique com ela. Afinal, pertence a você.

Alexandra pegou o papel, recostou-se na cadeira e o estudou, levando a mão à boca como se quisesse abafar o choro. Gabriel se perguntara se a música tinha um grande significado, fosse para uma audição ou para uma apresentação importante. A reação de Alexandra confirmou que ele provavelmente estava certo.

– Um amigo toca na Orquestra Sinfônica de Londres – explicou Ella suavemente. – Foi com a ajuda dele que, aos poucos, consegui descobrir quem era o misterioso "B." do bilhete. Até então, eu não entendia como isso tinha relação com a minha família.

Ella observou Alexandra segurar o pedaço de papel esmaecido contra o peito.

– Bernard sempre me escrevia bilhetes. Ele era muito romântico e, quando eu estava nervosa, sabia exatamente o que dizer ou o que escrever.

– Mas por que essa música? – perguntou Ella. – Por que deixou para trás esta partitura em particular?

– Porque significava muito para mim. Porque foi o último bilhete que ele escreveu, as últimas palavras de incentivo. Quis deixar para a minha filha o que era mais importante para mim.

Ella assentiu, observando Alexandra se levantar e atravessar a sala, parecendo subitamente agitada.

– Fui uma das primeiras mulheres a fazer uma audição para o London Luminary Ensemble – revelou Alexandra, os olhos fixos em algo do lado de fora da janela. – Essa foi a peça que escolhi para tocar e, embora a soubesse de cor, sempre a carregava comigo, por precaução. Bernard sabia que eu olharia para ela e me lembraria de quanto ele acreditava em mim.

– Então você integrava a orquestra?

Ella esperou até Alexandra responder. Estava prestes a repetir a pergunta quando ela finalmente se pronunciou:

– Não era para ser... Mas isso foi há muito tempo. Para ser sincera, hoje em dia mal consigo lembrar como se lê uma partitura.

– E Bernard? – perguntou Ella. – Vocês se casaram?

Alexandra suspirou e voltou a se sentar pesadamente na cadeira.

– Nós dois também não éramos para ser. Pelo menos, não naquela época.

Ella não teve certeza do que aquilo significava, mas não quis pedir mais informações do que Alexandra estava disposta a revelar.

– Você tem os olhos dele, sabia? Há algo em você que me faz lembrar dele.

– Eu tenho os olhos da minha mãe – contou Ella. – Não há muitas semelhanças entre nós, mas sempre me disseram que tenho os olhos dela. Quanto mais velha fico, mais eles se parecem com os dela.

As duas sorriram uma para a outra, e Ella riu.

– Não acredito que estou sentada em uma sala com uma avó biológica que eu não fazia ideia que existia.

– Também é difícil para mim acreditar, Ella. Depois de todo esse tempo, de todos esses anos de esperança, e depois de perder meu Bernard...

Sua voz se arrastou por um momento.

– Eu já havia perdido a esperança.

Ella não sabia o que Alexandra queria dizer com isso, pois contara que ela e Bernard não se casaram.

– Achei que sua mãe fosse receber a caixa anos atrás. Esse era o acordo. Ela deveria recebê-la quando completasse 21 anos.

– É mesmo?

– Hope me contou que ela perguntava a cada mãe que dava à luz se gostaria de deixar algo para trás. Nem todas deixaram. Na verdade, muitas preferiram não deixar. Mas ela falou que, quando a criança completava 21 anos, ela enviava a respectiva caixa pessoalmente.

Ella hesitou.

– Hope faleceu há algum tempo. Não sei quanto tempo, mas será que algo a impediu de cumprir sua promessa? Só foram encontradas sete caixas antes de a casa ser demolida.

– Demolida? – perguntou Alexandra, a voz fraquejando. – Se ao menos aquelas paredes pudessem falar, imagine as histórias que teriam contado. Havia muitas, muitas caixas. Eu vi todas elas quando Hope me levou ao seu escritório.

Ella não tinha uma resposta para o fato de só terem sobrado sete. Imaginou que as outras tivessem sido enviadas como planejado, mas algo nessas últimas fez com que Hope quisesse escondê-las. Talvez Mia estivesse certa e essas por algum motivo não deveriam ter sido descobertas.

– Que tal eu preparar algo para bebermos? – perguntou Alexandra, levantando-se novamente e fazendo um gesto para que Ella a seguisse. – Você passaria a tarde comigo, para me contar a respeito de sua mãe? Eu gostaria muito de saber mais sobre ela.

– Claro que sim – respondeu Ella.

Viu-se então em uma grande cozinha, observando Alexandra pegar dois copos.

– Você se importaria se eu lhe perguntasse sobre sua ligação com a monarquia? Alguém mencionou que vocês foram forçados a deixar a Grécia.

– Deixamos o país há muitos anos, quando eu era apenas uma menina – explicou ela com um suspiro profundo. – Parece que tudo isso foi há muito tempo. Uma vida inteira, na verdade.

– Você deve ter tido uma vida extraordinária na juventude. Você morava em Atenas antes de fugir?

– Morava e, embora agora eu consiga olhar para trás e ver que foi extraordinário, naquela época era apenas a minha vidinha. Minha mãe era adorada por muitos, a princesa do universo equino, e meu pai era um homem bastante ambicioso. Uma ambição que, para ele, se tornou mais importante do que qualquer outra coisa.

– Então, como você foi parar em Londres?

Alexandra pegou uma garrafa de água com gás e serviu os copos, a mão tremendo um pouco ao fazê-lo. Ella a observou com curiosidade, perguntando-se como essa mulher, que não tinha nem a mesma nacionalidade que ela, poderia ser sua avó. Estudou a maneira graciosa como ela se portava, os dedos elegantes brilhando com diamantes, as linhas suaves ao redor dos olhos e da boca. Alexandra era jovem para uma avó, embora se pudesse sentir que algo a envelhecera. Como se ela carregasse uma grande dor. Ella se perguntou se isso ia além de ter precisado abrir mão da filha.

– O que aconteceu foi que a minha vida mudou num instante. De repente eu estava em outro país, apartada de tudo o que conhecia e amava, jogada em um novo mundo no qual me senti uma estranha por muito tempo.

Alexandra passou um copo para Ella, fitando-a enquanto falava.

– Até que conheci Bernard. Então tudo se encaixou, e eu finalmente comecei a viver a vida que queria, nos meus termos.

Ella sorriu para Alexandra.

– Até que...?

– Até que meu pai voltou para a minha vida e roubou tudo o que eu amava – murmurou ela. – Pela segunda vez em seis anos, meu pai tomou uma decisão por mim que mudou minha vida para sempre.

25

LONDRES, 1973

Parecia que Alexandra sempre tinha que compensar Belle por não vê-la o suficiente. Naquele dia, elas foram à Harrods para tomar chá e fazer compras. Embora tivesse sido uma pausa bem-vinda das horas que passou ensaiando nos últimos meses, ela estava exausta. Belle sempre se movia e falava num ritmo frenético, e era com a mesma atitude entusiasmada que ia às compras. O que significava que Alexandra estava à beira de um colapso.

– Você não deveria receber uma resposta hoje? – perguntou Belle enquanto subiam os degraus de entrada. – Não acredito que você não tocou no assunto o dia todo.

– Estou tentando não pensar nisso – disse Alex –, apesar de que, para ser justa, eu não tenha feito nada *além* de pensar nisso.

– Bem, vamos ver se entregaram alguma coisa enquanto estávamos fora. Imagine se forem boas notícias!

– Acho que eles só enviam uma carta a quem foi convidado a integrar a orquestra, embora isso possa ser apenas um boato.

Seu coração se agitou ao pensar na possibilidade. Podia imaginar a vida que ela e Bernard levariam, os países que visitariam ao viajarem pelo mundo.

– Chegamos! – gritou Belle ao entrar no saguão, os saltos fazendo barulho no piso de madeira. – Mamãe? Chegou alguma coisa para Alex? Ela está…

– Aqui, meninas.

Belle a encarou animada, os olhos arregalados, e correu na frente dela. Alexandra a seguiu, a respiração ofegante enquanto se preparava. Teria sido por isso que Elizabeth as chamara? Será que a carta havia chegado e ela estava esperando para entregá-la?

Mas sua empolgação se transformou em desespero quando entrou na sala e viu que sua tia estava sentada diante de um homem bem-vestido, com um cabelo espesso e tão bem aparado quanto o bigode. Ele lhe abriu um sorriso como se fosse um conhecido que não a via fazia tempos.

Depois de todos aqueles anos, parecia que o pai retornara. A tia e o tio tinham razão em se preocupar, afinal de contas.

– Olá, pai.

Belle olhou para ela e se aproximou, de um jeito protetor. A mão direita de Alexandra estava ao lado do corpo, e ela sentiu o dedo mindinho de Belle roçar o seu, como se quisesse lhe dizer que estava ali para apoiá-la.

– Alexandra, eu não teria reconhecido você – disse ele, com um sorriso que a pegou de surpresa. – Você se transformou em uma bela jovem.

Você saberia se tivesse nos visitado. Teve vontade de insultá-lo, mas ficou quieta. Poderia falar com Belle mais tarde, ou com a tia, que sabia que seria muito compreensiva e talvez até se juntasse a ela.

– O que o traz a Londres? – perguntou Alexandra educadamente.

– Seu pai gostaria que você fosse morar com ele – disse a tia, antes que o pai tivesse a chance de responder. – Expliquei a ele como seria difícil para uma jovem se desvencilhar de tudo o que conhece.

– Eu...

Alexandra vacilou, quando seu pai a interrompeu:

– Independentemente dos protestos de sua tia, acredito que está na hora de você voltar para sua família, Alexandra. Você já está aqui há bastante tempo.

– Alexandra tem 18 anos! Ela não pode mais ser levada de um lado para outro como se fosse uma criança. Ela é uma adulta! – gritou Belle, o que lhe valeu um olhar severo da mãe.

– Belle, por favor, nos deixe a sós – pediu Elizabeth num tom decidido.

Belle tocou o ombro de Alexandra e o pressionou rapidamente.

– Desculpe – sussurrou Belle antes de sair da sala.

– Ela está certa – concordou Alexandra. – Já sou adulta e o senhor não pode simplesmente chegar aqui depois de ter se ausentado por quase sete anos esperando que eu o receba de braços abertos.

Seu pai cofiou o bigode e se recostou na cadeira.

– Você está ciente do que aconteceu na Grécia? Da situação do país?

Alexandra assentiu.

– Então também deve saber que tudo a que me dediquei durante a vida mudou. Que estamos à beira de perder tudo.

Ele teve a audácia de sorrir, apesar da notícia que dera.

– Você, minha querida, é a única coisa de valor que me resta.

– Não sou um cavalo para ser trocado por dinheiro – retrucou ela. – Se é isso que está insinuando...

– Não seja ingênua a ponto de pensar que somos a mesma família rica de antes.

A voz dele reverberou. Já se esquecera de como ele podia ser intimidador quando estava com raiva.

– Havia uma quantidade limitada de prata, joias e ovos Fabergé da família para contrabandear para fora da Grécia, e eles já se foram há muito tempo.

Alexandra ergueu o queixo ligeiramente e dirigiu o olhar ao pai. Ele estava falando dos presentes que receberam do rei e da rainha durante os anos de serviço dele e de amizade entre a mãe dela e a rainha.

– E as coleções pessoais de joias da minha mãe? Eu gostaria muito que me fossem devolvidas.

O pai dela ficou todo vermelho, as bochechas coradas enquanto encarava o chão.

– Nicholas? – chamou Elizabeth. – Sua filha lhe perguntou sobre a coleção particular da minha irmã. A coleção que lhe foi passada por nossos pais, que é direito dela por nascença.

– *Minha* coleção – corrigiu ele em voz baixa. – Ela era minha esposa, e isso significa que a coleção era minha, para que eu usasse como preferisse.

Alexandra sabia. Não precisava que lhe dissessem, nem que ele confirmasse.

– Acabou tudo, não é mesmo? – perguntou Elizabeth. – Foi vendida para financiar seu estilo de vida hedonista nos últimos sete anos ou mais.

Alexandra teve a sensação de que ia vomitar. *Perdido. Tudo o que era da mamãe estava perdido.*

– Eu gostaria que o senhor fosse embora – pediu Alexandra, surpresa com o tom da própria voz.

Olhou para a tia, que se levantou e ficou ao lado dela.

– Você está pedindo ao seu próprio pai que vá embora? – balbuciou ele. – Bem, se eu for embora, você virá comigo. Já foi mimada aqui por bastante tempo. É hora de se casar e cumprir suas obrigações com sua família.

– Não, pai, não vou. Não pretendo ir com o senhor hoje nem outro dia, e certamente não vou me casar com um homem de sua escolha. Estamos em 1973, e as mulheres agora têm voz nesses assuntos.

– Nicholas, a que devemos o prazer? Que triste virada de eventos na Grécia.

Seu tio entrou na sala, claramente tentando acalmar a situação. Alexandra aproveitou a oportunidade para sair dali. Seu estômago pesou e ela subiu as escadas correndo. Ouviu a tia atrás dela, mas não parou por medo de vomitar no carpete.

Correu para o banheiro, vomitando no vaso sanitário. Sua tia afastou seu cabelo do rosto e o segurou. Alexandra se ajoelhou, esperando para ter certeza de que o enjoo havia passado. Por fim, se levantou lentamente.

– Desculpe, tia Elizabeth, não sei o que me deu.

– Entendo como as exigências de seu pai podem fazer com que se sinta mal. Mas, se não me engano, você também estava enjoada no outro dia...

Alexandra assentiu e lavou o rosto, pegando um copo no armário do banheiro para encher de água.

– Meu estômago tem estado bastante delicado ultimamente. Pode ser o excesso de champanhe.

Na verdade, ela não sabia por que andava tão indisposta. Seu estômago costumava ser confiável.

– Que tal se eu pedir ao médico que venha até aqui para vê-la pela manhã? Só por precaução.

– Claro.

Então, Alexandra subitamente se lembrou da carta.

– Tia Elizabeth – chamou ela antes que a tia se virasse. – Chegou alguma coisa para mim hoje?

– Além de seu pai? – perguntou a tia com um sorriso conspiratório. – Sim, chegou. Uma carta.

O coração de Alexandra disparou.

– Ela está...?

– Na mesa do corredor – informou a tia. – Estou surpresa que não a tenha notado ao entrar.

Alexandra mal ouviu as últimas palavras. Desceu as escadas com tanta pressa que quase esbarrou no pai, que saía da sala de estar.

– Já mudou de ideia, minha querida?

Ela o ignorou por completo e pegou a carta na mesa do corredor. Rasgou-a e leu rapidamente as palavras enquanto seu coração palpitava.

Fui aceita. Ah, meu Deus, fui aceita!

– Eles me ofereceram uma vaga!

Alexandra ofegou, rindo ao reler a carta. Havia se esquecido temporariamente de que não estava sozinha, mas, quando se virou, viu a alegria no rosto do tio.

– Parabéns, Alexandra! – exclamou ele. – Você se empenhou muito para que isso acontecesse. Estou muito orgulhoso de você.

Seu pai olhava de um para outro.

– Orgulhoso de quê, exatamente? Por favor, não me diga que está perdendo tempo se inscrevendo em universidades ou algo assim.

Ela ergueu a cabeça.

– Na verdade, dediquei grande parte do meu tempo em Londres à música. Ao violino, para ser mais específica. E acabaram de me oferecer uma vaga em uma orquestra.

– E não é uma orquestra qualquer – anunciou o tio. – Ela será uma das primeiras mulheres convidadas a integrar o London Luminary Ensemble.

– Voltarei amanhã – anunciou o pai dela – e discutiremos suas perspectivas de casamento e o que espero de você. Muita coisa depende de você, Alexandra, e não há tempo para encher sua cabeça com ideias como fugir com a orquestra.

Dificilmente eu estaria fugindo, pensou ela, mordendo o lábio inferior em uma tentativa de esconder seu sorriso animado.

– Com você ao meu lado, podemos restaurar o nome e a fortuna de nossa família. Espero que considere seriamente minha proposta durante a noite.

– Sua proposta?

Ela olhou para o tio, que balançou a cabeça como se ela não devesse perguntar mais nada.

– Arranjei um casamento entre você e um cavalheiro de Atenas. Ele é de uma família muito rica, uma família que está muito interessada em se relacionar com a nossa dessa forma – expôs o pai. – Sem falar que eles são muito respeitados na Grécia.

Ela foi mansamente se colocar ao lado do pai, a carta bem apertada na mão. Por fim, ele deu meia-volta e saiu, deixando-a com o tio, que lhe deu um tapinha firme no ombro.

– Notícias maravilhosas da orquestra, Alex. Pelo menos, isso vai te distrair de toda essa questão com o seu pai.

– Ele não pode me forçar a casar, pode? – perguntou ela, a voz quase um sussurro.

– Não, certamente não. E se ele tentar? Então terá que falar comigo, e não vamos poupar esforços para protegê-la.

– Obrigada! – disse ela, dando um abraço espontâneo no tio.

Ele bufou e lhe deu um tapinha nas costas, mas, quando ela o soltou, ele sorriu para ela.

– Vá contar a boa notícia para sua tia.

Alexandra subiu as escadas correndo, mas, em vez de ir para o quarto da tia, foi direto para o banheiro. Abriu a torneira para que ninguém ouvisse que ela estava passando mal de novo. Depois disso, observou sua pele no espelho e notou como estava pálida. Elizabeth estava certa: não faria mal nenhum consultar-se com o médico pela manhã. Só para ter certeza de que não era algo mais sério do que uma comida estragada.

A orquestra programara uma turnê internacional na semana seguinte e, embora duvidasse de que a convidariam para participar, esperava-se que ela começasse a ensaiar imediatamente. Parte dela torcia para que eles a convidassem se ela se mostrasse promissora o suficiente. Portanto, a última coisa de que precisava era ficar enjoada.

* * *

– Sua tia me disse que você não tem passado bem.

Alexandra sentou-se na beirada da cama, ainda de camisola. Sentiu-se ainda pior quando acordou, e não conseguiu se levantar por causa do enjoo.

– Na verdade, notei que ando me sentindo mal há uns dois meses, mas a sensação tinha passado. Só que agora...

Seu estômago se revirou e ela fechou os olhos, desejando que aquilo acabasse.

– O senhor acha que posso estar com uma intoxicação alimentar?

O médico fez um gesto para que ela se deitasse novamente e tocou o estômago dela com delicadeza. Pressionou o abdômen com a palma da mão e tirou o estetoscópio. Ele a encarou diretamente antes de colocar os tubos auriculares.

– Alexandra, quando foi a última vez que você menstruou?

Ela franziu a testa, apoiando-se nos cotovelos.

– Bem, não sei. Tenho estado muito ocupada ensaiando, e minha menstruação costuma ser irregular, mas...

Quando foi a última vez que menstruei?

– Na verdade, não tenho certeza.

Ele colocou o estetoscópio na barriga dela por alguns minutos, depois devolveu-o para a bolsa de couro preta e fechou-a com o zíper. Ela o observava com expectativa.

– Alexandra, não é fácil dizer isso a uma mulher jovem, não na sua idade e com seu estado civil, mas você está grávida. Com pelo menos três meses de gestação, arrisco dizer.

Ela sentiu a cor se esvair do rosto. Suas mãos imediatamente pousaram na barriga.

– Grávida? Eu não saberia se estivesse grávida? Eu não saberia...

– Essa notícia nunca é fácil de digerir, mas não tenho dúvidas. Ouvi os batimentos cardíacos do seu bebê.

Sua boca ficou seca quando ela a abriu. A mente estava cheia de todas as razões pelas quais não poderia ter um filho.

– Por favor, não conte à minha tia – sussurrou ela. – Eu gostaria de ter a chance de contar eu mesma.

– É claro. Posso lhe garantir minha discrição, mas, se eu fosse você, lhe contaria quanto antes.

Ele juntou suas coisas e se levantou. Mas foi só quando ele fechou a porta que ela desmoronou. *Grávida?* Um bebê significava que ela não poderia aceitar o convite para integrar a orquestra – isso acabaria com todas as suas esperanças e seus sonhos. Com o sonho de como seria o futuro deles.

O que Bernard vai pensar? Alexandra sabia que ele a amava, mas será que a amaria o suficiente para se casar com ela se descobrisse que estava grávida?

Alexandra se enroscou e puxou as cobertas sobre o corpo, virando o rosto para o travesseiro ao começar a chorar, as mãos protegendo a barriga.

* * *

Ela estava na cama havia apenas uma ou duas horas quando bateram na porta do quarto. Alexandra se levantou e viu a governanta ali.

– Estou bem – murmurou ela. – Só preciso dormir.

– Você tem visita.

Alexandra chiou.

– Diga ao Bernard que não posso vê-lo. O médico disse que estou com gastroenterite viral, e não quero passar para ninguém, especialmente para ele.

Bernard partiria em turnê internacional dentro de seis dias. Ele jamais escolheria vê-la se achasse que ela poderia estar com alguma doença contagiosa.

– Não é Bernard, é o seu pai.

Alexandra se recostou e cobriu o rosto com um travesseiro.

– Diga a ele que não quero vê-lo.

– Você terá que se esforçar mais se quiser me afastar, Alexandra.

Ela retirou o travesseiro do rosto e se sentou. Detestou pensar em sua aparência: os olhos inchados e o rosto pálido e cansado.

– Onde está Elizabeth? Tem mais alguém em casa? – perguntou Alexandra à governanta, que retorcia as mãos na soleira da porta.

– Não há mais ninguém aqui, somente eu.

Seu pai começou a fechar a porta, e Alexandra se forçou a sentar-se direito na cama.

– Há quanto tempo você não está se sentindo bem? – indagou ele, acomodando-se na cadeira do outro lado do quarto.

– Estou bem. Por favor, não se preocupe comigo.

– Sabia que sua mãe adoeceu a partir do momento em que você foi concebida?

Alexandra sabia que seu rosto estava queimando, mas tentou manter a expressão neutra.

– O médico confirmou que você está grávida?

Ela não via sentido em mentir. Restava pouco tempo até que tivesse que confessar seu segredo a todos, a menos que escolhesse ir a um dos médicos que livravam as mulheres de uma gravidez indesejada. Mas ela sabia, em seu coração, que aquilo simplesmente não era uma opção.

Alexandra assentiu, sustentando o olhar do pai.

– Você irá embora comigo hoje, sem questionar – ordenou o pai, levantando-se e indo até a janela.

Ele abriu um pouco as cortinas e olhou para fora, deixando entrar mais luz no cômodo.

– Diremos a todos que você foi para uma escola suíça para jovens senhoritas, o que explicará sua ausência. Nesse meio-tempo, concluirei seu noivado e planejaremos um encontro com seu pretendente assim que o bebê for entregue para adoção.

– Adoção?

– Há um lugar que acolhe mulheres solteiras aqui em Londres, e eles garantem discrição absoluta. Tenho certeza de que você ficará muito confortável lá até o nascimento do bebê.

Alexandra sentiu como se uma faca tivesse sido cravada em seu estômago.

– Não – disse ela, com lágrimas nos olhos e um nó na garganta tamanha era a sua emoção. – Tenho namorado, tenho meus próprios planos para o futuro, tenho…

– Diga-me, esse jovem, esse seu *namorado*… – disse o pai dela, lentamente recomeçando a andar de um lado para outro. – Ele tem recursos? Poderia sustentar você e seu filho? Ele expressou o desejo de se casar com você em um futuro muito próximo?

Alexandra o odiava. Ela o odiava tanto que desejava poder estrangulá-lo com as próprias mãos. E como ele sabia que esse lugar existia? Será que mandara uma de suas amantes para ter seu filho lá?

– Bernard nunca aceitaria que nosso bebê fosse entregue para a adoção! Ele me ama! – gritou ela.

Porém, ao mesmo tempo, começou a ser tomada por uma sensação de pavor.

– Você realmente acredita que esse jovem desistiria dos próprios sonhos para salvar uma garota que ele engravidou por engano? E se fizesse isso, você acha que ele não acabaria ressentido por você ter arruinado a vida dele?

Ela estava prestes a responder, mas seu pai não acabara de falar:

– Seu jovem cavalheiro, ele é músico, não é? Um violoncelista?

Alexandra nem pensou em perguntar como ele sabia disso. Que diferença fazia, afinal?

– Acha que ele desistiria do que ama na vida para sustentar uma família? Que encontraria uma casa para abrigá-la, que cuidaria de uma esposa e de um filho quando ele nem sequer a pediu em casamento? O amor dele rapidamente se transformaria em ódio por ter sido impedido de desfrutar da vida que queria viver. Você seria como uma bola de ferro, seguindo-o por aí. É isso que você quer ser?

As lágrimas escorriam pelo rosto dela. Será que ele estava certo? Será que Bernard se sentiria *assim* em relação a ela se descobrisse que seria pai?

– E seus tios? Acha que eles iriam querer você aqui com seus primos quando descobrissem? Uma adolescente solteira com um filho bastardo morando na casa deles?

Ele riu.

– Certamente não. Isso seria levar até mesmo a generosidade *deles* ao limite.

Alexandra cravou as unhas nas cobertas, querendo gritar com ele e atirar os travesseiros em sua cabeça. Em vez disso, congelou, como se fosse novamente aquela garotinha de 12 anos que acabara de perder a mãe.

– Tire um momento para se recompor e depois arrume suas coisas. Partiremos em uma hora.

– Não posso – sussurrou ela.

– Isso poupará Elizabeth do constrangimento de ter que pedir que você vá embora, Alexandra. Você não é mais uma criança, sabe o que deve ser feito.

Bernard. Iria até Bernard. Ele saberia o que fazer.

26

—Alexandra!

Bernard a levou para dentro de casa e para o quarto dele. Ela percebeu que ele não havia dormido porque seus olhos estavam vermelhos e suas coisas estavam espalhadas por todo o quarto. Mas a cama ainda estava arrumada, como se ela a tivesse deixado assim na manhã anterior.

– Você já está fazendo as malas?

Ele largou as roupas que estava segurando e abriu os braços. Ela foi direto para ele, encostando a cabeça em seu peito enquanto Bernard a abraçava. Alexandra passou os braços ao redor da cintura dele, sem querer soltá-lo.

– Não sei como, mas eu errei as datas. Partiremos amanhã!

– Amanhã?

Ela o soltou e deu um passo para trás.

– Eu sei, eu sei – disse ele, voltando a fazer as malas. – Aparentemente, eles queriam que tivéssemos mais tempo para ensaiar na China antes de nossas apresentações. Acho que perdi o cronograma atualizado e...

Ele franziu a testa.

– Alex, sinto muito, não era ontem que você deveria ter recebido a notícia sobre a sua audição?

Ela forçou um sorriso.

– Ainda não tive notícias – mentiu. – Mas vamos torcer para que uma carta chegue hoje. A gente sabe que às vezes o correio não é confiável...

Ele sorriu.

– Da próxima vez que fizermos uma turnê, você também fará as malas. Consegue imaginar nós dois viajando pelo mundo, sem residência fixa? Faremos audições para orquestras em todo o mundo, só nós dois.

Alexandra sentou-se na beirada da cama e o observou. Precisou de todas as suas forças para não começar a chorar.

– Parece ótimo, B. É uma vida com a qual eu só poderia ter sonhado até agora.

Ele se sentou ao lado dela e pegou sua mão.

– Há algo errado?

Uma lágrima escorreu pelo rosto dela, escapando pelo canto do olho.

– Não, não há nada errado. Só vou sentir sua falta.

Bernard beijou as lágrimas dela.

– Também sentirei sua falta. E juro que eu não ia embora sem avisar. Eu ia passar na sua casa a caminho do aeroporto.

Alexandra enxugou os olhos rapidamente, sorrindo em meio às lágrimas. Bernard voltou a fazer as malas, e ela soube então o que tinha que fazer. Ele tinha a vida inteira pela frente, se sacrificara muito para perseguir seu sonho, e ela não ficaria em seu caminho. Não o impediria de ser o homem, o músico, que ele deveria ser.

Quando o carro dele chegasse para levá-lo ao aeroporto, ela ficaria para trás e escreveria um bilhete para ele.

Eu amo você. Sinto muito.

Afinal, o que mais poderia dizer, se não queria que ele soubesse a verdade?

27

Alexandra agarrou a porta do carro enquanto o pai segurava seu braço.
– O senhor não pode me obrigar – implorou ela.

Voltara a se sentir como aquela garotinha na Grécia, recusando-se a ir para Londres.

– Eu não vou.

– Não me importo se eu tiver que carregá-la arrastada, você vai entrar.

Ela sabia que ele mal conseguia conter a raiva, o vermelho surgindo em suas bochechas ao encará-la.

– Largue o carro, Alexandra.

– Não!

O pai puxou seu braço com tanta violência que ela temeu que ele pudesse quebrá-lo.

– Por favor, não me obrigue. Por favor!

– Você deveria ter pensado nisso antes de envergonhar nossa família – sibilou ele. – Você fez isso, Alexandra, e agora este é o preço que terá que pagar.

Ela se calou, ainda sem soltar o punho, e o fitou.

– E quanto às prostitutas com quem o senhor esteve? Acha que não sei o que tem feito todos esses anos? Enquanto eu estava estudando e construindo uma vida para mim?

Alexandra não viu o tapa a tempo. Seu pai sempre tivera um temperamento explosivo, mas nunca a agredira. A palma da mão dele atingiu a bochecha dela com tanta força que ela sentiu como se todos os dentes estivessem frouxos nas gengivas. Ela recuou quando ele a fitou.

– Eu te odeio! – exclamou ela. – Eu te odeio com cada fibra do meu corpo. O modo como desrespeitou minha mãe, o modo como me descartou como um objeto indesejado até precisar de mim de novo. Eu desprezo sua própria existência.

– Como ousa falar com seu pai dessa maneira?

– *Pai?*

Ela riu, molhando os lábios. Percebeu que estava sangrando, o gosto metálico pegando-a de surpresa. Alexandra olhou para o anel no dedo mindinho dele e percebeu que era por isso que estava doendo tanto... Ele atingira seu lábio inferior quando a golpeou.

– O senhor não merece o título de *pai*. Não significa nada. Só lamento não ter sido o filho que o senhor quis tão desesperadamente, o filho que passou a vida inteira desejando ter em vez de mim!

Ele ergueu a mão como se fosse golpeá-la novamente. Mas uma voz suave os chamou, interrompendo o momento.

– Por favor, saiba que há pessoas observando das janelas. Eu preferiria que o senhor não fizesse cena.

Alexandra não tinha percebido que estava prendendo a respiração até que o pai abaixou a mão e ela soltou o ar. Fitou-o por um momento, ainda segurando a porta do carro. Depois, virou lentamente a cabeça para ver de onde viera a voz.

– Você deve ser Alexandra, certo? Seu pai telefonou antes.

A mulher fez uma pausa.

– Eu sou Hope e esta é a minha casa.

Alexandra assentiu, estudando a mulher que caminhava lentamente na direção deles. Ela trajava um vestido simples de algodão, com um avental amarrado à barriga. O cabelo estava preso em um coque, mas foi o sorriso dela o que Alexandra mais notou. Era gentil, e a maneira como ela assentia dizia à jovem que ela queria ajudar. A maneira como seus olhos pareciam se fixar nos dela, como se ela soubesse do que seu pai era capaz. Mas a mulher com certeza não parecia ter medo dele.

– Minha filha está um pouco teimosa hoje – disse o pai, afastando-se com um passo.

O movimento permitiu que ela afrouxasse seu aperto da porta. Seus dedos doíam por causa da força que usara para se segurar.

Hope assentiu mais uma vez.

– O senhor se importaria de me dar um momento com sua filha? – perguntou ela. – Seria melhor se pudéssemos evitar uma cena.

Alexandra estreitou os olhos e observou o pai, viu com quanto desgosto ele a olhava. Bem, ela sentia o mesmo por ele, e já não tinha mais medo de demonstrar.

– Vou dar uma volta – disse ele.

O pai tirou as chaves da ignição, como se achasse que ela poderia roubar o carro. Ele nem mesmo sabia que ela nunca tinha dirigido.

– Alexandra – disse Hope, indo rapidamente para o lado dela e tocando sua mão. – Sei que isso é difícil e, sem dúvida, este é o último lugar onde você queria estar agora. Mas o que posso lhe dizer é que, se entrar pela porta da minha casa, você será tratada com o respeito e a dignidade que merece. E depois que ele for embora, ninguém a obrigará a ficar contra a sua vontade.

Alexandra ouviu e, lentamente, soltou o carro.

– Homens como seu pai veem as mulheres, especialmente as solteiras, como um fardo. Já vi inúmeros homens como ele ao longo dos anos, e preferiria muito mais que você estivesse sob os meus cuidados do que sob os dele.

– Eu não quero abrir mão do meu bebê – sussurrou ela.

Alexandra finalmente desmoronara, finalmente dissera as palavras que passavam por sua mente. Colocou uma mão protetora sobre a barriga.

– Não era para ser assim. Isso ainda não deveria ter acontecido.

Hope deu um passo à frente e tomou Alexandra nos braços, acalmando-a com seu toque e suas palavras.

– Se você vier comigo, tudo o que fizer será decisão sua. Seu pai não poderá entrar em minha casa.

Hope acariciou seus cabelos.

– Você está segura comigo, Alexandra.

Ela se deixou abraçar, recuperando o fôlego e lutando contra as lágrimas. Recusou-se a deixar que o pai a fizesse chorar, recusou-se a ser vítima dele quando sabia, em seu coração, que não fizera nada de errado. Quando Hope finalmente a soltou, sorrindo para ela com muito carinho, Alexandra se lembrou da própria mãe, e soube o que teria que fazer.

– Podemos ir agora, antes que ele volte? Não quero vê-lo novamente.

Hope assentiu.

– Claro que podemos. Eu vou lidar com seu pai.

Alexandra pegou as duas malas no banco de trás do carro, deixando Hope carregar uma delas. Subiram pelo caminho até a casa dela, passando pela placa com a inscrição HOPE'S HOUSE. A porta da frente era vermelha. Alexandra parou ali e olhou para trás, como se quisesse dar ao pai uma última chance de mudar de ideia. Mas quando o viu parado ao lado do carro outra vez, percebeu que não queria ir com ele, mesmo que ele mudasse de decisão. Ela não mentiu. *Realmente* o odiava.

– Vá lá para dentro e prepare uma xícara de chá para nós duas – disse Hope. – Vou resolver as coisas com seu pai.

Alexandra não precisou de mais incentivo. Pegou a segunda mala que Hope colocara no chão e levou as duas, deixando-as alinhadas ao pé da escada. Depois, saiu em busca da cozinha. Podia ouvir ruídos no andar de cima e imaginou que fossem outras jovens na mesma situação. Então começou a cantar baixinho, até chegar à cozinha. Pôs um pouco de água para ferver, sem vontade de pensar onde ou por que estava ali.

Felizmente, Hope não a deixou esperando por muito tempo, juntando-se a ela na cozinha e assumindo o controle. Ela trouxe um prato de biscoitos para a mesa e Alexandra se sentou, observando a mulher com curiosidade. Não sabia ao certo que idade teria, mas imaginou que já pudesse ser uma avó. Talvez estivesse na casa dos 60 anos, talvez início dos 70.

– Ele foi embora – disse Hope por fim.

– Até quando?

Ela lançou um longo olhar para Alexandra, então trouxe o chá e sentou-se à sua frente.

– Parece que ele tem um casamento marcado para você. Para depois que o bebê nascer.

O rosto de Alexandra ardeu de remorso e raiva, e lágrimas brotaram em seus olhos.

– Eu tinha uma vida aqui em Londres – sussurrou ela. – Eu seria musicista, estava apaixonada, eu...

– Você ficou grávida – interveio Hope com delicadeza. – Os bebês têm um jeito próprio de mudar os planos e virar a vida de cabeça para baixo.

– Não – disse Alexandra. – O que aconteceu foi que meu pai voltou para me buscar, porque eu sou a única maneira de ele viver a vida que quer. Não sou nada mais do que um peão para ele usar a seu favor.

– Alexandra, você vai perceber que aqui eu não pressiono as meninas sob os meus cuidados a fazerem nada que não queiram. Você terá tempo para considerar suas opções.

– Mesmo que meu pai tenha lhe pagado muito bem para eu ficar aqui? Quer mesmo que eu acredite que terei escolha?

Hope empurrou a caneca de chá para mais perto dela.

– Confiança é algo que se conquista – disse ela. – E, com o tempo, você aprenderá que pode confiar em mim.

Alexandra enroscou os dedos em torno da caneca quente, estremecendo ao se queimar.

– Seu pai me pagou para hospedá-la nos próximos meses e para fazer o parto – explicou Hope. – Famílias como a sua gostam da minha discrição quando se trata de quem fica aqui e das adoções que organizo, mas isto não é uma prisão. Você é livre para sair quando quiser. Só peço que me avise se não for voltar, para que eu possa ceder sua cama a outra jovem que precise dela.

Alexandra tomou um gole do chá. Seu coração finalmente desacelerou, seu corpo já não lhe dizia para fugir.

– Posso mesmo ir embora?

Hope assentiu.

– Você pode ir embora.

Ela pegou um biscoito e olhou lentamente para Hope.

– Minha mãe nunca teria me mandado para cá.

– Sua mãe morreu?

Alexandra assentiu, mordiscando a ponta do biscoito.

– Quando eu tinha 12 anos.

– E o pai do bebê? – perguntou Hope delicadamente. – Ele sabe que você está grávida?

Alexandra balançou a cabeça.

– Não.

– Bem, teremos muito tempo para você me contar sua história, quando estiver pronta – disse Hope. – Que tal terminarmos o chá e depois eu a levo até seu quarto?

Alexandra conseguia perceber como Hope era gentil, e já estava inclinada a confiar nela. O problema era que só pensava em Bernard. Cada fibra de seu corpo lhe dizia para correr até ele, para que ele a segurasse em seus braços e dissesse que tudo ficaria bem. Só que Bernard partira. E o único outro lugar para onde gostaria de ir era a casa de seus tios, mas sabia que também não poderia fazer isso. Ela estava grávida e era solteira. Depois de tudo o que fizeram por ela, a última coisa que poderia acontecer era se tornar um constrangimento e um fardo para eles.

* * *

Cinco meses depois, Alexandra caminhava pela rua até que parou e olhou para o Royal Festival Hall. Ainda era dia, então havia pouca chance de encontrar alguém. Aquele era o único lugar em que se sentia próxima a Bernard. Quando soube que ele voltara da turnê, ficou tentada a ir até o apartamento dele, a bater corajosamente à porta dele de manhã cedo ou tarde da noite, para confessar o que acontecera, mas algo sempre a impedia.

Você vai arruinar a vida dele. As palavras do pai ecoavam em sua mente toda vez que pensava em Bernard. Em seu coração, acreditava que elas estavam longe da verdade, mas ainda assim não conseguia procurá-lo. O mesmo acontecia com sua tia. Muitas vezes Alexandra esteve prestes a ir até ela, mas sempre acabava se contendo. *Eles tiveram a bondade de acolhê-la, mas nem mesmo eles têm coração mole o suficiente para manter uma garota com um bebê bastardo a caminho.* Detestava continuar ouvindo as palavras do pai, mas ele estava certo em ambos os casos, por mais que ela não quisesse admitir isso.

Alexandra pôs a mão em sua barriga arredondada e fechou os olhos. O sol brilhava no alto, aquecendo sua pele enquanto estava em frente ao prédio onde encontrara Bernard pela primeira vez. O lugar onde estava destinada a tocar violino, o lugar onde imaginou se apresentar desde que vira Bernard tocar pela primeira vez.

Quando abriu os olhos, observou seu entorno, como se esperasse que alguém a estivesse vigiando. Mas não havia ninguém. Alexandra suspirou e passou as mãos pela saia, depois foi embora em silêncio.

Logo pegaria o ônibus e voltaria para casa bem antes do anoitecer, para não preocupar Hope. Mas naquele momento decidiu que se sentaria nos degraus para finalmente ler a carta do pai. Ela a carregava no bolso havia dias, quase com medo de saber o que ele tinha a dizer.

Pensou em todos aqueles meses e anos em que ela esperou por uma carta dele, quando era mais jovem na casa da tia. Todos aqueles aniversários em que rezou para que ele se lembrasse dela e lhe enviasse algo tão simples quanto um bilhete.

Alexandra,

Espero que você esteja bem e que sua condição não seja muito grave. Em breve, tudo isso ficará para trás e poderemos seguir em frente com os planos que tracei para você.

Você se casará com Peter Andino no outono, o que espero que lhe traga muita alegria. É um arranjo que se adéqua às duas famílias, embora eu tenha certeza de que você será feliz com seu novo marido. Ele é viúvo e está em busca de uma companheira. Eu lhe assegurei que, quando você voltar dos estudos no exterior, será uma excelente esposa.

Por fim, peço que qualquer coisa de valor da sua mãe que esteja em sua posse seja enviada para mim imediatamente.

Cumprimentos, seu pai

Alexandra amassou a carta, segurando-a e pensando no monstro que era seu pai. Por anos ele se contentara em esquecê-la, até que precisou de dinheiro. Agora queria o pouco que ela herdara da mãe, para poder vender.

Ela tocou os diamantes em suas orelhas, os brincos que usava todos os dias desde que a tia lhe dera de presente. Havia tantos itens que gostaria de ter pensado em trazer quando deixou a Grécia – anéis, colares e até mesmo o relógio de pulso de sua mãe. Mas era apenas uma menina e, naquela época, a única coisa com algum significado para ela era o perfume de sua mãe, para que pudesse sentir seu cheiro.

Quando se levantou, Alexandra ouviu algo que fez todos os pelos de seus braços se eriçarem. *É ele.* Soube disso no segundo em que ouviu o tom suave do arco contra as cordas, as notas profundas e encantadoras do violoncelo que flutuavam até ela através do vento. Era como se a música a abraçasse enquanto ela estava ali parada, ouvindo.

Não esperava que alguém estivesse ali, achava que eles estariam ensaiando em outro lugar. Alexandra caminhou lentamente em direção à porta aberta, surpresa por ela ter sido deixada assim. Supôs que eles estivessem tentando deixar o ar fresco entrar, o que sem querer deixou a música sair.

Uma voz baixinha em sua cabeça a mandou dar meia-volta e pegar o ônibus, mas seus pés pareciam agir por conta própria. Andou o mais silenciosamente possível, olhando ao redor para se certificar de que ninguém a vira. Só que não havia ninguém ali, nem mesmo uma faxineira limpando o chão. Alexandra manteve os olhos baixos ao correr até a porta que dava acesso ao teatro a partir do *foyer*. O solista ainda tocava, e a música era tão assombrosa quanto bela.

Seu último passo a levou até o limiar da porta. Ela se encostou ali, tentando ficar invisível, e manteve os olhos fixos no palco. Fazia meses que não o via, meses em que só se lembrava da aparência dele, em que ficava imaginando os dedos dele em sua pele, em que inalava o ar e tentava se lembrar do cheiro de sua loção pós-barba.

A música parou abruptamente e Alexandra se viu prendendo a respiração. Então recomeçou, e ela continuou a assistir. Estava se deliciando com o modo como o cabelo dele caía de leve sobre a testa quando ele abaixava a cabeça para tocar. Permitiu-se ficar ali por mais alguns minutos, ouvindo a música e dizendo a si mesma que a única pessoa que sairia prejudicada seria ela mesma.

Bernard não fazia ideia de que ela estava ali, não podia vê-la de sua posição no palco, mesmo que estivesse olhando. E por mais que ela desejasse que ele sentisse sua presença, sabia que era um pensamento infantil.

Alexandra se virou antes do final da peça. Parecia mais triste naquele dia. As notas profundas a puxavam para a escuridão, e as notas mais leves não chegavam a libertá-la. Independentemente das sensações que lhe provocassem, a maneira como Bernard as tocava era impecável.

Ela recuou alguns passos, abaixou a cabeça e se virou para sair. Porém, ao fazer isso, viu um homem caminhando rapidamente em sua direção. Era o maestro. Ela fizera sua audição diante dele.

– Ei, você aí! Desculpe, mas ninguém pode entrar! – gritou ele.

– Desculpe – murmurou ela.

Abaixou ainda mais a cabeça e correu para a porta, sem olhar para trás. Recusava-se a pensar que Bernard poderia estar saindo do palco, prestes a dar uma pausa. Se estivesse, eles estariam a apenas alguns passos de distância.

Volte. Conte a ele o que aconteceu. Mostre a ele o que aconteceu.

Alexandra começou a chorar. Caminhou de volta até o ponto de ônibus o mais rápido possível, com uma das mãos sob a barriga para sustentá-la. De repente, parecia que estava mais baixa, com uma dor aguda insinuando-se pela lateral do abdômen. Ela calculou que ainda faltavam três ou quatro semanas para a chegada do bebê, por isso atribuiu as dores ao seu coração partido e ao ritmo de sua caminhada. Mas quando entrou no ônibus, a pontada a fez parar.

– Você está bem?

Uma mulher mais velha e preocupada olhou para ela de um dos bancos do ônibus. Alexandra apenas assentiu, encontrando um banco vago e cerrando os dentes. Era uma viagem de vinte minutos de volta à Hope's House, embora agora parecesse muito mais longa. Cada solavanco fazia a dor se intensificar e, se não estava imaginando coisas, a dor vinha em ondas cada vez mais rápidas.

Quando o ônibus finalmente parou no ponto, ela forçou os pés a se moverem. Fez pausas a todo instante até descer do ônibus e mancar pela rua. Quando chegou à Hope's House, bateu na porta da frente, ao mesmo tempo que tentou abri-la.

– Hope!

Alexandra cambaleou para dentro, recostando-se na porta. Foi então que a maior onda de dor que já experimentara se apoderou dela, como se um punho apertasse seu estômago.

– Alex?

Hope desceu as escadas correndo.

– Alex! O que há de errado?

– Acho que o bebê está nascendo – disse ela com os dentes cerrados, a respiração sibilante.

Hope franziu a testa e se aproximou, colocando a mão sobre a barriga de Alexandra.

– É um pouco mais cedo do que o esperado, e...

Um gemido alto e gutural escapou dos lábios de Alexandra. Suas pernas quase cederam quando a dor voltou a invadir seu abdômen.

– Vamos levá-la ao seu quarto – disse Hope, a voz suave e calma, segurando o braço dela e guiando-a escada acima. – Parece que seu bebê está com pressa de ver o mundo.

28

SEIS DIAS DEPOIS

Alexandra estava entorpecida. Olhava pela janela, os punhos cerrados com tanta força que as unhas poderiam muito bem ter arrancado sangue. *Seis dias.* Fazia seis dias que ela amou e cuidou de sua filhinha, seis dias que soube o que era ser mãe. Agora tudo havia acabado como se nunca tivesse acontecido.

Suas malas estavam prontas, ambas cuidadosamente colocadas perto da porta, mas ela não queria sair do quarto. O lugar cheirava a Madeline: seu aroma doce, leitoso e de recém-nascida parecia flutuar ao redor dela. Seus seios doíam por causa do leite com o qual nunca a alimentaria, mas, acima de tudo, seus braços doíam por não segurar a bebê que ela já amava tão ferozmente e com todo o seu coração.

Foi só naquele momento que ela entendeu por que sua mãe a olhava com tanta ternura, por que às vezes a pegava observando-a quando estava lendo ou brincando. Era a mesma maneira com que olhava para a própria filha. Se havia uma dádiva nascida de sua dor, era o fato de que se tornar mãe trouxera de volta muitas lembranças da sua própria. Lembranças que ela temia que tivessem se perdido.

– Alexandra?

A voz suave de Hope do outro lado da porta a tirou de seus pensamentos. Ela rapidamente enxugou as bochechas e pigarreou.

– Entre.

Hope entrou e se sentou ao lado dela, pegando sua mão.

– Ela já foi embora?

– Ainda não – respondeu Hope. – Alexandra, a mãe pediu para conhecê-la. Ela gostaria de falar com você antes de irem embora.

Alexandra ergueu os olhos, encontrando o olhar caloroso de Hope.

– Eu não quero...

Ela engoliu em seco, tentando dizer as palavras.

– Acho que não consigo.

– E isso é perfeitamente normal – disse Hope, apertando sua mão com delicadeza. – Mas não são muitas as meninas que têm a oportunidade de conhecer a mulher que criará sua criança. Portanto, vou lhe dar alguns minutos. Caso mude de ideia, estaremos lá embaixo.

Alexandra assentiu, sentando-se em silêncio e ouvindo Hope fechar a porta ao sair. Ela se levantou e foi até a janela. Abriu as cortinas e observou o elegante Ford Cortina estacionado do lado de fora da casa. Aquele era o carro em que sua filha iria embora.

Ela respirou fundo, virou-se e correu para o outro lado do quarto. *Se eu não encontrá-la, se não fizer isso, vou me arrepender para sempre.*

Alexandra desceu as escadas, ouvindo vozes. Por um momento, parou do lado de fora da sala de estar, escutando. Ela podia ouvir o casal que adotara sua filha.

– Desculpem por interromper – falou ela, reunindo coragem para entrar na sala.

– Alexandra – disse Hope, colocando-se ao lado dela. – Minha querida, obrigada por ter vindo. Gostaria que você conhecesse Maria e Simon.

– Olá – murmurou ela.

Achou quase impossível ter que falar e ao mesmo tempo encarar a mulher à sua frente, com a bebê no colo. Lutou contra o desejo de pegar sua filha de volta, de dizer que não poderiam ficar com ela. Alexandra olhou para o cabelo escuro em sua cabeça, os perfeitos lábios cor-de-rosa em forma de arco do Cupido, os dedos minúsculos estendidos sobre o cobertor enquanto ela se espreguiçava.

Você é o meu coração, pequenina. Eu a amo mais do que você poderia imaginar.

– Obrigada por ter vindo nos conhecer – disse a mulher. – Poderíamos ter um momento em particular? Somente Alexandra e eu?

Hope olhou para ela e Alexandra assentiu. Logo elas estavam na sala, apenas as duas.

– Quero começar agradecendo pelo presente que nos deu. Estamos há três anos tentando formar uma família, então essa pequena realmente tornou nossos sonhos realidade.

Alexandra detestou a maneira como ela olhava para a *sua* filha com tanta alegria, mas sabia que era errado pensar assim. Deveria estar grata pelo fato de a outra mulher ter se apaixonado de imediato pela bebê.

– Me prometa que você lhe dará a vida que ela merece – sussurrou Alexandra.

Ela deu um passo à frente e tocou a bochecha quente e macia da filha com as costas da mão.

– Nós daremos. Mas quero que me prometa uma coisa também.

Alexandra estudou o rosto da mulher.

– O que eu poderia prometer? Eu já lhe entreguei minha bebê.

– Quero que me prometa que nunca irá procurá-la. Ela é nossa filha agora e, a partir do momento em que sairmos por aquela porta, você terá que deixá-la partir.

Lágrimas silenciosas escorreram pelo rosto de Alexandra enquanto se forçava a assentir.

– Não lhe enviaremos fotos, não faremos contato e não temos a intenção de revelar à nossa filha que ela foi adotada. Fui clara?

– Sim – sussurrou Alexandra.

– Ótimo – disse a mulher. – Agora que isso está resolvido, você gostaria de segurá-la uma última vez?

Alexandra teria preferido chorar e acusá-la de crueldade, mas, em vez disso, estendeu os braços. Era a última vez que seguraria sua filha.

– Eu gostaria muito. Obrigada.

No momento em que pegou a filha nos braços novamente, ela foi atravessada por uma dor mais excruciante do que a do parto. Precisou de toda a sua força para não chamar Hope e dizer que mudara de ideia, mas já pensara nisso inúmeras vezes. Se ela ficasse com a bebê, para onde iria? Como encontraria um emprego e cuidaria da filha, sozinha? Ela poderia implorar à tia que a acolhesse, mas a última coisa que queria era pedir isso a outra pessoa.

Alexandra beijou a testa da bebê. Seus lábios se demoraram enquanto ela a cheirava, guardando na memória aquela sensação.

– Amo você – sussurrou. – Eu te amo tanto que chega a doer.

E quando as lágrimas começaram a cair outra vez, ela deu as costas para a outra mulher e se afastou. Correu de volta para o andar de cima para que não tivesse que vê-los partir com a bebê. Porque assim que saíssem por aquela porta, sua filha estaria perdida para sempre.

* * *

– Obrigada, Hope.

Alexandra lhe deu um longo abraço, desejando não ter que se despedir da mulher que passara a significar tanto para ela.

– Você passou por algo que eu não desejaria a ninguém, mas lidou com tudo isso com muita confiança.

Alexandra suspirou profundamente, estremecendo de emoção ao soltar o ar.

– Gostaria que as coisas pudessem ter sido diferentes.

– Eu também – disse Hope.

Ela estendeu a mão para alisar uma mecha de seu cabelo que havia caído. Alexandra tinha as mechas compridas e presas novamente, agora com o comprimento de antes de ter seguido o conselho de Belle e o cortado bem curto. Parecia que uma vida inteira se passara desde o dia em que fizera compras e dera risadas com a prima. Era como se ela tivesse envelhecido uma década em vez de dezoito meses.

– Alexandra, posso saber o que ela falou? É incomum que uma mãe adotiva peça uma conversa particular. Normalmente, elas não querem ter nenhum contato com a mãe biológica. Sempre achei que é porque não desejam se confrontar com o fato de que estão tomando o bebê de outra mulher.

Alexandra fitou os olhos de Hope, como sempre vendo a bondade brilhar em seu olhar. Então fez algo que raramente fizera na vida. Ela mentiu.

– Ela só queria me agradecer pelo presente que lhe dei. Disse que tinha sido muito difícil para eles conceberem.

Hope deu um tapinha em sua mão.

— Bem, é muito bom ouvir isso, porque você *deu* a eles o mais belo presente.

Alexandra forçou um sorriso.

— Não se esqueça: se sua filha quiser encontrá-la um dia, eu terei a caixa para dar a ela — afirmou Hope. — E se ela não a procurar antes de completar 20 anos, farei com que a caixa seja enviada, por precaução.

Alexandra queria dizer alguma coisa. Estava prestes a pedir que Hope nunca entregasse a caixa à filha, que ela nunca deveria saber que era adotada, mas não disse. Não podia.

— Estou feliz por você ter guardado os brincos de diamante em vez de tê-los colocado na caixa — disse Hope. — Uma mulher nunca sabe quando pode precisar de algo de valor. Nunca sabe quando suas circunstâncias podem mudar.

Alexandra abraçou Hope novamente, sem conseguir encontrar as palavras certas para dizer. Se não fosse pela conversa anterior, teria insistido em acrescentar os brincos à pequena caixa de pistas, mas agora ela sabia que não havia motivo para isso. A mãe de sua filha se certificaria de que ela não os recebesse.

Fechou os olhos enquanto Hope esfregava suas costas em círculos grandes e reconfortantes, e ficou pensando no que deixara. A foto era uma de suas favoritas e uma das únicas imagens que tinha de sua mãe. E a partitura guardava seu coração. Era a única coisa que a ligava a Bernard, por isso pareceu certo deixá-la para sua filha.

Alexandra ouviu um carro parar do lado de fora e se forçou a soltar Hope.

— Espero que você tenha uma vida maravilhosa — disse Hope, ao beijar sua bochecha. — E espero que um dia você consiga esquecer essa dor terrível.

Alexandra apenas assentiu, pegou as malas, uma em cada mão, e desceu as escadas até o carro que a esperava. Um motorista saiu e, quando ele abriu a porta traseira, ela percebeu que não havia mais ninguém lá dentro. Seu pai não se preocupara em buscá-la pessoalmente.

Quando ela se acomodou no banco de trás, o motorista a olhou pelo retrovisor.

— Você tem instruções para onde deve me levar? — perguntou Alexandra.

— Sim, senhorita.

Ele pegou algo no banco do passageiro e passou para ela. Um envelope.

– Devo levá-la diretamente ao aeroporto.

Ela rasgou o envelope e tirou uma passagem aérea. *Atenas. Depois de todos esses anos, finalmente estou voltando para casa.*

Era estranho que, agora que tinha a oportunidade de voltar para casa, tudo o que queria era ficar em Londres. *Quando meu coração estava na Grécia, tudo o que eu queria era voltar. Mas agora meu coração está aqui, com minha filha. Com Bernard. Com Elizabeth, Belle e Will.*

Só que sua filha nunca saberia de sua existência, e Bernard achava que ela desaparecera no ar. Não sabia o que fora informado à tia e aos primos, e não tivera coragem de contar a eles pessoalmente, pois estava envergonhada demais com o que acontecera.

– Podemos fazer um desvio no caminho?

O motorista pigarreou.

– Senhorita, seu pai foi muito claro quando disse que eu deveria levá-la diretamente ao aeroporto.

Ela o fitou quando ele a olhou pelo espelho, esperando que seu olhar fosse tão frio quanto suas palavras.

– A menos que você queira que eu me jogue do veículo, faremos um desvio.

O motorista não respondeu nada, apenas assentiu. Ela se recostou no banco enquanto ele se afastava do meio-fio e a Hope's House desaparecia ao longe.

– Para onde devo ir, senhorita?

– Gostaria de passar devagar pelo Royal Festival Hall.

– Então a senhorita não vai sair do carro?

– Não – murmurou ela. – Não vou sair.

Preciso passar por ele uma última vez. Preciso ver o lugar que me conecta com Bernard, com essa parte da minha vida. Preciso vê-lo de novo uma última vez antes de partir.

Alexandra estava tentada a visitar os tios também. Para se despedir de Belle e explicar por que fora embora tão abruptamente e não mantivera contato desde então. Belle fora como uma irmã para ela, afinal de contas. Mas ela sabia que seria mais fácil apenas desaparecer. Pelo que sabia, eles já haviam se esquecido dela.

29

DIAS ATUAIS

Ella sentou-se e absorveu tudo o que Alexandra lhe contara. Era muita informação – uma história de dois jovens que foram manipulados para acreditar que sua vida juntos não estava destinada a acontecer. O destino fora cruel com sua avó, disso tinha certeza absoluta, mas o que esta não lhe contara era como eles encontraram o caminho de volta um para o outro.

– Posso lhe fazer uma pergunta? – indagou Ella, suavemente. – E, por favor, não estou julgando, só estou tentando entender o passado.

Alexandra assentiu com um brilho no olhar, sentando-se mais para a frente na cadeira. Era mais jovem do que sua outra avó, a que conhecera durante a vida inteira, mas havia algo nela, algo que ainda fazia Ella se lembrar da fotografia que carregava consigo. Havia uma juventude encantadora em Alexandra, que a pegou de surpresa.

– Quando você e Bernard se reencontraram, por que não procuraram minha mãe? Vocês dois não queriam encontrá-la?

Ela recebeu um sorriso como resposta.

– Ella, se fôssemos mais jovens, talvez tivéssemos procurado, mas, quando nos reencontramos, parecia ser tarde demais.

As sobrancelhas de Ella se ergueram de surpresa.

– Tarde demais?

Alexandra riu.

– Quando nos reencontramos, nós dois já havíamos nos casado e enviuvado. Quando reencontrei meu querido Bernard, haviam se passado não alguns anos, mas algumas décadas desde que meu pai tinha me mandado para a Hope's House.

– Décadas?

– Ah, sim, foi uma cena e tanto quando finalmente nos reencontramos – contou Alexandra, os olhos brilhando ao se sentar na poltrona. – Devíamos ter parecido um par de amantes desafortunados, mas nós dois já éramos velhos e grisalhos. Ainda havia algo nele que me deixava sem fôlego, ou talvez em minha mente eu ainda visse o homem jovem e arrojado que ele havia sido um dia.

Alexandra fez uma pausa, sorrindo, embora agora com um olhar distante.

– Veja bem, quando envelhecemos, não nos *sentimos* velhos. Ainda nos sentimos como alguém trinta anos mais jovem. Ou pelo menos é como me sinto. O espelho nos engana, nos fazendo parecer muito mais velhos do que somos por dentro.

– Você poderia fazer a gentileza de me contar como se reencontraram, depois de todos esses anos? Como foi?

Alexandra se levantou e voltou a caminhar até a janela, roçando o vidro com os nós dos dedos. Ella se perguntou por um bom tempo se a outra não iria falar nada. Talvez tivesse feito perguntas demais. Porém, quando Alexandra se virou, Ella soube que ouviria a última parte da história de sua avó.

– Me prometa uma coisa, Ella.

Ella assentiu.

– Claro.

Alexandra foi até ela e se sentou, pegando suas mãos e envolvendo-as no colo ao segurá-las.

– Quero que você siga seu coração e não deixe que ninguém lhe diga como viver sua vida.

Lágrimas encheram os olhos da mulher mais velha enquanto Ella a encarava, piscando e anuindo.

– Certa vez, alguém me perguntou que conselho eu daria a uma versão mais jovem de mim mesma. Uma pergunta inocente na época, é claro. Mas eu lhe diria com todo o meu coração que não deixasse ninguém atrapalhar o que ela queria fazer e que não temesse a reação de quem ela amava.

Ella apertou as mãos de Alexandra.

– Não acho que tenha sido tão fácil para você naquela época. Não como é agora, para a minha geração. Não consigo imaginar ser mandada para um lar de mulheres solteiras.

– Talvez não, mas eu gostaria de ter me esforçado mais e de ter resistido. Gostaria de ter me voltado para aqueles que me amavam e pedido ajuda. Ter acreditado que me amavam o suficiente para fazer qualquer coisa por mim.

Alexandra suspirou.

– Não costumo ficar remoendo o passado, então me perdoe. Ninguém gosta de ouvir uma senhora idosa se lamentando.

– Talvez não – disse Ella. – Mas eu gostaria muito de saber como seu caminho e o de Bernard se cruzaram novamente. Tenho certeza de que é uma história muito romântica.

O sorriso de Alexandra iluminou seu rosto.

– Você acreditaria que envolveu música?

– Considerando a história de vocês, como poderia não envolver?

Alexandra enxugou os olhos. Ella esperou que aquilo tudo não tivesse sido demais para ela.

– Que tal encerrarmos por hoje? Foi um dia e tanto, ouvindo tudo sobre você e Bernard. Posso voltar amanhã? Estou na Grécia por mais uma semana, então não há pressa.

Os olhos de Alexandra encontraram os dela.

– Você vai voltar? – perguntou ela, pegando a mão da neta e segurando-a com força. – Não quero perdê-la agora que acabei de encontrá-la.

Ella piscou para afastar as próprias lágrimas. Percebeu quanto significava para Alexandra reunir-se com ela, com um membro da família que ela claramente perdera a esperança de encontrar havia muito tempo.

– Prometo que voltarei. Posso pegar a balsa no final da manhã, e então você me conta tudo sobre seu reencontro com Bernard.

Alexandra começou a chorar e Ella a abraçou, segurando-a até ela se acalmar. Soube instintivamente que Alexandra precisava ser abraçada. Era óbvio que ela ainda estava de luto pelo homem que amara por quase toda a vida. O homem por quem passara tantos anos ansiando e tão poucos com ele ao seu lado.

– Ele teria adorado conhecê-la, Ella. Depois que nos reencontramos, ele sempre dizia que teria adorado ter uma filha ou uma neta. Nosso maior arrependimento foi não termos tido essa chance.

– Tenho certeza de que eu também o teria adorado – disse Ella.

Com a palma da mão, afagou as costas de Alexandra em grandes círculos. Depois se afastou um pouco e segurou-a com os braços estendidos, as mãos em seus ombros.

– E se não quiser falar sobre ele amanhã, se for muito doloroso lembrar...

– Amanhã – repetiu Alexandra.

Ela assentiu e desviou o olhar, como se pudesse ver algo que Ella não via.

– Amanhã eu lhe contarei tudo.

Ella se certificou de que Alexandra estava bem acomodada e com tudo de que precisava. Hesitou antes de sair, mas sabia que, se não fosse embora logo, não chegaria a tempo de pegar a balsa.

30

No cais, Ella pegou o celular enquanto voltava para casa. Acabara de voltar a Escópelos depois de ter visitado Alexandra pela segunda vez. Ela ligou para Kate e sorriu de alívio quando a tia atendeu ao terceiro toque.

– Olá, viajante.

Ela suspirou.

– É estranho não termos o mesmo sangue?

– Estranho? Sim. Mas isso importa? Nem um pouco.

– É muito bom ouvir você dizer isso.

Foi a única parte de toda a viagem que deixou Ella profundamente desconfortável: descobrir que Kate, uma pessoa da família a quem se sentia tão ligada, não era de fato uma parente de sangue.

– É toda aquela coisa de "criação antes da natureza", certo? Nós cuidamos uma da outra há anos, então isso não significa nada. É apenas uma história incrível que quero ouvir mais.

– É uma história e tanto, sim. Mal posso esperar para te contar tudo sobre Alexandra. Ela é uma mulher fantástica, mas não foi por isso que liguei.

Kate ficou em silêncio do outro lado da linha.

– Estou preocupada com a minha mãe e com a maneira como ela reagiu a isso tudo. Você teve notícias dela?

– Não, desde que ela foi embora. Como você a encontrou?

Ella franziu a testa.

– Como assim? Não falo com ela desde...

Ella quase deixou cair o telefone, os olhos arregalados.

– Ella, sua mãe...

– Está aqui – concluiu ela. – Depois eu te ligo.

Guardou o celular no bolso e correu pelos últimos degraus até chegar à casa, onde sua mãe estava se levantando. Ela estivera sentada esperando, de costas para a porta, a mala ao seu lado. Usava um grande chapéu de sol e um vestido, peças de roupa que Ella nunca vira a mãe usar.

– Mamãe, o que você está fazendo aqui? – perguntou ela, dando-lhe um abraço. – Adorei o estilo Meryl Streep.

Sua mãe a abraçou de volta, depois apontou para a porta.

– Por favor, me diga que tem vinho aí dentro, porque estou precisando de uma taça bem grande.

Ella assentiu e abriu a porta, pegando a bolsa da mãe e levando-a para dentro. O fato de sua mãe querer vinho e estar vestida de forma tão diferente do habitual dizia a Ella que algo estava muito errado. A mãe costumava usar calças bege e camisas de seda, independentemente do clima, com a rara exceção dos dias frios, quando vestia caxemira bege.

Ela foi até a geladeira e encontrou meia garrafa de vinho, pegou duas taças e as encheu.

– Mãe, eu sei que tudo isso deve ser muito difícil para você, descobrir que...

Sua mãe ergueu a mão.

– Ella, preciso contar uma coisa.

Entregou-lhe a taça e foi se sentar no sofá, com as pernas dobradas debaixo do corpo.

– Está bem.

Ella observou a mãe tomar um grande gole e fechar os olhos por um momento. Então finalmente encontrou o olhar da filha.

– Eu sabia.

Ella franziu a testa.

– Sabia o quê?

– Eu sabia que, se você seguisse essas pistas, descobriria que eu fui adotada.

Ella se inclinou para a frente e colocou a taça de vinho na mesa, observando a mãe com atenção.

– Não foi surpresa para você? Tudo o que descobri nessas últimas semanas? – Ella recuou. – Você *sabia*?

– Você precisa acreditar quando digo que não sabia nada sobre minha mãe biológica ou sobre a história do meu passado. Mas eu sabia que fui adotada e, quando você recebeu as pistas...

– Você me aconselhou a esquecer a caixinha porque sabia que eu descobriria. Por que não queria que eu soubesse?

Sua mãe fora até a Grécia para lhe revelar aquilo?

– Sabe, você poderia ter me contado por telefone. Não precisava ter vindo até aqui – irritou-se Ella.

Sua mãe se levantou e foi até a janela, olhando para fora e dando as costas para a filha.

– Sua avó me contou pouco antes de morrer – explicou ela em voz baixa. – Eu estava sentada lá com ela, segurando sua mão, e ela sussurrou para mim que havia me adotado quando eu ainda era bebê.

Ella se recostou no sofá, ouvindo atentamente a mãe e tentando não ficar com raiva.

– Eu não tinha certeza se ela estava lúcida. Ela tinha dito uma porção de coisas estranhas naquele dia, mas continuou repetindo que eu era um bebê muito querido e que, assim que me viu, soube que eu seria filha dela.

– Por que você não contou nada?

Sua mãe suspirou e se virou lentamente.

– No começo não acreditei, mas depois algumas coisas começaram a fazer sentido. Pequenos comentários que ela fez ao longo dos anos, e o fato de eu ser tão diferente de Kate. Mas ela segurou minha mão e me pediu que não contasse a ninguém. Era segredo. – Ela riu. – É ridículo, mas mesmo sendo uma mulher adulta, com uma filha adulta, ainda me senti como uma garotinha que recebeu ordens da mãe. Eu nunca lhe desobedeci e não ia começar naquele momento.

– Então você tentou me impedir de investigar as pistas porque não queria que ninguém descobrisse a verdade?

– No início, quando ouvi falar da caixa, quis impedi-la para poder guardar o segredo da vovó.

Sua mãe atravessou a sala e se sentou no sofá ao lado de Ella, pegando sua mão e lentamente erguendo o olhar para a filha.

– Só que, na verdade, acho que não foi por isso. Eu não queria que nada mudasse. Não queria tirar mais nada da nossa família.

A raiva de Ella se dissipou e se transformou em tristeza.

– Nossa família ainda é nossa família, mamãe. Isso não muda esse fato. *Nada* mudará.

Sua mãe enxugou as lágrimas.

– Eu sei. Como uma pessoa sã e inteligente, sei muito bem disso. Mas descobrir que Kate não era minha irmã biológica, que não era sua tia biológica... Acho que fiquei com medo de perdê-la como perdemos Harrison. Eu quis manter o segredo por minhas próprias razões egoístas, para manter nossa família unida.

Ella riu, embora seus olhos estivessem marejados ao pressentir a dor da mãe. Não queria fazer graça, mas não conseguiu evitar.

– Kate não irá a lugar nenhum. Acho que não conseguiríamos nos livrar dela nem se tentássemos!

– Você me acharia boba se eu dissesse que pensei que ela cortaria relações comigo quando soubesse que não era minha irmã biológica?

A mãe dela também riu, como se sentisse que parecia ridícula, até que as duas estavam meio rindo, meio chorando.

– Sempre achei que Kate só me aturava porque somos irmãs. Pensei que, no momento em que descobrisse que não éramos parentes, ela fugiria para as colinas!

– Mãe, Kate te ama – afirmou Ella. – Ama nós duas e faria qualquer coisa por nós, independentemente de sermos parentes de sangue ou não. *Nada* mudará isso.

– Acha mesmo?

Ela deu um tapinha na mão da mãe.

– Eu não acho, *tenho certeza* disso. Kate está ligada a nós, quer ela goste ou não.

As duas suspiraram, depois riram de sua reação conjunta, então bebericaram o vinho.

– Me diga, como é minha mãe biológica?

– Ela é incrível – disse Ella. – Sinceramente, sinto que ela esperou a vida inteira para conhecê-la. Aos 19 anos, ela foi forçada a desistir de você, e acho que nunca se perdoou por isso.

– Você falou como meus pais eram fantásticos? Que eu tive uma infância maravilhosa?

Ella sorriu.

– Acho que você mesma pode lhe dizer isso – respondeu ela. – Amanhã de manhã eu a levarei para conhecê-la. Não consigo nem imaginar a reação dela quando descobrir que não só sua neta está na Grécia, mas também sua filha.

Sua mãe ficou em silêncio por um longo momento.

– Obrigada, Ella.

– Pelo quê?

– Por ser corajosa e ter descoberto o passado. Não costumo dizer isso, mas estou muito orgulhosa de você.

Nenhuma das duas falou nada por um instante.

– Não importa o que você escolha fazer da sua vida, sejam lá quais forem as decisões que tome, eu confio em você, Ella. Só lamento não ter dito isso antes.

– Obrigada – disse ela, a voz embargada pela emoção ao se inclinar na direção da mãe. – Eu precisava ouvir isso.

Sua mãe a abraçou, e elas ficaram agarradas como não faziam havia muito tempo.

31

No momento em que Alexandra abriu a porta, Ella soube que trazer sua mãe fora a decisão certa. Viajar todo aquele percurso, recusar-se a desistir das pistas e trazer a mãe para conhecer Alexandra foi um dos momentos mais especiais que já vivenciara.

Alexandra ficou em silêncio enquanto encarava a mãe de Ella. Seus dedos seguravam a porta com tanta força que Ella podia ver os nós ficarem brancos. As duas mulheres simplesmente se encararam, sem se mover, até que Ella quebrou o silêncio.

– Mamãe, eu gostaria que a senhora conhecesse Alexandra Konstantinidis – apresentou ela com uma voz suave. – Sua mãe biológica. Alexandra, esta é Madeline.

– Madeline – sussurrou Alexandra.

Ela deu um passo hesitante para a frente e ergueu uma das mãos trêmulas até o rosto da filha.

– Durante todos esses anos, imaginei como você seria.

Sua mãe ficou em silêncio, o queixo ligeiramente caído, como se quisesse falar, mas não conseguisse encontrar as palavras.

– Que tal tomarmos um café? – sugeriu Ella. – Vamos entrar?

Alexandra a olhou como se tivesse acabado de notar sua presença. Seu rosto estava pálido. Ella pegou seu braço, dando à mãe o que esperava ser um sorriso de incentivo. Então assentiu para que ela a seguisse.

– Todos esses anos – repetiu Alexandra.

Ela ainda estava em choque ao ver a filha que abandonara havia mais de cinquenta anos.

– Venha, sente-se aqui e eu vou preparar um café para nós – disse Ella. – Mamãe, sente-se aqui, perto de Alexandra.

– Seus olhos – sussurrou Alexandra, balançando a cabeça.

Ela voltou a olhar para Madeline, como se ainda não pudesse acreditar que a filha estava sentada à sua frente.

– Você piscou para mim antes de ser levada, como se me dissesse que tudo ficaria bem.

Quando percebeu que sua mãe ainda não encontrara as palavras certas, Ella decidiu intervir:

– E *ficou* tudo bem, não foi? – indagou ela, estimulando a mãe. – Meus avós eram maravilhosos. Criaram minha mãe com amor, e ela tem uma irmã que é alguns anos mais nova.

Sua mãe finalmente pigarreou.

– Desculpe, mas isso tudo é muito difícil de processar. De fato, meus pais eram pessoas extraordinárias. Eu não poderia ter desejado uma família melhor.

– Eu queria tanto encontrar você... – comentou Alexandra. – Deus sabe que chorei muitas noites até conseguir pegar no sono. Mas Hope não quis me dizer onde você estava, embora eu fosse lá todos os anos para lhe perguntar. Até pensei em invadir o escritório dela para ver se encontrava seus registros, mas ela já tinha falecido e a casa estava abandonada. Você deve ter sido um dos últimos bebês nascidos lá, porque a casa fechou menos de seis meses depois.

– Eu não fazia ideia de que você existia – murmurou a mãe. – É quase cruel pensar que, durante todos esses anos, você sofreu tanto e eu nem sabia de sua existência.

– Quero que saiba que não desisti de você por vontade própria – disse Alexandra, com lágrimas nos olhos ao se inclinar para a frente na cadeira. – Agora, quando olho para trás, sei que deveria ter lutado. Eu deveria ter sido mais corajosa.

O silêncio pairou entre elas por um momento.

– Não – disse Madeline. – Você fez a coisa certa. Eu fui criada por uma família que me amava e eu não mudaria isso por nada no mundo.

– Mamãe... – murmurou Ella, vendo como a expressão no rosto de Alexandra desmoronou.

– Não – interveio sua mãe, a voz mais firme, mais forte. – Fico muito grata por estar sentada aqui hoje e conhecer você, Alexandra, mas você precisa se perdoar e reconhecer que sua decisão foi a correta. – Sua voz então se suavizou: – Você fez o certo e só posso imaginar a coragem que isso exigiu.

– Eu tinha apenas 19 anos – sussurrou Alexandra.

Ella viu sua mãe se levantar e se sentar ao lado de Alexandra, pegando na mão dela.

– Você era apenas uma criança. Deve ter sido muito traumático.

– Perder você, ficar com você por tão pouco tempo e depois ter que desistir de você...

Alexandra chorou. Ella observou a mãe enxugar suas lágrimas, usando a ponta dos dedos para secá-las com delicadeza.

– Eu também sei o que é perder um filho. O meu faleceu quando tinha apenas 21 anos, e nunca me perdoei, embora em meu coração eu saiba que não havia nada que eu pudesse ter feito para evitar.

Ella engoliu em seco, também com lágrimas nos olhos, ouvindo a mãe falar. Nunca percebera que a mãe se culpava pela morte de Harrison, mas agora tudo fazia sentido. A maneira como ela mudara, tendo passado a viver num luto sem fim, desprovida de toda a alegria mesmo tantos anos após a morte do irmão.

– Então nós duas sabemos como permanecer vivas mesmo sucumbindo à dor de um coração partido – afirmou Alexandra.

– Sabemos. Mas temos a sorte de estarmos sentadas aqui hoje, juntas – disse Madeline. – Eu nunca esperei estar na Grécia, conhecendo minha mãe biológica. Por isso, gostaria de transformar o dia de hoje em uma comemoração.

– Concordo plenamente! – exclamou Ella, aliviada com a positividade da mãe. – Eu, por exemplo, estou muito feliz por ter outra avó. Ainda mais uma que tem uma casa nas ilhas gregas.

– Vamos tomar uma taça para comemorar? – perguntou Madeline. – Champanhe, talvez, em vez de café?

Alexandra se levantou e desapareceu por um bom tempo antes de voltar com algo enrolado na mão. Com certeza não era uma garrafa de champanhe. Ela se sentou na beirada do sofá, abrindo a palma da mão bem devagar.

– Minha tia, que me criou após a morte da minha mãe, me deu esses de presente – disse Alexandra. – Ela me disse, na véspera do meu aniversário de 18 anos, que eram relíquias de família especiais, legadas pela minha própria avó, e que deveriam permanecer em nossa família para sempre.

Ela sorriu.

– Esperei muito tempo para fazer isso. Posso?

Ella se adiantou, ofegando quando viu o tamanho dos solitários de diamante que Alexandra colocava delicadamente nas orelhas de sua mãe.

– São lindos – sussurrou Ella. – Muito lindos.

– Eu queria deixá-los na caixinha de pistas, mas Hope não permitiu. Ela falou que eu poderia precisar deles um dia, e eu sabia o que ela queria dizer. Que, se eu abandonasse meu pai e tivesse que me virar sozinha, talvez tivesse que vendê-los. Mas eu nunca poderia me desfazer deles, pois eram muito especiais.

– Alexandra? – chamou Madeline.

Ella observou a maneira gentil como ela tocava os lóbulos, roçando os diamantes com a ponta dos dedos.

– Ele era um bom homem? Meu pai?

Alexandra se sentou mais ereta, embora Ella achasse que essa pergunta poderia fazê-la vacilar. Olhou primeiro para Ella, depois para Madeline, então se levantou e foi até uma mesa no canto mais distante da sala. Voltou com duas fotografias emolduradas: uma de um jovem no palco, segurando um violoncelo, e a outra de um homem idoso com cabelos brancos e grossos, sentado na praia e rindo.

– Este era o seu pai, Madeline – disse Alexandra. – E seu avô, Ella.

Ella se inclinou para a frente e observou as fotografias, embora já as tivesse visto. Ouviu a respiração abrupta da mãe, viu como ela pegou a foto do homem mais velho, segurando-a perto do rosto ao estudá-la.

– Bernard foi o amor da minha vida – revelou Alexandra. – Eu o amei quando era jovem e o amei quando era idosa. Meus sentimentos por ele nunca mudaram, apesar dos anos que se passaram.

– Você teve muita sorte de reencontrá-lo – disse Ella. – Só lamento não ter recebido as pistas há um ano, para que pudéssemos conhecê-lo.

– Alexandra, Ella me disse que você e Bernard se reencontraram. Como, depois de todos aqueles anos separados, vocês conseguiram?

– Eu tinha viajado para Londres para assistir à orquestra, você acredita? Depois de todos aqueles anos me recusando a ir a uma apresentação ao vivo, decidi que já era hora de esquecer o passado e reencontrar meu amor pela música. Na plateia, é claro, como observadora.

– Então o reencontro com Bernard foi um acaso?

– O destino foi muito cruel conosco em nossa juventude, Ella, mas, naquela noite, foi quase como se o reencontro estivesse predestinado.

32

LONDRES, 2012

Alexandra estava no *foyer* do Royal Festival Hall e olhou em volta com admiração. Seu interior quase não havia mudado desde a primeira vez que estivera ali. Ou talvez tivesse se passado tanto tempo que ela simplesmente não se lembrava de sua aparência exata. Afinal, fora a véspera de seu aniversário de 18 anos – uma apresentação e uma noite que mudaram o curso de sua vida. Os vestidos cintilantes e os homens elegantes, as borbulhas de champanhe em sua língua, a expectativa ofegante da plateia até que a orquestra começasse a tocar. Tudo isso a inundou como se o tempo não tivesse passado. Se fechasse os olhos, ela realmente acreditava que veria o corpo jovem e esbelto que tinha na juventude, usando o vestido que ela e Belle foram comprar juntas todos aqueles anos atrás. Sua prima Belle estaria à sua esquerda, Will ao seu lado, a tia e o tio sorrindo e observando-os como se não pudessem estar mais orgulhosos de levá-los para sair à noite.

– Tia Alexandra?

Ela olhou para a sobrinha, demorando um pouco a perceber quem chamava seu nome. Felizmente, havia se reconectado com o lado materno da família depois que seu pai faleceu. Percebera como fora tola ao não recorrer a eles em seu momento de necessidade, ainda que não tivesse sido capaz de enxergar isso na época. Sua maior alegria foi se relacionar com os filhos e os netos de Belle. Jessica era a única neta, e Alexandra visitava Londres pelo menos uma vez por ano para vê-la.

– Desculpe, querida, de repente eu estava a um milhão de quilômetros de distância.

Jessica apenas sorriu e pegou seu braço.

– Está se sentindo bem?

– Muito bem – disse ela. – Só de estar aqui, depois de tanto tempo, faz com que todas as memórias voltem.

– Quantos anos?

– Décadas – respondeu ela. – Foi logo depois de nossa família ter sido exilada da Grécia.

Alexandra deu um tapinha na mão da sobrinha, sorrindo para ela.

– Naquela época, achávamos que a monarquia seria restaurada em poucos meses, que o exílio seria apenas temporário.

– É quase inimaginável que você tenha crescido na Grécia, tendo como amigos próximos os membros da família real!

Parecia mesmo absurdo. Alexandra se lembrou de sua infância, e era quase como se narrasse um conto de fadas em vez da vida real. Por um tempo, agarrou-se ferozmente às lembranças da mãe, com medo de deixá-la partir. Quase acreditava que um dia ela entraria pela porta e tudo teria sido um engano. Mas então, algo mudou em seu interior e ela concluiu que seria mais fácil esquecer, tentar fazer a dor desaparecer. E, por fim, isso aconteceu.

Alexandra olhou ao redor, suspirando ao lembrar que aquela era outra época. Não haveria risadas com seus primos nem sonhos com um rapaz que acabara de conhecer. Naquela noite, estava ali com sua sobrinha para ouvir a orquestra, e não para se lembrar do que acontecera um dia.

– Não acredito que já se passou um ano desde que você esteve em Londres – comentou Jessica.

Ela envolveu o braço da tia enquanto caminhavam lentamente, seguindo ao lado de todos os outros.

– Temos tanta coisa para fazer enquanto você estiver aqui... Vamos fazer compras amanhã?

Alexandra assentiu e pegou o programa que lhe foi entregue.

– Fazer compras me parece ótimo. Desde que você não esqueça que sou uma senhora idosa que precisa ser bem alimentada e hidratada.

Jessica riu.

– Pode deixar.

Elas estavam na fila. Alexandra tirou os óculos da bolsa e os colocou, dando uma olhada no programa.

– Tenho certeza de que será uma noite maravilhosa. Ouvi dizer que eles são simplesmente fabulosos.

Ela estava ouvindo a sobrinha falar enquanto avançavam na fila para mostrar os ingressos. Quando pararam outra vez, ela folheou o programa, até que congelou de repente. Seus olhos se mantiveram fixos em uma frase na parte inferior da última página, em um nome que quase a fez desmaiar: BERNARD GOLDMAN.

O coração de Alexandra começou a acelerar. Seu corpo tremia enquanto ela relia o nome várias vezes, como se pudesse ter cometido um erro.

– Alexandra?

Ela se agarrou ao corrimão da escada, deixou cair o programa e se atrapalhou ao pegá-lo, esbarrando em alguém atrás dela.

– Alexandra, o que há de errado? Você ficou muito pálida e...

– Eu, eu...

– Venha, vamos nos sentar, você não...

– Estou perfeitamente bem – disse ela, surpresa com a força repentina na própria voz. – Apenas vi um nome, alguém do meu passado, e isso me pegou de surpresa.

Jessica não parecia convencida, e o casal à frente delas se virara para ver se poderia oferecer ajuda.

– Tem certeza de que está bem? Se preferir se sentar ou...

– Pode me dar licença por um momento? – perguntou Alexandra. – Por favor, vá na frente e sente-se. Só preciso usar o banheiro e já volto.

Alexandra deu à sobrinha o que esperava ser um sorriso tranquilizador e atravessou a multidão até chegar ao balcão perto da porta da frente. Todos já haviam entrado, portanto não tinha fila. Ela foi direto falar com a mulher que estava sentada lá.

– Espero que você possa me ajudar – começou Alexandra.

– A senhora precisa de ajuda para encontrar seu assento?

– Receio que seja um pouco mais complicado do que isso – disse Alexandra, pegando o programa. – Eu ficaria muito grata se você pudesse me dizer como encontrar esse homem.

Ela apontou para o nome de Bernard.

– Sei que é um pedido estranho, mas...

A jovem a observava com um olhar desinteressado.

Perdi você uma vez, B. Não vou cometer o mesmo erro duas vezes.

– Vou ser sincera com você. Esse homem foi meu amante há muitos anos. Tivemos uma bebê quando não éramos casados e meu pai me obrigou a abandoná-la.

Alexandra respirou fundo, percebendo que a mulher subitamente se endireitara na cadeira, os olhos arregalados.

– Estamos separados há décadas e seria muito importante para mim se você me ajudasse a encontrá-lo, se pudesse nos reunir.

– Esse homem? – perguntou a mulher, tocando o nome de Bernard. – Esse homem era seu... – Ela hesitou, então baixou a voz: – *Amante?*

– Esta pode ser a única chance que tenho de encontrá-lo novamente – confessou Alexandra.

Lágrimas brotaram em seus olhos ao visualizá-lo diante dela, ao ouvi-lo sussurrar em seu ouvido e incentivá-la a tocar para ele e para o mundo.

– Me diga seu nome. Se eu puder, vou ajudar.

– Alexandra...

Ela hesitou, quase dizendo o nome de casada, mas se conteve rapidamente.

– Alexandra Konstantinidis.

A mulher pegou o rádio e olhou demoradamente para Alexandra. Depois apertou o botão e falou:

– Preciso de alguém para assumir a recepção.

– Alexandra!

Jessica apareceu ao seu lado, meio esbaforida, como se tivesse corrido de um lado para outro à procura da tia.

– O que está fazendo?

– Encontrando alguém do meu passado – respondeu ela.

A mulher que a estava ajudando desapareceu, deixando Alexandra agarrada ao programa. Esperava que a sobrinha não pensasse que ela ficara completamente louca. Ou que estivesse prestes a ser retirada do local pela segurança.

* * *

Todos os outros já haviam saído do *foyer* e tomado seus assentos havia algum tempo. Alexandra notou que Jessica estava começando a se remexer, impaciente com a demora.

– Por favor, vá se sentar, querida. Não quero que você perca o espetáculo.

Jessica lhe lançou um olhar pensativo.

– Existe a possibilidade de que tudo isso seja um grande mal-entendido? Que talvez...

Alexandra se afastou da sobrinha quando a mulher voltou com um homem ao seu lado. Ele tinha uma cabeça cheia de espessos cabelos brancos e uma barba bem aparada, e andava rápido, como se estivesse agitado. Mas, assim que a viu, assim que seus olhos se encontraram, ele parou.

Seu coração começou a bater forte e ela congelou, fitando-o, olhando para um homem que deveria ser um estranho para ela. Mas não era. Mesmo depois de todos aqueles anos, ele não era um estranho.

– Alexandra?

A voz de Bernard a arrepiou. Ela abriu a boca para dizer alguma coisa, *qualquer* coisa, mas se viu parada em silêncio.

– Alexandra! – repetiu ele, dessa vez em voz alta.

Ela começou a caminhar na direção dele, as mãos estendidas. Não conseguia ver mais nada, ouvir mais nada, apenas se concentrava no homem que vinha em sua direção.

– É você – disse ele, quando estavam a apenas alguns metros de distância. – É realmente você.

– Ah, Bernard, olhe para você... Olhe só para você!

Ele pegou as mãos dela, os dedos entrelaçados com firmeza enquanto encaravam um ao outro.

– Tão linda quanto da última vez que a vi – sussurrou ele. – Quantos anos se passaram?

– Quarenta anos – respondeu ela.

Soltou uma das mãos dele para tocar seu rosto.

– Já se passaram quatro décadas, Bernard. Uma vida inteira.

Ele a abraçou e ficaram parados ali, como se fossem as únicas pessoas naquele lugar, como se não estivessem no *foyer* do salão de concertos. Alexandra encostou a bochecha no ombro dele, inspirou o cheiro desconhecido de sua loção pós-barba, sentiu o corpo dele contra o dela. Lembrava-se de muitas coisas sobre Bernard, mas também percebia que se esquecera de muitas outras.

– Alex – disse ele, finalmente soltando-a e se afastando para olhá-la. – Depois de todo esse tempo, não consigo acreditar que você está aqui na minha frente.

– Você está... – começou ela, os olhos subitamente fixos na aliança de ouro no dedo dele.

– Fiquei viúvo – explicou ele gentilmente. – Há três anos.

Alexandra gostaria de não ter se sentido aliviada, mas foi o que aconteceu. Depois de todo aquele tempo, não conseguia se imaginar descobrindo que ele pertencia a outra mulher.

– Você me abandonou, Alex. Todos esses anos que se passaram... Você desapareceu e ninguém me contou nada, a não ser que seu pai tinha voltado para buscá-la. Mas eu nunca consegui aceitar isso. – Ele balançou a cabeça. – Mesmo depois de todo esse tempo, meu coração partido nunca se curou.

As lágrimas ficaram presas em seus cílios e ela fez o possível para afastá-las. É claro que ele estava com raiva. Sempre sentira que o coração dela é que fora partido, sem ter pensado em quanto aquilo tudo devia tê-lo magoado.

– Alexandra?

Jessica apareceu ao seu lado, lançando um olhar estranho para a tia.

– Este é um velho amigo seu, pelo que entendi?

Alexandra pegou a mão de Bernard, os olhos ainda fixos no rosto dele, e se perguntou como um homem ainda podia ser tão bonito depois de tanto tempo.

– Esse não é um amigo qualquer, Jessica. Este homem foi o amor da minha vida.

E, de alguma forma, ainda é.

– Bem, estou muito feliz que tenham conseguido se reencontrar, mas temo que perderemos a oportunidade de nos sentar.

– Sigam-me – pediu Bernard, acenando para que voltassem por onde ele viera. – Acontece que posso levá-las aos melhores lugares da casa.

Jessica olhou intrigada para os dois. Alexandra viu como ela observou sua mão na de Bernard, mas, graças a Deus, a sobrinha não falou nada. No entanto, quando chegaram à porta que dava acesso aos bastidores, Alexandra se virou e olhou para Bernard, esquecendo-se de tudo e de todos.

– Eu sei que é tarde demais, mas esperei uma vida inteira para dizer isso.

Prestes a conduzi-la, os olhos de Bernard estavam fixos nos dela, a mão levantada para tocar a parte inferior de suas costas.

– Eu o amo com todo o meu coração, Bernard. E sinto muito. Sinto muito por não ter lutado o suficiente por nós. Esse será para sempre o maior arrependimento da minha vida, mas, se você conseguir encontrar em seu coração uma oportunidade de me perdoar...

Uma lágrima escapou pelo canto do olho dele. Ela ergueu a mão para afastá-la, enxugando-a na ponta do dedo.

– Eu te perdoo – disse Bernard, inclinando-se para a frente e a beijando no rosto. – Você está aqui agora, e isso é tudo o que importa. Eu sempre quis perdoá-la, Alex, mas nunca tive a chance. Até agora.

O calor se espalhou dentro dela quando os lábios dele sussurraram contra sua pele, quando suas palavras se firmaram, quando o som da orquestra começou a se insinuar. Foram necessárias quatro décadas, durante as quais seu coração se partiu centenas de vezes. Mas, naquele lugar, depois de todo aquele tempo, ela encontrou o caminho de volta para o homem que amava. Só esperava que não fosse tarde demais.

– Sinto muito – sussurrou ela outra vez, engasgando com as lágrimas.

Bernard a colocou um pouco à sua frente, do lado de dentro da porta que dava para os bastidores. Os instrumentos de corda ganharam vida e a música os envolveu.

– Nunca mais vou deixá-la ir embora, Alexandra Konstantinidis – sussurrou ele em seu ouvido.

Bernard ainda segurava sua mão, transportando-a para a última vez que estiveram nos bastidores, quando ele murmurou palavras de incentivo para uma jovem assustada.

Ela se virou e procurou os olhos dele na escuridão quase total do espaço.

– Mesmo depois de todo esse tempo? – sussurrou ela.

– Mesmo depois de todo esse tempo.

De repente, Alexandra voltou a ter 18 anos e sua vida se estendia à sua frente. Cheia de sonhos e esperanças, e sem o coração partido do qual cuidara durante quase toda a sua vida adulta.

33

DIAS ATUAIS

—O que aconteceu depois daquela noite? – perguntou Ella. Estava sentada ao lado de Alexandra em um pequeno muro de pedra que ficava no meio do caminho entre a praia e a casa da avó. Elas decidiram fazer uma caminhada e Alexandra foi compartilhando com ela e Madeline a história de seu passado. Mas acabaram diminuindo o ritmo até parar por completo.

– Como vocês mantiveram contato?

Alexandra sorriu, o olhar distante.

– Nunca mais passamos uma noite separados.

– Então, depois de todos aqueles anos, vocês ficaram juntos como se nada tivesse acontecido?

– Não – disse Alexandra, virando-se para encará-la. – Não como se nada tivesse acontecido. Eu me sentia culpada por não ter lutado contra meu pai, por ter acreditado cegamente nele e deixado que controlasse minha vida. Bernard se sentia culpado por não ter me procurado, por não ter se esforçado para me encontrar quando voltou de viagem. Mas estávamos juntos, e determinados a recuperar o tempo perdido.

– Você já tinha voltado a Atenas quando ele retornou? Depois de ter me dado à luz? – perguntou Madeline.

– Não, eu ainda estava em Londres quando ele voltou. Estava na Hope's House com você, nossa filha.

– Vocês estavam na mesma cidade o tempo todo?

– Estávamos – disse Alexandra com um suspiro. – Mas agora tudo isso faz parte do passado. Às vezes, olho para trás e penso como fui ingênua, como poderia ter tomado uma decisão diferente e encontrado o caminho de volta para Bernard. Mas não era para ser.

Ella observou os turistas que passavam e olhou para o sol, que brilhava no mar ao longe. Perguntou-se como Alexandra conseguia falar com tanta calma sobre um acontecimento tão triste. No entanto, ali estava Ella, vivendo em uma época em que as mulheres supostamente podiam fazer de tudo, preocupada em agradar aos próprios pais e não decepcionar ninguém.

– Sinto muito – disse Ella em voz baixa. – Ninguém merece o tipo de sofrimento que você viveu.

Alexandra se virou para olhá-la – olhá-la de verdade –, e Ella inclinou o corpo para fitá-la. Sua mãe estava ao seu lado, e ela ouvia sua respiração ofegante. Sabia como devia ser difícil para ela ouvir a história do passado.

– Tive mais sorte do que a maioria, Ella. Me casei com um homem gentil, que nunca questionou por que eu não podia lhe dar meu coração. E, por fim, tive Bernard de novo.

Ela suspirou.

– Ficamos dez lindos anos juntos, e eu não trocaria aquela década por nada no mundo.

– Apesar de terem perdido tanto tempo?

Alexandra desviou o olhar outra vez.

– Quem sabe o que teria acontecido se eu tivesse corrido de volta para Bernard, grávida e sem dinheiro? Talvez eu estivesse certa o tempo todo, e ele acabasse se ressentindo da esposa e da filha aos quais estaria preso. Talvez nosso amor não tivesse sido o suficiente.

Mas talvez tivesse. Ella não conseguia deixar de pensar nessas palavras, que nunca diria a Alexandra.

– Alexandra, você voltou a tocar violino?

– Voltei – confessou ela, rindo baixinho como se fosse uma piada interna. – Bernard ficou muito irritado comigo quando eu disse que nunca mais tinha tocado depois que fui embora de Londres. Então comecei de novo. Mas só para ele. Minha música sempre foi tocada para uma plateia de uma só pessoa.

Ella gostaria de tê-la ouvido tocar. Talvez um dia tivesse coragem suficiente para lhe pedir. Por enquanto, era suficiente poder passar um tempo com ela, conhecer a mulher que tivera a sorte de encontrar.

– Vamos almoçar? – perguntou Alexandra. – Estou com vontade de comer mariscos com molho de vinho branco.

Ella se levantou e ofereceu o braço a Alexandra quando recomeçaram a caminhar, algo que ela já fazia com sua outra avó.

– Parece delicioso.

Ficaria na Grécia por pouco tempo e planejava aproveitar cada segundo na companhia da avó e da melhor comida que pudesse encontrar.

Depois, iria para casa pensar no que realmente queria da vida. Porque se havia uma coisa que a história de Alexandra lhe ensinara, era que Ella tinha que tomar suas próprias decisões sobre a vida e ter certeza de seguir seu coração quando precisasse. E sua mãe não lhe dissera na noite anterior que acreditaria nela independentemente das decisões que tomasse?

– Agora me diga: o que faz seu coração disparar, Ella? Qual é a sua grande paixão?

– Arte – respondeu ela, sem hesitar, sorrindo para a mãe ao pronunciar a palavra. – Sou... – Ela fez uma pausa, pensando na palavra. – Sou uma artista.

– Bem, quero ver um pouco da sua arte. Você tem alguma foto para me mostrar?

Ella balançou a cabeça.

– Não, mas estou trabalhando em uma nova obra desde que cheguei aqui na Grécia. Vou mostrá-la a você antes de ir embora.

– Você tem pintado? – perguntou sua mãe.

– Tenho.

Ou talvez eu possa lhe dar a pintura de presente?

– Eu gostaria muito de vê-la.

Mais uma semana. Mais uma semana de sol, podendo ser esta nova versão de mim, descobrindo meu passado. Ella só desejava passar mais tempo ali, porque Alexandra não queria nem pensar na neta voltando para casa, não ainda.

– E, me diga, você tem alguém especial?

– Ainda não tenho certeza se ele é minha pessoa especial – revelou Ella, sentindo a mãe ficar bem quieta ao seu lado. – Não nos conhecemos há muito tempo, mas espero que ele se torne esta pessoa. Eu adoraria que vocês o conhecessem um dia.

— Bem, tudo o que posso dizer é que, se ele fizer seus olhos brilharem e seu coração bater mais forte, se fizer você se sentir em casa, então não o deixe ir embora. Acredite em uma senhora idosa que cometeu muitos erros no amor.

Elas passeavam de braços dados, o vento quente soprando contra a pele, o sol ainda alto no céu, e se dirigiam para o aglomerado de restaurantes perto do mar. De repente, Ella sentiu uma saudade imensa do irmão. Envolveu os ombros da mãe com o braço e a pressionou de leve. Sentia-se grata pela jornada que a caixinha lhe proporcionara. Ella não apenas descobrira uma avó que não sabia que existia, mas também se aproximara de sua mãe de uma forma inédita desde que Harrison falecera.

Queria que você estivesse aqui, Harry. Toda aventura era melhor com você, e desta vez não teria sido diferente.

* * *

Duas horas depois, as três mulheres estavam sentadas na casa de Alexandra, as barrigas cheias da comida mais deliciosa que Ella já provara, as bochechas doloridas depois de tantos sorrisos e risadas. Mas agora que estavam de volta, cercadas por fotos de Bernard e Alexandra juntos, ainda havia uma parte da história que ela esperava ouvir. E quando sua mãe se levantou e pegou uma das fotos, olhando atentamente para o homem na imagem, soube que era o momento certo para perguntar.

— Alexandra, Bernard faleceu recentemente? — perguntou sua mãe, olhando para a fotografia.

— Sim. Não tivemos muito tempo depois do nosso reencontro. Parece que não estávamos destinados a ficar juntos por tantos anos, como se uma reviravolta cruel do destino também tivesse nos impedido mais tarde na vida.

Ella e sua mãe esperaram Alexandra enxugar os olhos, pegar uma das fotos, a de Bernard quando jovem, e sorrir para ela.

— Mas, depois do nosso reencontro, aproveitamos ao máximo cada momento. Não havia um único dia que ele não me dissesse que era o homem mais sortudo do mundo. Ele era um homem lindo e me tratava como toda mulher merece ser tratada.

— Ele sofria de alguma doença? — perguntou Ella.

Alexandra olhou pela janela, pigarreando.

— Meu Bernard tinha câncer. Quando descobriram, já tinha se espalhado por toda parte. Depois do diagnóstico, tivemos apenas alguns meses até o dia em que nos despedimos.

Ella se aproximou de Alexandra para poder abraçá-la. Olhou para a mãe e esperou que ela soubesse a coisa certa a dizer. Mas sua mãe ainda estudava a fotografia.

— Ele tem meus olhos — comentou Madeline de repente, arquejando. — Sinto como se estivesse olhando para mim mesma. Impressionante...

— É por isso que eu não conseguia parar de olhar para você antes de entregá-la para a adoção — disse Alexandra. — Porque era como se eu estivesse olhando para o meu Bernard.

— Alexandra, você poderia nos contar o que aconteceu no final? Você conseguiu ficar ao lado dele durante a doença?

Alexandra riu suavemente.

— Os médicos e as enfermeiras sabiam que não deviam tentar nos separar. Depois de todos aqueles anos longe, eu não saí do lado dele nem por uma noite.

— Você viveu uma verdadeira história de amor — declarou Ella.

— E sua mãe aqui é a prova de quanto nos amávamos — disse Alexandra. — Mesmo no final, quando ele estava pronto para dar o último suspiro, nós nos perguntávamos sobre você. Você nunca esteve longe de nossos pensamentos.

Ella observou a maneira como Alexandra estendeu a mão para tocar a mãe dela. Como se não conseguisse acreditar que a filha estava sentada à sua frente. Ela viu Alexandra afastar o cabelo de Madeline do rosto, passar a ponta dos dedos em sua bochecha e balançar a cabeça, surpresa. Era o momento mais bonito que já vivera.

— O que aconteceu com sua família, Alexandra? — perguntou Madeline.

O sorriso desapareceu dos lábios de Alexandra, como se uma sombra obscura tivesse se projetado sobre ela.

— Depois que me casei, nunca mais falei com meu pai. Nunca mais vi ninguém do lado dele da família, não depois que você foi adotada e eu voltei para a Grécia.

– E o lado de sua mãe?

– Eles são minha verdadeira família – disse ela com firmeza. – Me acolheram depois que minha mãe morreu e me amaram como meu pai nunca conseguiu. Mas eu tinha tanta vergonha do que tinha acontecido que nunca lhes contei sobre a minha bebê, sobre *você*.

Alexandra apontou para Madeline.

– Quando penso no passado, sei que eu deveria ter contado. Eles saberiam o que fazer e teriam se importado comigo. Mas na época eu era tão jovem e estava tão assustada que meu pai me fez acreditar que eu tinha envergonhado minha família e que era meu dever restaurar nossa riqueza com um bom casamento. Como se eu tivesse algo de que me arrepender. Na verdade, acho que ele só queria recuperar sua posição na sociedade, e essa era a única maneira que ele via de fazer isso.

– Eu gostaria de ter conhecido Bernard, meu pai – lamentou Madeline. – Não consigo acreditar que ele já tenha partido.

– Quero que saiba que seu pai foi amado e adorado até o último suspiro. Estive com ele até o fim.

Ella não conseguiu tirar os olhos de Alexandra ao ver seu rosto se animar enquanto ela falava do homem que amava com todo o coração.

34

ATENAS, 2022

Alexandra tocou suavemente a bochecha de Bernard com a palma da mão. Ainda sentia a pele macia sob a ponta de seus dedos, mas era um tipo diferente de maciez, com linhas suaves que a enrugavam de leve. A mão dele repousava na parte inferior das costas dela. Enquanto a música tocava, eles giravam suavemente pelo quarto, os pés mal se movendo.

– Antigamente, teríamos sido leves como elfos – sussurrou ele em seu ouvido.

Alexandra riu. Recostou-se nos braços dele e olhou em seus olhos. A maneira como ele a fitava era tão apaixonante quanto na primeira vez em que dançaram, cinquenta anos antes.

– Você se lembra quando nos conhecemos?

– Em seu aniversário de 18 anos – respondeu ele. – Como eu poderia esquecer?

Alexandra sorriu mais uma vez e se aproximou para encostar a bochecha na dele. No lado esquerdo do rosto de Bernard, havia um tubo de oxigênio que os lembrava a todo instante que aquilo que compartilhavam estava chegando ao fim. Que depois de tantos anos sem a companhia um do outro, o tempo deles estava contado.

Mas Alexandra não queria pensar nos anos que não passaram juntos. Queria aproveitar cada momento com Bernard. O homem que lhe dissera que todos os sonhos dela eram possíveis, que ela era capaz de ser a maior musicista do mundo, que bastava acreditar em si mesma. Às vezes, ela tentava se lembrar da sensação de ter sido tão jovem e inocente, de realmente ter acreditado que *tudo* era possível. Mas, naqueles momentos, só conseguia se lembrar de Bernard e da maneira como ele a fazia se sentir.

Os movimentos de Bernard ficaram ainda mais lentos, e ela percebeu que ele estava cansado. Alexandra o segurou nos braços com mais firmeza e o conduziu com cuidado até a cama. As enfermeiras foram muito gentis com eles, deixando-a ficar ao seu lado a qualquer hora do dia e da noite. Também não pestanejaram quando ela chegava com uma pilha de músicas para tocar todas as canções antigas favoritas dele. Provavelmente deram risada dos dois idosos arrastando os pés no quarto do hospital, mas, graças a Deus, nunca tentaram interrompê-los ou dizer a Alexandra para deixá-lo na cama. Também nunca lhe disseram que não se incomodasse quando ela chegava com as refeições favoritas dele todas as noites, embora ele mal conseguisse engolir mais do que uma ou duas colheradas.

O câncer devastara o corpo dele, mas ela estava determinada a lembrá-lo de todas as coisas que ele amava, de todas as coisas que amaram juntos. Ela ainda tinha muito a compensar. Bernard era um homem velho que parecia ainda mais velho por causa da doença. Naquele momento, um homem velho tão perto do fim que ninguém teria coragem de restringir o pouco tempo que lhes restava.

Alexandra ajudou Bernard a se deitar, empilhando os travesseiros atrás dele para que se sentisse confortável. Mas, quando começou a se afastar, os dedos dele se fecharam ao redor de seu pulso, ainda firmes apesar de sua fragilidade. Foi a maneira como ele a encarou que a lembrou do homem que Bernard ainda era: seus olhos brilhavam quando encontravam os dela.

– Não vá – sussurrou ele.

– Não vou. Você se lembra do que eu disse, B? Nunca mais vou deixá-lo. Você nunca ficará neste quarto sozinho, prometo.

Ele sorriu e relaxou nos travesseiros, fechando os olhos. Ela estendeu a mão para acariciar o rosto dele. Com ternura, passou a ponta dos dedos sobre as bochechas e desceu pelo ombro, inclinando-se para beijar a testa dele. Seus lábios se demoraram, sem querer se afastar, mesmo quando as lágrimas escorreram pelas bochechas e molharam o rosto dele.

Tantos anos lhes foram tirados. *Roubados de nós*. Mas ninguém poderia lhes subtrair esse tempo. Ninguém poderia roubar esses últimos momentos juntos. Cada segundo era precioso, e ambos sabiam disso. Era por esse motivo que nunca sairia do lado dele.

Alexandra viu como a boca dele estava seca e pegou um cubo de gelo, encostando-o delicadamente nela e observando seus lábios se abrirem. Teria feito qualquer coisa por ele, *qualquer coisa* para aliviar sua dor, para atenuar um pouco do que ele sentia.

– Toque para mim – murmurou Bernard, quase inaudível.

Alexandra colocou o que restava do cubo de gelo de volta no copo ao lado da cama. Então, se levantou e foi até seu estojo, que estava do outro lado, pegando o violino e o arco. Os olhos de Bernard ainda estavam fechados, mas ela sabia que ele ouviria atentamente enquanto ela tocasse. Estava feliz por ele não poder ver a dor no rosto dela ao tocar para ele. Como a machucava fazer a única coisa que ela sempre fizera por ele. Lembrar como era tocar somente para Bernard quando ambos eram jovens e tão cheios de sonhos. Quando tudo parecia possível.

Alexandra piscou para afastar as lágrimas. Ergueu o arco, posicionando o instrumento entre o queixo e o ombro, e respirou fundo antes de começar a peça. Ela tocou o que sempre tocava: a música que ensaiara com Bernard tantos anos antes, quando se apresentou com as palavras de incentivo dele ressoando em seus ouvidos. A música que ela não conseguia ouvir nem uma única vez sem pensar nele durante todo aquele tempo em que estiveram separados, mas da qual se lembrava todas as noites até finalmente se reencontrarem.

Quando ergueu o olhar, viu que um grupo de enfermeiras se reunira na porta. Todas tinham os olhos marejados, observando silenciosamente enquanto Alexandra tocava a música até o fim. Seu coração doía a cada movimento, mas ela não parou. Quando terminou, passou para outra música que ele amava, e depois outra, como se estivesse em um palco com uma coleção de músicas para tocar. Porque às vezes era mais fácil se perder na música. Foi isso que sua tia lhe ensinou: tocar quando o coração estiver mais machucado, para se distrair da vida ao menos por um momento.

Alexandra finalmente terminou, o braço dolorido por ter segurado o violino por tanto tempo, sem prática depois de tantos anos sem tocar. Ela fechou os olhos e deixou a respiração se esvair. A dor de cuidar de Bernard, a raiva pelo tempo que perderam, o desejo desesperado de que houvesse algo que ela pudesse fazer para aliviar o sofrimento dele – tudo isso a invadiu quando ela afastou o arco da ponta dos dedos. Porque a sala de repente ficou vazia.

Quando Alexandra olhou para Bernard, seu coração fraquejou, pois ela sabia. Ele havia partido. O amor de sua vida deixara o mundo ouvindo as composições que mais amava, a música que era tão especial para ele quanto para ela. Conseguia sentir que ele não estava mais ali, que fora levado para sempre desta vez.

Alexandra se aproximou de Bernard, colocando o violino ao lado dele na cama. Abaixou-se sobre o corpo dele, encostando a bochecha em seu peito. Uma mão tocou suas costas com suavidade, reconfortando-a, mas ela não se virou. Ainda não estava pronta para admitir, nem mesmo para as enfermeiras, que ele se fora. Suas lágrimas molharam a parte da frente da camisa de Bernard, deixando-o úmido, e seus dedos se enroscaram na mão dele. Ela desejou ter tido mais tempo: mais uma hora, mais um dia, mais uma semana com o homem que amava.

Todos os anos que perderam, todas as décadas em que poderia ter tido Bernard em seus braços, as lembranças que poderiam ter criado juntos. *Os filhos que poderíamos ter tido. O amor que poderíamos ter compartilhado. O mundo que poderíamos ter explorado.*

Porém, no fim, não foram os anos perdidos, mas as lembranças do tempo que compartilharam que a envolveram naquele momento, como o abraço caloroso do seu amado. O dia em que ela reviu Bernard depois de décadas separados – quando encontrou o olhar dele e se reuniu ao homem que amou a vida inteira – foi quando sua vida realmente começou de novo.

E essas lembranças ela guardaria até o último suspiro.

Meu querido B, meu coração, minha alma. Eu só queria que tivéssemos tido mais tempo.

Só queria que tivéssemos tido mais tempo para procurar a filha da qual eu nunca deveria ter desistido. Eu deveria ter sido corajosa o suficiente para mantê-la, corajosa o suficiente para contar a você, corajosa o suficiente para contar ao mundo.

Alexandra teria que conviver com esse arrependimento pelo resto da vida, imaginando o que teria acontecido com sua linda garotinha de olhos tão vivos quanto os do pai, e que roubou seu coração no curto período em que a tivera nos braços.

Sempre se perguntaria se um dia a filha viria procurá-la, para que ela pudesse lhe contar como seu pai era uma bela alma. Um homem que pegara sua mão quando Alexandra era apenas uma garota de 18 anos e prometera nunca mais soltá-la. Que ficara nos bastidores e lhe dissera para ser corajosa. Que teria ficado ao seu lado quando estava sozinha e grávida, se ao menos ela tivesse lhe dado essa chance.

35

DIAS ATUAIS

Ella caminhou pela praia descalça, as sandálias penduradas na ponta dos dedos. Sua mãe estava de volta à casa, arrumando as malas – ela conseguira lugar no mesmo voo –, mas Ella nem conseguia pensar em retornar para Londres. A Grécia a mudara de uma forma que jamais poderia ter imaginado. Chegara de férias com uma ideia do que queria fazer, com sonhos de pintar e preencher seu tempo livre tentando entender as pistas da caixinha. Mas esse tempo significara muito mais do que férias.

Ela ganhou uma avó, o que por si só já era quase impossível de acreditar, mas também começou a entender a si mesma e o que realmente queria da vida. Sentia-se revigorada para voltar a trabalhar na galeria. Com o afastamento, percebeu que adorava seu trabalho, mas não queria mais que ele representasse toda a sua identidade. Queria pintar e reencontrar seu lado criativo, queria ter tempo para ser ela mesma e se apaixonar, para ver o que poderia acontecer entre ela e Gabriel. De repente, não conseguia mais imaginar sua vida sem ele.

Ella ainda não tinha certeza se ele era o seu Bernard, mas queria dedicar um tempo para cultivar o relacionamento deles e ver se Gabriel poderia ser para ela o que Bernard fora para Alexandra.

Parou de andar e tirou a caixinha de madeira do bolso, abaixando-se e colocando um pouco de areia e algumas pedrinhas nela. Alexandra ficara com a partitura e a foto. Ambas lhe foram devolvidas no dia em que a conheceu. Mas Ella não se sentia pronta para se desfazer da caixa. Sem ela, nunca teria vindo para a Grécia, e queria guardar um pedacinho de Escópelos consigo em casa. Colocaria a caixinha em um lugar de destaque para que pudesse sempre olhar para ela e sorrir, lembrando-se dos dias passados na bela ilha.

Ella passou o polegar sobre a caixa uma última vez, depois guardou-a no bolso, sabendo que era hora de fazer uma última coisa antes de voltar para casa. Gabriel partiria em turnê no dia seguinte, e ela não queria perder a chance de lhe desejar boa sorte.

O telefone tocou pelo menos oito vezes antes de cair no correio de voz. Embora hesitante e pensando em desligar, Ella apertou o telefone com mais força, olhando para o mar azul e cintilante que se estendia diante dela.

– Gabe, sou eu. Falei para mim mesma que liguei para lhe desejar uma ótima turnê, mas, para ser sincera, estou ligando porque queria ouvir sua voz. Talvez eu esteja louca, talvez seja por ter ouvido falar de Bernard e Alexandra e ter me empolgado com a história deles, mas já sinto sua falta. De qualquer forma, sou eu e queria dizer que, quando você voltar, mal posso esperar para vê-lo.

Ela hesitou antes de se forçar a pronunciar as palavras:

– Porque acho que eu te amo.

Ella riu de si mesma quando finalmente encerrou a ligação. Estava morrendo de vergonha, mas também feliz por ter sido verdadeira. Alexandra teria ficado orgulhosa dela, tinha certeza disso.

Enquanto voltava pela praia, passando por fileiras de guarda-sóis e espreguiçadeiras que foram abandonadas agora que o sol estava se pondo, Ella sentiu o telefone vibrar. Olhou para a tela e viu que era Gabriel.

– Então você acha que eu sou o seu Bernard?

Ella começou a rir.

– Queria muito não ter te deixado aquela mensagem.

– Ella, estou no aeroporto, acabamos de embarcar, mas ouvi seu recado assim que...

– Senhor, por favor, desligue seu celular – Ella ouviu o comissário de bordo repreendendo Gabriel ao fundo.

– Também sinto sua falta – disse ele rapidamente. – Prometo que vou ligar, mas, se eu não for agora, serei retirado do voo. Também te amo.

A linha ficou muda, mas Ella não se importou. Sorriu para si mesma ao atravessar o pitoresco caminho de pedra que ela sabia que sentiria falta de subir todos os dias, descalça e com as sandálias nos dedos. Ouvia o som de risadas ao longe e o tilintar de copos – turistas comemorando suas férias no paraíso ou moradores locais felizes por compartilharem uma refeição juntos.

Sua mãe abriu a porta quando ela chegou, como se estivesse esperando por ela.

– Que sorriso lindo e grande.
– Acho que encontrei meu Bernard – confessou ela.
– Bem, mal posso esperar para conhecê-lo. Onde ele está?

Sua mãe olhou para a porta, como se esperasse que ele viesse atrás dela.

– Ele está em Londres. Na verdade, está em um avião.

Ella chiou.

– É uma longa história.
– Vamos jantar mais uma vez à beira-mar e você poderá me contar tudo.

Ella parou e observou a vista, o cavalete de madeira que deixara do lado de fora, na esperança de que alguém o descobrisse, o mar azul sem fim que se estendia até onde a vista alcançava. Sentia que a Grécia agora fazia parte de sua alma, e sabia que voltaria, não importava o que acontecesse.

– Jantar parece maravilhoso. Vamos lá.

Elas fecharam a porta atrás de si e voltaram a descer a trilha de braços dados, desfrutando do ar ameno da noite. Ella guardou na memória a maneira como Escópelos a fazia se sentir. Depois de anos sem saber o que pintar, tinha agora um caderno cheio de inspirações. Assim como Alexandra fora a musa de Bernard, a Grécia se tornara a sua.

EPÍLOGO

UM ANO DEPOIS

—E lla. Alexandra abriu os braços e recebeu a neta em sua casa. Em parte, Ella queria ter alugado a mesma casa em que se hospedara da última vez, imaginando passar dias pintando no pátio e caminhando até o pequeno restaurante que rapidamente passou a adorar. Mas, quando Alexandra ligou e os convidou para visitar a cidade durante o verão, ela soube que não haveria outro lugar para ficar a não ser na casa dela. Era incrível ter uma nova avó, e Ella pretendia aproveitar ao máximo enquanto pudesse.

– É tão bom ver você de novo – disse Ella, segurando Alex nos braços por mais um instante antes de soltá-la. – Não acredito que já se passaram vários meses desde a última vez em que estivemos juntas.

– É mesmo maravilhoso vê-la novamente – concordou Alexandra. – Quem diria que minha casa estaria repleta de familiares depois de eu ter ficado tanto tempo sozinha?

Ella se afastou e Gabriel abraçou Alexandra e beijou sua bochecha.

– Graças a Deus você trouxe esse homem maravilhoso – comentou Alex, suspirando. – Leve essas malas lá para cima e depois desça e me conte tudo sobre a orquestra. Estou morrendo de curiosidade.

– Sua casa é tão bonita, Alex – elogiou Ella, entrelaçando os braços das duas. – Quase me esqueci de como é maravilhosa, de como a Grécia é deslumbrante.

– Desde o momento em que deixei a Grécia, ainda menina, prometi voltar um dia – disse Alex enquanto caminhavam lentamente até a sala de estar com vista para o mar. – Eu amava Londres, mas, quando não pude mais estar com Bernard, soube que a Grécia era o único país que poderia me fazer feliz de verdade. Era como uma forte intuição que me fazia ansiar pela volta.

– Você nunca me falou sobre seu marido, Alex. Você voltou para a Grécia para se casar com ele, não foi?

– Voltei.

Ela sorriu para a avó.

– Ele era um homem bom? Era gentil com você?

– Era, sim – confirmou Alex, sentando-se e fazendo um gesto para que Ella fizesse o mesmo. – Era generoso e compreensivo. Um bom marido, apesar de nunca termos nos apaixonado. Na noite anterior ao nosso casamento, eu pretendia dizer a ele que não conseguiria seguir em frente, que decidiria sozinha com quem me casaria, mas no final chegamos a um acordo e nos casamos.

– Você chegou a contar a ele sobre o Bernard?

– Ah, Ella, é claro que sim. Era óbvio que meu coração já tinha sido conquistado, e ele era um viúvo ainda apaixonado por sua falecida esposa. – Ela suspirou. – De certa forma, éramos o casal perfeito. Ambos precisávamos desesperadamente de companhia, mas não tínhamos que fingir estar apaixonados um pelo outro. E, sem ele, eu nunca teria o que tenho agora. Ele me devolveu meu estilo de vida e os pertences que meu pai esbanjara. Até mesmo as joias de minha mãe que foram vendidas para pagar as dívidas de meu pai. Ele encontrou tudo e comprou de volta para mim, assim como esta casa. Tinha sido um presente da própria rainha para minha mãe, mas nem mesmo isso impediu meu pai de se desfazer dela. Devo muito ao meu marido, mesmo que ele não tenha sido o amor da minha vida.

Alexandra sorriu.

– Ele até me convenceu a voltar a ler, depois de eu ter passado anos sem pegar em um livro. Mas essa é uma história para outro dia.

– Alex, você lamenta alguma coisa? Às vezes se pergunta o que teria acontecido se seu pai não tivesse voltado para buscá-la?

– Sou uma senhora idosa, Ella, o que significa que tenho todo o tempo do mundo para imaginar o que poderia ter acontecido.

Alexandra desviou o olhar, como se estivesse perdida nos próprios pensamentos.

– A verdade é que nunca saberei. Talvez Bernard e eu tivéssemos uma vida inteira juntos, mas talvez ele não tivesse sido o mesmo homem. Ele viajou pelo mundo com a orquestra, pôde viver seu sonho. Se eu o tivesse encontrado, talvez não fosse o homem por quem me apaixonei duas vezes.

Ella não falou nada, inclinando-se para Gabriel, que se sentara no braço do sofá ao lado dela. Não passaram uma única noite separados desde que ele voltara da turnê. Ella ainda tinha que se beliscar quando pensava em como se conheceram, em como tudo em sua vida mudara desde o dia em que recebeu aquela caixinha de pistas.

– Talvez, se eu não tivesse engravidado, teríamos feito uma turnê mundial juntos e nos tornado grandes músicos. Mas não era para ser... E se eu não tivesse engravidado, não teria uma linda filha e uma linda neta com quem compartilhar a próxima semana, não é?

Elas ficaram sentadas em silêncio por um momento. Então, Gabriel se levantou e estendeu a mão primeiro para Ella e depois para Alexandra. Ella não deixou de perceber a sorte que tinha. Não precisava escolher entre a maternidade e a carreira, mas a vida da avó mudara por causa da gravidez.

– Senhoras, acho que está na hora de irmos almoçar – sugeriu Gabriel. – Estou pronto para saborear a melhor comida que a ilha tem a oferecer.

– Prometa a esta senhora que você tocará quando chegarmos em casa, está bem? – pediu Alexandra.

– Eu vou tocar *com* você – disse Gabriel, piscando para Ella por cima da cabeça de Alexandra. – Essa é a minha única condição.

– Meu Bernard teria adorado você – comentou Alexandra com um suspiro. – Não pego no violino desde o dia em que ele morreu, mas seria uma honra tocar ao seu lado.

Ella não conseguia se lembrar de uma época em que estivesse tão contente. Talvez o último verão com o irmão tivesse sido a última vez que se sentiu feliz com tanta facilidade, sem esforço. Chegara perto disso no ano anterior, mas algo naquele dia parecia diferente.

– Agora me conte tudo sobre o bebê – pediu Alexandra.

Eles saíram de casa e começaram a andar lentamente pelo caminho de paralelepípedos que ligava todas as casas. Naquele ritmo, levariam talvez quinze minutos para chegar ao restaurante, mas Ella poderia caminhar o dia todo, pois estava muito agradável.

– Já sabem o sexo?

Ela olhou de relance para Gabriel. Eles sabiam, mas prometeram manter segredo. Ele lhe deu um sorriso e assentiu, fazendo um movimento com a boca: *Conte a ela*.

Ella respirou fundo.

– Você é a primeira pessoa a quem contamos. Vamos ter uma menina.

– Uma menina?

Os olhos de Alexandra estavam marejados quando ela parou no meio do caminho. Ela estendeu a mão para tocar a barriga de Ella, hesitando a princípio, como se pedisse permissão. Ella se aproximou, colocando sua mão sobre a de Alexandra.

– Uma linda garotinha – disse Alexandra, olhando nos olhos da neta. – Que bênção maravilhosa. Vou gostar muito de ter uma bisneta.

– Na verdade, queríamos lhe perguntar uma coisa – disse Ella, quando recomeçaram a caminhar devagar.

– Íamos esperar até depois do almoço – disse Gabriel –, quando todos estivessem juntos, mas...

– Gostaríamos da sua bênção para nos casarmos aqui na Grécia – interrompeu Ella. – Gostaríamos muito de nos casar na ilha e comemorar na sua casa depois.

Alexandra parou de novo, olhando para os dois.

– Um bebê e um casamento? Santa Maria! – exclamou ela, jogando os braços finos para o alto. – Como pude ter tanta sorte?

Ella se abaixou para beijar sua bochecha, desejando que Alexandra soubesse quanto se sentiam afortunados por tê-la encontrado. Descobrir uma avó que ela não sabia que existia e poder conviver com ela assim era quase impossível de acreditar.

Quase tão impossível, pensou ela ao olhar para Gabriel, quanto o fato de que logo se casaria ou de que acabara de fazer sua primeira exposição na galeria. Vendera todas as peças de sua coleção inspirada na Grécia, com exceção de uma.

Ella soprou um beijo para Gabe quando ele olhou para ela, e ele apenas balançou a cabeça e riu. Seria um feriado inesquecível. Um casamento e férias antes de a bebê chegar, tudo num só lugar. Sua vida mudara da maneira mais inesperada, e ela estava adorando cada segundo.

* * *

Seis dias depois, Ella se esticou ao sol, deleitando-se com o calor em sua pele. Havia algo na praia da Grécia que combinava com ela. Sabia que dali em diante seu destino de férias perfeito seria aquele: o lugar com o qual sentia uma conexão no fundo da alma. Também parecia ser o lugar que inspirava o melhor em seu trabalho, o que lhe dava uma boa desculpa para voltar a cada verão. Lembraria Gabriel disso se ele tentasse convencê-la a viajar para outro lugar.

Tocou a barriga arredondada com a palma da mão, sorrindo ao pensar nas férias que poderiam ter com sua filha quando ela viesse ao mundo. Seria muito bom compartilhar as ilhas gregas com uma filha dando passinhos cambaleantes atrás deles. Seu celular tocou e Ella se virou, pegando-o. Segurou-o para tentar enxergar a tela sob a luz do sol, sorrindo quando viu que era Mia.

Depois de tomarem café juntas, ela fez questão de manter contato e informá-la sobre o andamento de suas buscas, animada ao contar como as pistas a levaram até Alexandra. Mia parecia ter adorado as notícias. Ella esperava que isso ajudasse a tranquilizar Mia de que ela fizera a coisa certa ao restituir as caixinhas às suas respectivas famílias.

Como está a Grécia?

Antes de responder, Ella espiou por cima dos óculos escuros e olhou para o mar por um momento. Se ao menos pudesse descrever a beleza das ilhas... Seria impossível lhes fazer justiça.

É incrível. Não há nenhum lugar no mundo onde eu preferiria estar.

Ela mudou de posição e esperou a resposta de Mia, remexendo-se para que seu tronco ficasse mais protegido pelo guarda-sol. Suas pernas, por outro lado, continuavam aquecidas. As duas se tornaram grandes amigas no último ano, ligadas pelo passado, mas também descobrindo semelhanças em muitos aspectos. Na semana anterior, Mia jantou em sua casa e foi uma das poucas amigas que Ella convidou para sua exposição na galeria.

Acabei de receber notícias das empreiteiras que estão demolindo a Hope's House.

Ella sentiu o coração disparar ao ver as bolinhas aparecerem na tela, e ficou aguardando a mensagem seguinte. Que notícias eles poderiam ter dado a Mia?

Eles encontraram uma caixa com coisas que eu não vi, escondida no sótão. Havia papéis e outras coisas que ainda não fazem sentido para mim, mas também encontrei o diário de Hope. Estava escondido entre as coisas na caixa.

Ella não deveria estar tão curiosa agora que a questão da avó fora solucionada tão claramente, mas toda a história da Hope's House a fascinava. Estaria mentindo se dissesse que não gostaria de saber mais. Na verdade, encontrar Alexandra a deixou ainda mais curiosa sobre o passado, e ela também sentia uma profunda conexão com Mia.

Descobriu algo interessante? Já leu o diário?

– Ella, venha, vamos nos atrasar para o almoço! – gritou Gabriel da praia, à distância.
Ela acenou para ele, mas continuou olhando para a tela, esperando a resposta de Mia.

Acho que sua avó foi a última mulher a dar à luz na casa, e acho que a própria Hope pode ter sido adotada. Talvez por isso ela tenha feito tanto pelos bebês nascidos de gestações indesejadas. E tem mais.

– Ella, o que está fazendo? Sua mãe e Kate estão esperando.
Gabriel apareceu ao seu lado, bloqueando o sol ao se erguer acima dela.

– Só preciso ler mais essa mensagem – disse ela, sorrindo para ele e tocando seu braço. – Você pode colocar o livro e a toalha na minha bolsa? Não vou demorar muito.

Ela menciona que nunca entendeu o que lhe fora deixado. Que decidiu guardar as coisas por segurança. Isso me faz pensar que talvez houvesse pistas na caixinha com o nome dela, mas é possível que ela as tenha retirado e nunca se dera ao trabalho de devolvê-las.

– Ella?

Há também outra neta que me pediu ajuda. Eu estava pensando que nós duas poderíamos conhecê-la. Seu nome é Jessica. Acho que é a mulher que saiu da reunião no escritório do advogado naquele dia. A que pareceu não estar interessada nas pistas.

Ella se levantou e enfiou o celular no bolso da bermuda, ainda pensando na última mensagem de Mia. Segurou a mão de Gabriel e voltou pela praia ao lado dele. Responderia direito mais tarde, mas sabia, sem sombra de dúvida, que aceitaria ajudar a outra neta que recebera uma caixa. Como poderia não fazê-lo, depois que isso mudara sua vida?

– É do trabalho? – perguntou ele. – Você sabe que a galeria pode sobreviver sem você, não sabe?

Ella sorriu para ele e ficou na ponta dos pés para dar um beijo em sua bochecha.

– Não, era Mia.

Gabriel chiou.

– Ah, não, não me diga que há outro membro da família perdido e que teremos que procurá-lo! Acho que meu cérebro não aguentaria decifrar mais nenhuma pista.

Ella riu e se aconchegou mais ao lado dele.

– Não, mas acho que talvez haja um na família dela. Parece que Mia tem seu próprio mistério familiar. E, quando voltarmos a Londres, tem uma outra mulher...

– Vamos, todos estão esperando para ver os recém-casados – disse Gabe.

– Podemos conversar sobre isso mais tarde, porque sei que não conseguirei impedi-la de tocar no assunto quando chegarmos em casa.

Ella sorriu para ele, e Gabriel a beijou, os lábios roçando os dela quando pararam em frente ao restaurante. As mãos dele envolveram a cintura dela enquanto ela o beijava de volta.

– Acho melhor entrarmos – murmurou ele.

Gabriel a virou lentamente para que ela pudesse ver sua família acenando, sentada a uma mesa dentro do restaurante.

Ella acenou de volta. Contaria tudo a Gabe em outra ocasião. Por ora, aproveitaria a tarde com seus familiares e amigos queridos.

Ella levou uma das mãos à barriga quando Gabriel puxou uma cadeira para ela. Alexandra sorriu para ele do outro lado da mesa.

Talvez naquela noite ela ligasse para Mia, pois podia lhe dar alguns conselhos de como encontrar as pistas que foram deixadas para ela. Afinal de contas, sem Mia, não teria nada disso.

Ajudá-la é o mínimo que posso fazer.

AGRADECIMENTOS

Em romances anteriores, geralmente começo dizendo que preciso agradecer a um grupo muito pequeno de pessoas. Mas, quando se trata da série As Filhas Perdidas, na verdade tenho uma lista bem extensa! Como sempre, gostaria de agradecer à editora Laura Deacon, por ter se arriscado nessa série quando lhe apresentei a ideia pela primeira vez. Laura, tem sido um grande prazer trabalhar com você! Não consigo acreditar que já publicamos o terceiro livro. Parece que ontem mesmo estávamos conversando sobre a ideia da série, e aqui estamos nós com três livros publicados.

Gostaria de agradecer a toda a equipe da Bookouture pelo apoio, com menção especial a Peta Nightingale, Ruth Tross, Jess Readett, Saidah Graham, Melanie Price, Noelle Holten, Kim Nash, e à extraordinária preparadora de texto Jenny Page. Mas meu grande agradecimento vai para Richard King, que é o diretor do departamento de direitos autorais da Bookouture. Richard é a razão pela qual esta série está disponível em tantos idiomas ao redor do mundo. Serei eternamente grata a ele por lançar meus livros com tanta paixão. Muito obrigada, Richard. Gostaria de poder expressar quanto sou grata por tê-lo ao meu lado, e espero que este seja apenas o começo do que já se provou ser um relacionamento muito bem-sucedido. No momento em que escrevo estes agradecimentos, a série As Filhas Perdidas está sendo traduzida para 21 idiomas. Um agradecimento especial também a Saidah, pelos mercados para os quais ela vendeu os livros!

Também preciso fazer uma menção especial e agradecer aos outros editores e editoras que publicam a série As Filhas Perdidas em todo o mundo. Obrigada à Hachette; ao meu editor do Reino Unido, Callum Kenny, da Little, Brown (selo Sphere); à minha equipe da Hachette da Nova Zelândia, com menção especial a Alison Shucksmith, Suzy Maddox e Tania Mackenzie-Cooke; à editora dos Estados Unidos, Kirsiah Depp, da Grand Central; à editora holandesa Neeltje Smitskamp, da Park Uitgevers; à editora alemã Julia Cremer, da Droemer-Knaur; a Päivi Syrjänen e Iina Tikanoja, editoras da Otava (Finlândia); e a Anja Gustavson, editora norueguesa da Kagge Forlag. Também gostaria de agradecer às seguintes editoras: Hachette Australia, Albatros (Polônia), Arqueiro (Brasil), Planeta (Espanha), Planeta (Portugal), City Editions (França), Garzanti (Itália), Lindbak and Lindbak (Dinamarca), Euromedia (República Tcheca), Modan Publishing House (Israel), Vulkan (Sérvia), Lettero (Hungria), Sofoklis (Lituânia), Pegasus (Estônia), Hermes (Bulgária), JP Politikens (Suécia) e Grup Media Litera (Romênia). Saber que meu livro será publicado em tantos idiomas ao redor do mundo, e por editoras tão respeitadas, é um sonho que se tornou realidade.

Agora, de volta ao meu pequeno grupo habitual de pessoas maravilhosas! Obrigada à minha agente de longa data, Laura Bradford, que tenho muito orgulho por me representar. Um agradecimento especial também a Lucy Stille por ter lido *A filha italiana* e se juntado à equipe! Obrigada às minhas incríveis amigas escritoras, Yvonne Lindsay e Natalie Anderson – o que eu faria sem vocês, meninas? Aos meus pais, Maureen e Craig, obrigada por seu apoio constante. E finalmente, ao meu maravilhoso marido, Hamish, e meus lindos meninos, Mack e Hunter – sou muito sortuda por ter todos vocês.

E, finalmente, um enorme agradecimento a todos os meus leitores. Sem vocês, eu não estaria aqui. Sou muito grata por terem escolhido ler meu livro.

— Soraya

CONHEÇA OS LIVROS DA SÉRIE

A filha italiana

A filha cubana

A filha grega

Para saber mais sobre os títulos e autores da Editora Arqueiro,
visite o nosso site e siga as nossas redes sociais.
Além de informações sobre os próximos lançamentos,
você terá acesso a conteúdos exclusivos
e poderá participar de promoções e sorteios.

editoraarqueiro.com.br